贺敬之精选集

贺敬之 ◎ 著

人民日报出版社
北京

图书在版编目（CIP）数据

贺敬之精选集 / 贺敬之著 . -- 北京：人民日报出
版社，2024.2

ISBN 978-7-5115-8201-0

Ⅰ. ①贺…　Ⅱ. ①贺…　Ⅲ. ①中国文学－当代文学－
作品综合集　Ⅳ. ①I217.2

中国国家版本馆CIP数据核字（2024）第018407号

书　　　名：贺敬之精选集
　　　　　　HE JINGZHI JINGXUAN JI
作　　　者：贺敬之

出 版 人：刘华新
策 划 人：欧阳辉
责任编辑：朱小玲
版式设计：九章文化

出版发行 人民日报 出版社
社　　　址：北京金台西路2号
邮政编码：100733
发行热线：(010) 65369509　65369527　65369846　65363512
邮购热线：(010) 65369530　65363527
编辑热线：(010) 65363486
网　　　址：www.peopledailypress.com
经　　　销：新华书店
印　　　刷：北京盛通印刷股份有限公司
法律顾问：北京科宇律师事务所　010-83622312

开　　　本：710mm×1000mm　1/16
字　　　数：230千字
印　　　张：21.25
版次印次：2024年4月第1版　2024年4月第1次印刷

书　　　号：ISBN 978-7-5115-8201-0
定　　　价：78.00元

北方的子孙 [①]

我是
年青的
北方的子孙啊！
　　——我伴着，
　　那荒地、
　　莽原，
　　乌泥
秋天的黄沙
　　和那
　　冬天的
　　大漠风、
　　冻雪
　　活过十多年

我像
那荒地的每一个孩子
一样呀！
守着一只老黄牛，
成长在
河边

湖畔——
我学会了
祖先传下的牧歌，
从老子的脸上
我晓得
那质朴的
他们的忧郁啊！

北方！
我们的
忧郁的骆驼……

春天，
那地面
有绿色在生长的时候，
我们，
孩子的心，
还温着
往日的梦呀！
穷苦，

[①]　编者注：1939年8月16日作于四川梓潼，原载《朔风》1939年第一卷第3期，署名"艾漠"。

凶年，
人们在命运的鞭子下
流浪，
死亡……

夏天，
庄稼苗子
长起来的时候——
在那荒土上，
我们望到"它"，
像望见了生命的喜悦！
然而，
谁又会相信，
黄水不为患呢？！——
那毁灭的歌子呀！
房屋、
庄稼，
祖宗留下的
吹不甚响的牛角，
缺破的农具，
我们的生命……
会毁灭在那水底！
——我听过老年人
讲说的故事：
水头
千丈高，

红衣神仙
抓着法水，
千万人
被圈在
死亡的圈子里！
到了庄稼"晒米"，
太阳珍贵的时候，
秋天的
大豆、
高粱、
棒子、
小米……
上了场，
我们又拾起了
跳跃的生命的歌子！
用一支高粱秸
催动老黄牛、
驴子，
从那踽踽的脚步里，
碌碡①——
压着庄稼。
尖锐的声音，
在汗流中滋长……
八月的风，
在荒野

① 自注：碌碡，石制农具，用来碾压粮食。

扎下了营，
我们憧憬着
那"折子"里^①
装满的食粮啊！
但，
会被还账带走！
生命
干涸了的泉源，
牲口的
忧郁的头颅，
挂在了树梢，
啊！谁听到了它们的哭泣？

冬天，
北方的地面，
蒙上了冰雪，
丛林、
河流、
黄土屋，
紧紧地封锁在白练下……
寒冷、
饥饿，
从塞北
刮来的风，
我们看见了

那死亡的恐怖。
天空，
阴冷的神秘
控住那荒土呵！

北方！
我们的
忧郁的骆驼……

祖宗，
将一支牧羊的鞭子
抛下来……
在那荒土上
我偷偷地活过十多年！

我是
年青的
北方的子孙啊！
我会唱那
农歌、
牧歌、
吹那牛角，
在北方的荒土上，
我依恋的
年轻的灵魂！

① 自注："折子"，旧时鲁南农村一种盛粮器具。

跃　进①

一　走出了南方

雨，
落着……
——阴湿的南方啊！

一九四〇年，
走出了那狭窄的
低沉而喑哑的门槛。

春天，
浓雾的早晨；

野花——
红色的招引。
去远方啊！

不回头，
那衰颓的小城，
忘记
那些腐蚀的日子。
响亮地：四个！

二　在西北的路上

是不倦的
大草原的野马；
是有耐性的
沙漠上的骆驼。

我们
四个，
——在西北的路上，
迷天的大风沙里。
山，那么陡！

---

① 编者注：1940 年 5 月作于去延安的路上，原载《七月》1941 年 6 月第六集第 4 期，署名
　　"艾漠"。

——翻过!

风沙
扬起我们的笑,

扬起
我们的歌!

三　夜

夜。
——西北的苦涩的长夜……

狼,
火红的眼睛啊,
燃烧在夜的丛莽。
繁星,
在天空;
——熟透的柠檬,
在树林中。

黑色的森林,
漫天的大幕;
猎人跃进在深处。
猎枪像愤怒的大蛇,
吐着爆炸的火舌。

而我们四个,
喘息着,
摸索向远方……

不要注脚①

——献给"鲁艺"

"鲁迅",
解释着我们,
像旗帜
解释着行列。

早晨的阳光,
铺上那院落,小路……
刺槐树茂密的叶子,
环绕着
教堂的尖顶。
早安呵,
我们的小溪,
我们的土壤。
这里是我们的学校——
"鲁艺"!

在时代的路程上,
教堂
熄灭了火焰,

耶和华
走下了台阶……

今天,
"鲁迅"
领导我们,
我们集合在旗帜下。

今天,这里,
红星照着,
铁锤拥抱着镰刀
在跳跃。

一切都在歌唱:
"同志们!"
一切都在呼喊:
"伙伴哟!"

艺术,不要注脚,
我们了解——

---

① 编者注:1940年10月作于延安鲁艺,见作者诗集《并没有冬天》("七月诗丛"),泥土社
1951年9月。

生活
和革命。

在我们的场园里，
我们赶出了
"伤感"的女神，
摒弃了
镀金的哀愁。

叫旧世界的堡垒发抖吧，
我们的火把——
"鲁迅"
将燃烧不熄！

歌唱给全世界听吧，
我们的旗帜高举——
"鲁迅"！

像春天般歌舞，
我们跳跃！
热情，
泛滥的大河，
歌声，
像夏夜的雷雨……

手风琴的嗓音
彻叫在白天；
欢笑

汇集，在蓝色的晚上。

人的丛林
在高呼：
"诗人
和共和国的工作
是完全一致的！"①

看吧！
木刻家、
农民一样勤劳，
在他的田野——木板上，
锋利的刀子
在耕耘着。

小说家，
在纸的阔野上
挺进！

音乐——我们的进行曲！
戏剧——大地是舞台！

在艺术的
兵营和工厂，
我们是
战斗员和突击者，
工作不息！

---

① 自注：马雅可夫斯基诗句。

生活的引擎，
百万匹马力
在奔驰！
我们高举
"鲁迅"的火把，

走向
明天，
用诗和旗帜，
去歌唱
祖国青春的大地！

我走在早晨的大路上 ①

我走在早晨的大路上，
我唱着属于这道路的歌。
我的早晨的河啊，你流吧，
我的早晨的太阳，你升起吧。

我走在早晨的大路上，
在我的面前，
在我的四周，
是无限广大的土地。

我面对着我自己，
我面对着我的歌，
我面对着这道路，这土地，
我面对着这个国度，这个政权；
我——一个十八岁的公民，
我自己说话，高声地：
这土地是我的！
这山也是我的！

我——一个十八岁的歌者，
我唱我自己的歌，高声地：
是我的——这早晨，这太阳！

———————————

① 编者注：作于1941年9月，原载《新诗歌》1941年11月第5期。

是我的——这欢快的一天的开始！
现在是秋天。
现在是收获的季节。
现在是每一种颜色都鲜红的季节。
现在是每一个喉咙都发声的季节。
现在是每一双手都举起热情的季节。
现在是每一朵花都结实的季节。

我走在早晨的大路上，
我唱着属于这道路的歌。
光明和温暖正在这大地上开始，
这里正在开辟，正在手创。

这早晨的歌，
这太阳的歌，
这季节的歌，
这开辟和手创的歌，
这闪耀和燃烧的歌，
呵，我走在这道路上！
这道路的歌，
这田野的歌，
这西红柿的歌，
这小米的歌，
这玉蜀黍和高粱的歌！
呵，此刻，我，前进着，
我迈着我的脚步，均衡而有力。

我的伙伴，我的公民同志，
我们来唱这歌吧，

我们来完成这奇迹，
我们来投票选举，
我们来吧，同志——
足够十八岁的！

我，十八岁，向前走，唱着，
你们，也向前走，
从我的左肩擦过，唱着；
从我的右肩擦过，唱着。

我什么也不想，
我，一点也不怀疑，
我面对你呵，我的大地，
如同向日葵对于太阳一样真诚不二。

我的头脑是清醒的，
像那被太阳光穿透的露珠。
在会议上允许我发言，
在我的道路上允许我大步向前而且唱歌。

我的脚步是你们中间的一双脚步，
公民同志们！
我的手是你们中间的一双手啊，
公民同志们！
它同你们紧靠着，
它同你们一起前进，
它同你们紧握着，
它同你们一起来管理这大地。
让我们牢记吧，
我们是自己国度的先驱者，

让我们牢记吧，

我们是自己栽培自己收获的人！

我不能不起来，从我的座位里，

我来在这早晨的道路上，

我不能不唱歌，唱我的赞颂的歌，

给这早晨，给这太阳！

我仍然前进，

一刻也不休止，

我同我的邻人，

一起呼吸，生活。

我走在这早晨的大路上，

我唱着属于这道路的歌。

我看见这大地每一秒钟都在前进，

我看见这大地每一秒钟都在生长，

我看见这大地上的旗帜正在飘扬，

我看见这大地上：快乐和歌唱。

我，向前走！

我，十八岁的公民！

啊，我唱着，和延河的声音一起，

太阳在我的周身，在我的大地上。

前面的，你是什么？

都来到我的怀里吧，我紧紧地拥抱你们，

我，十八岁的歌者，

我也要投到你们的怀里，你们也来拥抱我！

你是我的同志，我的爱人啊，

你是我的伙伴，我的邻人啊，
你是我的房屋，我的田野啊，
你是我的早晨，我的太阳啊。

我走在早晨的大路上，
我唱着属于这道路的歌。
我跟着前面的人，
后面的人跟着我。

南泥湾①

花篮的花儿香，
听我来唱一唱，
唱呀一唱——
来到了南泥湾，
南泥湾好地方，
好呀地方。
好地方来好风光，
好地方来好风光——
到处是庄稼，
遍地是牛羊……

往年的南泥湾，
处处是荒山，
没呀人烟……
如今的南泥湾，
与往年不一般，

不呀一般。
如呀今的南泥湾呀
与呀往年不一般——
再不是旧模样，
是陕北的好江南……

陕北的好江南，
鲜花开满山，
开呀满山——
学习那南泥湾
处处是江南。
又战斗来又生产，
三五九旅是模范……
咱们走向前，
鲜花送模范……

---

① 自注：1943年3月作于延安，马可作曲。

翻身道情①

太阳——出来呀，

（哎咳　哎咳哎咳　哎咳哎咳　哎咳哎咳　咳咳咳），

满山——红哎，（哎哎咳哎咳呀），

共产党救咱，翻了（哟嗬）身（哎咳呀）。

旧社会——咱们受苦的人，

人下——人哎，（哎咳哎咳呀），

受欺压一层又（哟）一层（哎咳呀）。

又（哟）一层（哎咳呀）。

打下的粮食，地主他拿走（哎咳呀），

咱受冻，又受饿，有谁来照应啊（哎咳呀），

毛主席领导咱平分土地（哎咳呀），

为的是叫咱们有吃有穿呀（哎咳呀）。

往年，咱们眼泪，肚里流（哎咳哎咳呀），

如今咱站起来，做了主人（哎咳呀），

天下的农民，是一家人（哎咳　哎咳呀），

大家团结，闹翻（哟）身（哎咳呐），大家团结闹翻身！

---

① 自注：1943 年 11 月作于绥德，秧歌剧《减租会》中佃户组长唱。刘炽据《陇东道情》曲
调改编。

行军散歌①

一　开差走了②

芦花公鸡叫天明，
脑畔上哨子一哇声。
打上行李背上包，
咱们的队伍开差走了。

满地的露水满沟的雾，
四十里平川照不见路。
荞麦开花十里红，
二十里路上歇一阵。

崖上下来了老妈妈，
窑里出来了女娃娃，
长胡子老汉笑开啦，
拦羊娃娃过来啦。

老妈妈手捧大红枣，

拉住我们吃个饱。
把我们围个不透风，
手拉手儿把话明：

"水有源呀树有根，
见了咱八路军亲又亲。"

"金桃秫开花红缨缨长③，
到了前方打胜仗。"

"快快走了快快来，
人要不来信捎来。
山高路远信难捎，
要把你们的心捎到。
快把敌人都打垮，
回来给你们戴红花！"

---

① 编者注：见作者诗集《笑》，五十年代出版社1951年1月，原十二首，这里选三首。
② 1945年9月20日作于从延安出发到四十里铺。
③ 自注：金桃秫，即玉蜀黍。

二 看见妈妈①

满地的鸡娃叫咕咕，
老婆婆跪在当院簸桃秫。

糠皮皮落到她头发里，
汗珠珠洒到她簸箕里。

看见老婆婆脸上笑，
我的心里咚咚跳。

这婆婆的眉眼好熟惯，
好像在哪里见过面？

看前身好像是妈妈样，
看后影好像是亲娘！

眼前好像一场梦，
一脚踏进自家门！

…………

提起家来家乡远，
三千里外，隔水又隔山。

十四上离了自家门，
十六岁参加了八路军。

还记得那太阳落西山，
还记得那灶火冒青烟。

还记得满地的鸡娃叫咕咕，
还记得妈妈在院里簸桃秫。

还记得糠皮皮落到妈妈头发里，
还记得妈妈的汗珠落到簸箕里。

还记得我离家那一晚，
油灯直点到捻子干。

妈妈手拿棉花纺不成线，
泪水打得棉线断。

第二天她把我送出家门外，
我从那越走越远不回来。

…………

啊，可怎么今天回了家，
又看见自己亲妈妈！

妈妈啊，手里的簸箕快放下，
你看啊，儿子今天回来啦！

"年轻的八路军你认错了人，
擦干眼泪你看清！"

哦！年轻的八路军认错了人，
擦干眼泪，我啊，我看清：

---

① 1945年10月3日作于郝家坪。

我姓贺来她姓陈，
她原是本地的老百姓。

咳，妈妈呵，说我错认我没错认，
叫我看清我早看清。

人模样虽有千千万，
模样不同心一般！

八路军啊，老百姓，
本就是母子骨肉亲。

哪一棵桃秋不结籽？
哪一个穗穗不连根？

为了爹妈不受穷，
为了我们要翻身；

庄子里才出了我们扛枪的人，
土地上生长了我们八路军。

黑天白日打敌人，
千山万水向前进！

一天换一个地方扎，
一天就回一次家！

一天就回一次家，
一天一回看妈妈！

看见妈妈笑吟吟，
两手就能举千斤。

看见妈妈笑呵呵，
铁打的堡垒也冲破。

为了妈妈生和死，
水里来了火里去！

为了妈妈死和生，
烂了骨头也甘心！

三 过黄河①

风卷黄河浪，
一片闹嚷嚷，
大队人马来到河畔上。

船尾接船头，
船头接船尾，

艄公破水把船推。

人马上了船，
艄公收了纤，
吆喝一声船儿离了岸。

---

① 1945年10月5日作于碛口。

艄公扳转桨，
船儿调转头，
嗳啦啦排开顺水流。

船到河当中，
人心如拉弓，
七尺的大浪直往船边涌！

老艄稳稳站，
小艄用力扳，
声声吼叫震响万丛山。

青山高千丈，
太阳明晃晃，
赤身子的小艄站在船头上。

老艄眼瞅定，
胡采飘在胸，
他的那口号如军令。

黄河五千年，
天下第一川，
河上的风浪他熟惯。

扳过了大浪头，
大船靠了岸，
船头上跳下我们英雄汉。

头顶火烧云，
脚踏河东地，
五尺大步走向胜利去！

笑①

大雪飘飘，

大雪飘飘，

一阵北风

撕开了满天的棉花桃！

棉花桃

搂头盖顶往下落啊，

往下落！

好一个快活的农民翻身年呀，

你脚踏北风，

身披鹅毛，

满面红光，

欢天喜地来到了！

奔谁来呀？

奔我来。

——张老好啊，

我知道。

我迎出你大门外，

———————————

① 编者注：1947年2月作于冀中束鹿郝家庄，见作者诗集《笑》，五十年代出版社，1951年
1月。

我迎上你人行道……

啊，耀眼的红灯！

震耳的鞭炮！

啊，东边"吹歌"响①，

西边锣鼓敲！

——这不是你吗？

你放羊的刘大采；

还有你呀，

当"善友"的孙二嫂②；

你，老明——咱农会主席；

你，三成——咱贫农代表；

…………

穷哥儿们呀，

好啊，好！

过年好！

——这是咱们的翻身年啊！

盘古开天辟地到如今，

这是头一遭！

张老好呵，

我笑，我笑！

我哈哈笑！

我笑得那石头裂开了嘴，

---

① 自注："吹歌"，河北民间乐队组织，或作"吹歌会"。

② 自注："善友"，地主女仆。

笑
/
021

我笑得那大树折断了腰，
我笑得那刘三爷门前的旗杆
喀喳一声栽倒了！

"好子大伯，怎么啦？
疯了？傻了？
怎么一个劲儿地这么笑？"

怎么一个劲儿地这么笑？
孩子们啊，
眼前的这一桩奇景你瞧瞧：

那秋后的大麻，
叫人家把根削了，
把皮剥了，
水里浸了，
火里烧了，
沤了，烂了，焦了。

……一年两年过去了。
千年万载过去了。

啊！猛然间，
雷声响！——
天开了，
冰消了！
梦也梦不见的
春天来到了！
眼睁睁地，

它又发了芽，
它又长了苗！
绿油油的叶儿—"扑楞"①，
红登登的花儿迎风摇！

——我张老好啊，
受苦受罪的张老好，
啼哭了一辈子的张老好，
水里沤，火里烧，
喘不上气的张老好，
今天啊，翻了身了！

"热到三伏，
冷在中九，
活泼拉拉春打六九头。"
孩子们呵，
到了咱笑的节气了，
到了咱笑的年月了。

看着你，我笑，
看着他，我笑；
看着我的家，我的房；
看着我的锅，我的灶；
看着我一家大和小；
我笑啊，我笑！
我怎么能不笑？

---

① 自注："扑楞"，形容植物枝叶茂盛的状态。

……这一旁，
我的媳妇箩白面；
那一边，
我的老伴把饺子包。
她东间转，西间跑，
搁下担杖拿起筲①，
又忙拉风箱，
又忙把火烧，
左手才把笼揭开，
右手又掂切菜刀……
哈哈！看着看着，
我又笑。

老婆子，
我笑的是你呀！
小心点，
别叫热气熏坏了眼，
别叫灶里的火苗烧坏了你那衣裳角！

呃，怎么啦？
谁又惹你不高兴：
平白无故，
你的脸色怎么改变了？
你低下了头，
弯下了腰，
泪珠子怎么又要往下掉？

---

① 自注：筲，水桶。

咳！老娘们呀，别价了，
你思想的事儿我知道。
准又是你那个——
"苦根根呀苦苗苗，
受苦受罪的张老好，
咱给刘三爷扛活三十年，
熬白了头发累折了腰，
卖了咱那亲生女，
手提篮儿把饭要，
星星出呀星星落，
做梦也想不到有今朝！"
是的呀，老婆子，
这就是"翻身"呀，
这就是咱们的世道。

唔，小孙子，去，
把咱门上的对子，
给你奶奶念道念道，
大声点，告诉她——
"土——地——改——革——
农——民——翻——身——"
告诉她啊，这都是，
咱们共产党来领导！

可是呀，小孙子，
你也别笑话你奶奶啊，
要知道，
难过的日子，

笑
/

025

叫你爷爷奶奶受完了，
好过的日子
叫你赶上了！
走吧，跟爷爷出去，
看看咱那才分的十五亩地，
——看看咱那"马兰道"①。

"马兰道"呀"马兰道"，
你的主人我来了！
你看我围着你走，
你看我围着你绕，
三百二十单八步，
一十五亩，
分厘也不少。

"马兰道"呀，
你是我的命根子，
有了你，
我从今后日子过得好，
再不怕他活阎王刘三毛！

刘三毛呀，
叫咱扳倒了，
受苦的汉子挺起了腰！

……呃，巧！
可怎么，"说着曹操，

---

① 自注："马兰道"，地名。

曹操就到？"

"啊，那不是刘三爷吗？
怎么狐皮风帽也不要了？
羔皮马褂也不罩了？
出门也不吩咐老好把车套了？"

"咳……好子叔……
您别……别逗笑………"

呸！我吐你一口！
你也会"叔"长"叔"短啦？
你改了你那老调啦？
怎么？还想不想叫我给你
磕头下跪，
端屎捧尿？
还想不想再逼我去卖亲生女，
再逼我三尺麻绳去上吊？

——告诉你吧，不行啦！
变了天啦！

你的那"荣华富贵"过去了，
这人们的"光明世界"来到了！

穷哥儿们呀，
时候到了：
该走的走了，
该来的来了。

笑
/

花到如今——
该开的开了，
该落的落了。

事到如今——
该哭的哭了，
该笑的笑了。

弟兄们呵，
笑吧，笑！
哈哈笑！
让咱们男男女女，
老老少少，
翻了身的穷人一齐笑！

大采，
快把咱街上的红灯点着，
看咱们
"翻身"灯，
"解放"灯，
"胜利"灯，
"光荣"灯……
一盏两盏、千盏万盏一齐照！

三成！
叫咱"吹歌会"的好把式们
好好地吹来好好地闹！
吹出来，
咱们的

"快活"调，

"幸福"调，

"自由"调，

"团圆"调……

一番两番、十番百番，

吹他个红花满地落！

喂！

把咱那大鼓大铙，

也抬出来，

用劲地敲！

咳！把咱那大喇叭筒

也拿出来，

走上广播台，

大嗓地叫！

——普天下的人们呀，

都听着：

天翻了个了，

地打了滚了，

千百万穷汉子站起来了！

——亲爱的毛主席呀，

您听着：

只因为有了您，

咱们的苦罪再也不受了，

幸福的日子来到了！

——什么比海深呵？

笑
/

什么比天高？

毛主席的恩情比海深呀，

受苦人的力量比天高！

——我们是，

千千万、

万万千，

环结环、

套结套，

紧又紧、

牢又牢，

铁打的长城心一条！

挑起大红旗呵，

吹起震天号！

踢开活地狱呵，

踏上光明道！

消灭他千年老封建，

推翻他蒋介石小王朝，

看咱们：

刨他的根，

挖他的苗！

迎着大狂风，

架起大火烧！

叫他在风里啼哭，

叫他在火里喊叫，

叫他们今天

在咱们脚下死掉!

我们抬头，
我们大笑!
笑啊，笑!
哈哈笑!
千人笑!
万人笑!
笑他个疾风暴雨，
笑他个地动山摇!
笑他个千里冰雪开了冻，
笑他个万里大海起了潮!

回延安①

一

心口呀莫要这么厉害地跳，
灰尘呀莫把我眼睛挡住了……

手抓黄土我不放，
紧紧儿贴在心窝上。

……几回回梦里回延安，
双手搂定宝塔山。

千声万声呼唤你，
——母亲延安就在这里！

杜甫川唱来柳林铺笑，
红旗飘飘把手招。

白羊肚手巾红腰带，
亲人们迎过延河来。

满心话登时说不出来，
一头扑在亲人怀……

————————

① 编者注：1956年3月9日作于延安，原载《延河》1956年第6期。

二

……二十里铺送过柳林铺迎，
分别十年又回家中。

树梢树枝树根根，
亲山亲水有亲人。

羊羔羔吃奶眼望着妈，
小米饭养活我长大。

东山的糜子西山的谷，
肩膀上的红旗手中的书。

手把手儿教会了我，
母亲打发我们过黄河。

革命的道路千万里，
天南海北想着你……

三

米酒油馍木炭火，
团团围定炕上坐。

满窑里围得不透风，
脑畔上还响着脚步声。

老爷爷进门气喘得紧：
"我梦见鸡毛信来——可真见亲人……"

亲人见了亲人面，
欢喜的眼泪眼眶里转。

保卫延安你们费了心，
白头发添了几根根。

团支书又领进社主任，
当年的放羊娃如今长成人。

白生生的窗纸红窗花，
娃娃们争抢来把手拉。

一口口的米酒千万句话，
长江大河起浪花。

十年来革命大发展，
说不尽这三千六百天……

四

千万条腿来千万只眼，
也不够我走来也不够我看！

头顶着蓝天大明镜，
延安城照在我心中；

一条条街道宽又平，
一座座楼房披彩虹；

一盏盏电灯亮又明，
一排排绿树迎春风……

对照过去我认不出了你，
母亲延安换新衣。

五

杨家岭的红旗啊高高地飘，
革命万里起高潮！

宝塔山下留脚印，
毛主席登上了天安门！

枣园的灯光照人心，
延河滚滚喊"前进"！

赤卫军……青年团……红领巾，
走着咱英雄几辈辈人……

社会主义路上大踏步走，
光荣的延河还要在前头！

身长翅膀吧脚生云，
再回延安看母亲！

放声歌唱①

一

无边的大海波涛汹涌……
啊，无边的
        大海
             波涛
                    汹涌——
生活的浪花在滚滚沸腾……
啊，生活的
        浪花
             在滚滚
                  沸腾！
啊啊！是何等壮丽的景象——
我们祖国的
        万花盛开的
           大地，
      光华灿烂的
        天空！

———————————

① 编者注：《放声歌唱》作于1956年6月至8月北京，1956年7月1日、7月22日、9月2日《北京日报》连载，中国青年出版社1957年出版，人民文学出版社1959年出版，这里选第一、二、三章。

你，在每一天，

　　　　在每一秒钟，

　　都展现在

　　　　我的眼前

　　　　　　和我的

　　　　　　　　心中。

我的心

　　合着

　　　　马达的轰响，

　　　　　　和青年突击队的

　　　　　　　　脚步声，

　　是这样

　　　　剧烈地

　　　　　　跳动！

我

　　被那

　　　　钢铁的火焰，

　　　　和少先队的领巾，

　　照耀得

　　　　满身通红！

汽笛

　　和牧笛

　　　　合奏着，

　　伴送我

　　　　和列车一起

　　　　　　穿过深山、隧洞；

螺旋桨

和白云

环舞着，

伴送我

和飞机一起

飞上高空。

……我看见

星光

和灯光

联欢在黑夜；

我看见

朝霞

和卷扬机

在装扮着

黎明。

春天了。

又一个春天。

黎明了。

又一个黎明。

啊，我们共和国的

万丈高楼

站起来！

它，加高了

一层——

又一层！

来！我挽着

你的手，

你挽着

我的胳膊，

在我们

如花似锦的

道路上，

前进啊

一程——

又一程！

在每一平方公尺的

土壤里，

都写着：

我们的

劳动

和创造；

在每一立方公分的

空气里，

都装满

我们的

欢乐

和爱情。

社会主义的

美酒啊，

浸透

我们的每一个

细胞，

和每一根

神经。

把一连串的

美梦

　　都变成

　　　　现实,

而梦想的翅膀

　　又驾着我们

　　　　更快地

　　　　　飞腾……

啊,多么好!

　　我们的生活,

　　　　我们的祖国;

啊,多么好!

　　我们的时代,

　　　　我们的人生!

让我们

　　放声

　　　歌唱吧!

　　大声些,

　　　大声,

　　　　　大声!

把笔

　　变成

　　　千丈长虹,

　　好描绘

　　　我们时代的

　　　　　多彩的

　　　　　　面容,

让万声雷鸣

在胸中滚动，
好唱出
　　赞美祖国的
　　　　歌声！

二

但是，
在我们
　　万花起舞的
　　　　花园里，
我看见
　　花瓣
　　　　在飘洒着
　　　　　　露水；
在我们
　　万人狂欢的
　　　　人海里，
我看见
　　那些睫毛的下面
　　　　流下了
　　　　　　眼泪……
啊，我知道——
　　最久的
　　　　最深的痛苦，
　　　　　　常常是
　　　　　　　　无声的饮泣。

而最初的

　　最大的

　　　　欢乐，

　　　　　一定有

　　　　　　甜蜜的泪水

　　　　　　　伴随！

"……啊，这是怎么回事？

这是谁？ ——

　　　是他？

　　　　是我？

　　　　　还是你？

……这是在哪里？

　　　在我的家？

　　　　　我的街道？

　　　在我们自己的

　　　　土地？……"

是什么样的神明

　　　施展了

　　　　这样的魔力，

生活啊

　　　怎么会来得

　　　　这样神奇？ ——

长安街的

　　　夜景啊

　　　　怎么竟这样迷人？

大兴安岭的

　　　林场啊

怎么竟如此美丽？
一片汪洋的
　　淮河两岸
　　　　怎么会
　　　　　　万顷麦浪？
百里无人的
　　不毛之地
　　　　怎么会
　　　　　　烟囱林立？
为什么
　　沙漠
　　　　大敞胸怀
　　喷出
　　　　黑色的琼浆？
为什么
　　荒山
　　　　高举手臂
　　奉献出
　　　　万颗宝石？
啊，我的曾是贫困而孤独的
　　　　　　乡村，
　　　　　　　　今夜
　　　　　　　　　为什么
　　　　　　　　　　笑语喧哗？
我的曾是满含忧愁的
　　城镇，
　　　　为什么

灯火辉煌

彻夜不息？

为什么

那放牛的孩子，

此刻

会坐在研究室里

写着

他的科学论文？

为什么

那被出卖了的童养媳，

今天

会神采飞扬地

驾驶着

她的拖拉机？

怎么会

在村头的树荫下，

那少年漂泊者

和省委书记

一起

讨论着

关于诗的问题？

怎么会

在怀仁堂里

那老年的庄稼汉

和政治局委员们

一起

研究着

关于五年计划的

　　决议？

甘薯啊，

　　为什么这样大？

苹果啊，

　　为什么这样甜？

爱人啊，

　　为什么这样欢欣？

孩子啊，

　　为什么这样美丽？……

啊，第一声

　　　　由衷的

　　　　　　笑语，

　　第一口

　　　　甘美的

　　　　　　乳汁，

啊，第一次

　　　　走上

　　　　　　天安门的台阶，

第一次

　　跨进

　　青年作者的选集，

第一架

　　自己的喷气式飞机

　　　　在天空歌唱，

第一辆

　　解放牌汽车

　　　　在道路上奔驶……
啊！我们
　　　　生命的
　　　　　　　彩笔，
蘸着欢乐的
　　　泪水，
在我们的自传
　　　和我们祖国历史的
　　　　　　纸页上，
写着的
　　　是千万个：
"第一……
　　　"第一……
　　　　　"第一……"
而你啊，
　　　"命运"姑娘，
　　　　　　你对我们
　　　　　　　　曾是那样的残酷无情，
但是，今天
　　　你突然
　　　　　目光一转，
　　　　　　　就这样热烈地
　　　　　　　　　爱上了我们，
　　　而我们
　　　　　也爱上了你！
而你啊，
　　　"历史"同志，

你曾是

　　满身伤痕、

　　　　泪水、

　　　　　　血迹……

今天，我们使你

　　　　这样地骄傲！

我们给你披上了

　　绣满鲜花、

　　　　挂满奖章的

　　　　　　新衣！

但是，

　　为什么？

　　　　为什么？

　　　　　　为什么？

为什么会这样？

　　回答吧，

　　　　这个问题。

当然，

　　这并不是

　　　　什么难题，

　　答案，

　　　　就在这里——

就是

　　他！

　　　　我！

　　　　　　和你！

"人民"——

我们壮丽的
　　英雄的
　　　　名字！
在中国的
　　神话般的
　　　　国度里，
创造一切的
　　神明
　　　　正是
　　　　　　我们自己！
但是，
　　在我们心脏的
　　　　炉火中，
　　在我们血管的
　　　　激流里，
　　燃烧着、
　　　　沸腾着的，
　　却有一个共同的
　　　　最珍贵的
　　　　　　元素，
　　我们生命的
　　　　永恒的
　　　　　　活力——
这就是：
党！
我们的党！
党的

血液，
　　党的
　　　　脉搏，
党的
　　旗帜，
　　　　党的
　　　　　　火炬！——
党，
　　使我们这样地
　　　　变成巨人！
党，
　　带领我们
　　　　这样地
　　　　　　创造了奇迹！
读吧，
　　念吧，
　　　　背诵吧！——
在我们辽阔的大地上
　　铭刻着的
　　　　就是这个
　　　　　　真理，
在我们伟大人生的
　　怀抱里，
　　　　隐藏着的
　　　　　　就是这个
　　　　　　　　秘密！

三

……春风。

秋雨。

晨雾。

夕阳。……

……轰轰的

车轮声。

踏踏的

脚步响。……

啊,《人代会决议》,

和新中国地图

在我手中,

党员介绍信

紧贴着

我的胸膛。

我走进农村。

我走进工厂。

我走向黄河。

我走向长江。……

五月——

麦浪。

八月——

海浪。

桃花——

南方。

雪花——

北方。……
我走遍了
　　我广大祖国的
　　　　每一个地方——
呵，每一个地方的
　　我的
　　　　每一个
　　　　　　故乡！

……在高压线
　　　　飞过的
　　　　　　长城脚下，
在联合收割机
　　滚动着的
　　　　大雁塔旁，
在长江大桥头的
　　黄鹤楼上，
在宝成铁路边的
　　古栈道旁……
我看见
　　你们——
　　　　我们古代的诗人们！
你们正站在云端
　　向我们
　　　　眺望。
在我们的合唱声中，
　　传来

你们的惊叹声，

在我们的工作服上，

投下

你们羡慕的眼光……

呵，我熟读过你们的

《登幽州台歌》、

《茅屋为秋风所破歌》……

那无数美妙的

诗章。

但是，

面向你们，

我

如此地骄傲！

我要说：

我们的合唱

比你们的歌声

响亮！

啊啊……"前不见古人"……

但是，

后——有——来——者！

莫要

"念天地之悠悠"吧，

莫要

"独怆然而涕下"……

"君不见"——

"广厦千万间"

已出现在

祖国的
　　　　"四野八荒"！
啊，我们的前辈古人，
　　希望啊，
　　　　希望，
　　　　　希望，
　　梦想啊，
　　　　梦想，
　　　　　梦想……
而你们何曾想见
　　今日的祖国
　　　　是这样的
　　　　　灿烂辉煌！
你们的千万支神来之笔啊
　　怎么能写出
　　　　我们时代的
　　　　　社会主义的
　　　　　　锦绣文章？！
　"语不惊人死不休"——
　　　　又向哪里
　　　　　去找
　　　　　　这最壮丽的语句——
　"党！"
　"我们的党！"
党啊——
　　我们祖国的
　　　　青春

和光荣，

党啊——

　　我们社会主义事业的

　　　　信心

　　　　　　和力量！……

啊！我走进

　　　　我的支部。

　　我走进

　　　　我的厂房。

我打开

　　星光灿烂的

　　　　《毛泽东选集》，

我登上

　　"红旗漫卷西风"的

　　　　山岗。

我踏着

　　工农红军的

　　　　二万五千里足迹，

我翻过

　　党的伟大史诗——

　　　　千山万岭的篇章……

从第一个

　　共产主义小组，

　　　　到今天的

　　　　　　我的支部——

我们的党员名单

是何等壮丽的
　　英雄榜！
我们党的心
　　和六万万人民的心
　　　　结成的联盟，
　　是何等伟大的
　　　　铁壁铜墙！
我听见：
　　我们的大地上
　　　　卷起的
　　　　　　入党宣誓的
　　　　　　　　不息的风暴！
我看见：
　　千万双手
　　　　举起的
　　　　　　入党申请书的
　　　　　　　　海洋！——
"啊！我们依照
　　　　先烈的榜样，
　　为实现
　　　　共产主义的理想，
让我们
　　把一切
　　　　献给
　　　　　　亲爱的祖国吧！
让我们
　　把一切

献给

亲爱的党！……"

啊，今天——

我们亲爱的党

三十五周岁的

诞辰——

"七·一"！

伟大的共和国纪元后的

第七个

"七·一"！——

我们又该怎样

十倍地欢呼呵，

百倍地

歌唱？！

但是，

并没有举行

盛大的纪念，

并没有

雷动的掌声、

手臂的森林

出现在

会场、广场。

……在中南海，

那一张

朴素的写字台旁，

毛泽东同志

正在起草

党的第八次大会的开幕词；

在国务院，

第二个五年计划的建议书上

正凝结着

并肩的人影

和午夜的灯光。

在统战部，

党的代表

正和朋友们一起，

倾谈："长期共存，

互相监督"；

在科学艺术大厅，

党的语言

正像春雷一样

唤起：

"百家争鸣"，

正像春风一样

吹开：

"百花齐放"！……

啊！在千万个

矿井

和织布机旁，

煤炭

和布匹的

洪流，

又在突破

定额的

水位；
在千万顷
　　稻田
　　　和麦地里，
早稻
　　和新麦的
　　　行列，
　　正千军万马
　　　奔向
　　　　粮仓！……
啊啊，正是这样！
在节日里，
我们的党
　　没有
　　　在酒杯和鲜花的包围中，
　　　　醉意沉沉。
党，
　　正挥汗如雨！
　　　工作着——
　　在共和国大厦的
　　　建筑架上！
啊啊，正是这样！
党的伟大纪念日，
　　像共和国的
　　　每一个工作日
　　　　一样地
　　　　　忙碌、紧张。

但是，

　　在我们忙碌、紧张的

　　　　每一个工作日里，

难道我们不是

　　每时每刻

　　　　在纪念着

　　　　　　我们的党？！

啊，我们共和国的

　　　　每一个形象里，

　　每时每刻

　　　　都在显现着——

　　　　　　党的

　　　　　　　　历史，

　　　　　　　　　　党的

　　　　　　　　　　　　光荣，

　　都在活跃着——

　　　　党的

　　　　　　思想，

　　　　　　　　党的

　　　　　　　　　　力量。

你听，

　　你听！——

省港大罢工的

　　呼号声，

　　　　在我们的

　　　　　　鼓风炉里

　　　　　　　　正呼呼作响，

你看
　　你看！——
南昌起义的
　　　鲜血
　　　　在我们的
　　　　　炼钢炉中
　　　　　　正滚滚跳荡！
啊，在农业合作社的
　　　麦场上，
　　　　正飘扬着
　　　　　　秋收起义的
　　　　　　　不朽的红旗！
在基本建设的
　　　工地上，
　　　　正闪耀着
　　　　　延安窑洞的
　　　　　　不灭的灯光！……
啊！井冈山——
　　　宝塔山！
　　　　　——我们稳固的基石，
老红军——
　　　老八路！
　　　　　——我们的钢骨铁梁！
这就是
　　我们共和国大厦的
　　　　质量的保证！
这就是

为什么
　　我们的万丈高楼
会这样地
　　坚强雄伟
　　　　——青云直上！
让科学的最新成就——
　　示踪原子
　　　　来检验
　　　　　　我们的工程吧！
让历史上
　　我们前辈的奠基者
　　　　和后辈的验收员们
　　　　　　来品评我们——
　　给我们应得的
　　　　鉴定
　　　　　　和赞扬！……
啊，请我们光荣的祖先
　　　　登上
　　　　　　我们万丈高楼的
　　　　　　　　楼梯，
让老人家说：
　　"我们值得骄傲的子孙！
　　　　给我们看到了
　　　　　　我们梦想不到的
　　　　　　　　天堂……"
啊，请我们革命的先烈
　　　　巡视

我们的大地，

让他们说：

"我们的鲜血得到了报偿。

后来的同志们

在实现

我们的理想……"

啊，请伟大的马克思、列宁

走上

我们党代表大会的

主席台，

让导师们说：

"我们的预言实现了。

社会主义的曙光

已出现在东方！"

啊，请未来世纪的公民们

聚集在

我们建设的蓝图上，

让孩子们说：

"我们的生活更美丽，

但是，

毛泽东同志工作的

那个时代，

给我们开辟的道路

已经是

那样宽广！……"

啊！公民们！

同志们！

我们的生命

　　就是活在

　　　　这样的时代！

我们的双脚

　　就是踏在

　　　　这样的道路上！

世上

　　还有什么

　　　　更大的

　　　　　　欢乐

　　　　　　　　和骄傲？！

世上

　　还有什么

　　　　更大的

　　　　　　光荣

　　　　　　　　和力量？！——

"我，

　　中国共产党党员。"

"我，

　　中华人民共和国公民。"

"我，

　　社会主义事业的

　　　　建设者。"

"我，

　　毛泽东同志的

　　　　同时代人。"

啊！假如我有
　　　　一百个大脑啊，
我就献给你
　　　一百个；
假如我有
　　　一千双手啊，
我就献给你
　　　　一千双；
假如我有
　　　一万张口啊，
我就用
　　　一万张口
　　　　齐声歌唱！——
歌唱我们
　　　伟大的
　　　　　壮丽的
　　　　　　　新生的
　　　　　　　　　祖国！
歌唱我们
　　　伟大的
　　　　光荣的
　　　　　　正确的
　　　　　　　　党！！

三门峡——梳妆台①

望三门，三门开：
"黄河之水天上来"！
神门险，鬼门窄，
人门以上百丈崖。
黄水劈门千声雷，
狂风万里走东海。

望三门，三门开：
黄河东去不回来。
昆仑山高邙山矮，
禹王马蹄长青苔②。
马去"门"开不见家，
门旁空留"梳妆台"。

梳妆台啊，千万载，
梳妆台上何人在？
乌云遮明镜，
黄水吞金钗。
但见那：辈辈艄公洒泪去，

---

① 编者注：原载《诗刊》1958年第5期。自注：三门峡下不远，有巨岩，如梳妆台状，故名"梳妆台"。

② 自注：三门之一鬼门岩上，有石坑，状如马蹄印，相传为大禹跃马遗迹。

却不见：黄河女儿梳妆来。

梳妆来呵，梳妆来！
——黄河女儿头发白。
挽断"白发三千丈"，
愁杀黄河万年灾！
登三门，向东海：
问我青春何时来？！

何时来呵，何时来？……
——盘古生我新一代！
举红旗，天地开，
史书万卷久等待——
大笔大字写新篇：
社会主义——我们来！

我们来呵，我们来，
昆仑山惊邙山呆：
展我治黄万里图，
先扎黄河腰中带——
神门平，鬼门削，
人门三声化尘埃！

望三门，门不在，
明日要看水闸开。
要请李白改诗句：
"黄河之水'手中'来"！
银河星光落天下，
清水清风走东海。

走东海，去又来，
讨回黄河万年债！
黄河女儿容颜改，
为你重整梳妆台。
青天悬明镜，
湖水映光采——
黄河女儿梳妆来！

梳妆来呵，梳妆来！
百花任你戴，
春光任你采，
万里锦绣任你裁！

三门闸工正年少，
幸福闸门为你开。
并肩挽手唱高歌呵，
无限青春向未来！

桂林山水歌①

云中的神啊，雾中的仙，
神姿仙态桂林的山！

情一样深啊，梦一样美，
如情似梦漓江的水！

水几重啊，山几重？
水绕山环桂林城……

是山城啊，是水城？
都在青山绿水中……

啊！此山此水入胸怀，
此时此身何处来？

……黄河的浪涛塞外的风，
此来关山千万重。

马鞍上梦见沙盘上画：
"桂林山水甲天下"……

啊！是梦境呵，是仙境？

---

① 编者注：旧稿写于 1959 年 7 月，1961 年 8 月整理，原载《人民文学》1961 年第 10 期。

此时身在独秀峰^①！

心是醉啊，还是醒？
水迎山接入画屏！

画中画——漓江照我身千影，
歌中歌——山山应我响回声……

招手相问老人山^②，
云罩江山几万年？

——伏波山下还珠洞^③，
宝珠久等叩门声……

鸡笼山一唱屏风开，
绿水白帆红旗来！

大地的愁容春雨洗，
请看穿山明镜里^④——

啊！桂林的山来漓江的水——
祖国的笑容这样美！

桂林山水入胸襟，
此景此情战士的心——

是诗情啊，是爱情，

---

① 自注：独秀峰，在桂林市中心。孤峰一柱，拔地而起。
② 自注：老人山，及下文中的鸡笼山、屏风山，均在桂林市区，因状得名。
③ 自注：还珠洞，有老龙谢情还珠神话，本诗转意借用。
④ 自注：穿山，在桂林市南郊。峰顶有巨大圆形洞口，洞穿露天，状似明镜高悬。

桂林山水歌 / 069

都在漓江春水中！

三花酒兑一滴漓江水①，
祖国啊，对你的爱情百年醉……

江山多娇人多情，
使我白发永不生！

对此江山人自豪，
使我青春永不老！

七星岩去赴神仙会②，
招呼刘三姐啊打从天上回……

人间天上大路开，
要唱新歌随我来！

三姐的山歌十万八千箩，
战士啊，指点江山唱祖国……

红旗万梭织锦绣，
海北天南一望收！

塞外的风沙啊黄河的浪，
春光万里到故乡。

红旗下：少年英雄遍地生——
望不尽：千姿万态"独秀峰"！

---

① 自注：三花酒，桂林名酒。
② 自注：七星岩，桂林最著名岩洞之一。传说歌仙刘三姐在此洞中赛歌，后化石成仙。

——意满怀呵，情满胸，
恰似漓江春水浓！

啊！汗雨挥洒彩笔画：
桂林山水——满天下！……

十年颂歌①

东风！

　　红旗！

　　　　朝霞似锦……

大道！

　　青天！

　　　　鲜花如云……

听

　　马蹄哒哒，

看

　　车轮滚滚……

这是

　　在哪里啊？

——在

　　　　中国！

这是

　　什么人啊？

——是

　　　　我们！

催开

　　我们社会主义的

跃进的战马，

前进——

　　　　前进！……

推动

　　我们共和国的

　　　　历史的车轮，

飞奔——

　　　　飞奔！……

啊，在天安门上，

　　　　在五星旗下。

就从

　　这里！

　　　　出发——

一九四九年

　　十月一日！

开始了

　　我们开天辟地的

　　　　伟大神话：

啊，红色的

　　　　盘古！

① 编者注：作于1959年9月7日，原载《诗刊》1959年第9期。

啊，人类的
　　　第二个"十月"的——
　　　　　革命战马！
马头高举，
　　　向东方
　　　　　滚滚红日，
马尾横扫
　　　西天
　　　　　残云落霞！
吓慌了
　　　资本主义世界的
　　　　　"古道——西风——
　　　　　　　瘦马"，
惊乱了
　　　大西洋岸边的
　　　　　"枯藤——老树——
　　　　　　　昏鸦"。
一声声的
　　　惊呼，
一阵阵的
　　　咒骂……
杜鲁门
　　　满嘴白沫，
华尔街的走狗们
　　　翘起了
　　　　　一千条尾巴。
……一万个花招，

十万个计划……
杜勒斯
　　　点起朝鲜的战火
　　　　　扑向
　　　　　　　鸭绿江边，
台湾的洞穴中
　　　那群亡命的老鼠
　　　　　在日日夜夜地
　　　　　　　磨牙……
但是，
　　　这一切
　　　　　可奈我何？！
啊！挡不住
　　　历史车轮
　　　　　飞向前！
但见那
　　　纷纷落叶
　　　　　马蹄下……
从
　　　一九四九，
到
　　　一九五九！
世界的历史啊
　　　又发生了
　　　　　何等的变化！
西风
　　　渐渐变小，

东风
　　阵阵强大！
啊，在我们的大地上——
我们
　　六万万五千万人民，
　　　马不停蹄！
　　　　入不解甲！

一步——
　　一个脚印！
一个脚印——
　　一片鲜花！
一天——
　　二十年的行程！
　　十年——啊，
　　　　一个
　　　　　崭新的天下！

看！
我年轻的共和国！
你
　　身披
　　　灿烂的锦绣，
　　满怀
　　　胜利的鲜花！
一手——
　　挥动神笔，
一手——
　　扬鞭催马！

东海上——
　　天山下：
一穷二白的
　　辽阔土地上——
洋洋洒洒，
　　画出多少
　　　最新最美的
　　　图画！
天苍苍呵，
　　野茫茫——
一刹那
　　迎天接日
　　　升起来
多少
　　山连海涌的
　　　高楼大厦？！

看吧！
　　看吧！——
看不完的
　　麦山稻海，
望不尽的
　　铁水钢花……
四时春风
　　吹万里江河
　　　冰消雪化，
中秋明月

照进多少
　　幸福人家？！
啊，姑娘
　　又得了
　　　　红旗，
老人
　　减少了
　　　　白发。
"社会主义好呵，
　　社会主义好……"——
这就是托儿所里
　　孩子们的
　　　　歌声；
"我们的青春，
　　献给祖国……"——
这就是树荫下
　　爱人们的
　　　　知心话。……
啊，伟大的祖国，
　　伟大的人民——
　　怎么能不
　　　　干劲冲天？！
无边的天空，
　　无边的土地——
怎么能不
　　处处飞花？！

啊！让帝国主义

反动派
　　痛心疾首吧！
让他们
　　顿足捶胸
　　　　去咒骂……
他们
　　骂啊，
因为他们
　　怕！
他们的时光
　　不久了，
历史的画廊
　　定要扯下——
他们那幅
　　破烂的
　　　　图画。
而我们的
　　共和国——
　　　　强大的巨人！
高举
　　"现实"的
　　　　万里长鞭
挺身站立——
　　在天安门上，
满面笑容——
　　在五星旗下！
啊，我的共和国！

在你的

面前——

望不尽啊，

望不尽……

望不尽的——

东风……

红旗……

朝霞似锦……

望不尽的——

大道……

青天……

鲜花如云……

我听见

全世界的朋友们

向你发出

雷鸣的欢呼，

压倒了

一切咒骂我们的

鸦噪犬吠的声音！

大地的春光啊，

没有辜负

飞来的燕群。

亲爱的共和国啊，

十年来，

你没有辜负

朋友们的

希望

和信任。

今天，

在北京的

一棵高大的

松树下，

我又一次

拥抱着

一位

漂洋过海而来的

国际友人。

他的脚

穿着一双

中国的布鞋，

汗水淋淋的大手

把我

搂抱得

紧紧：

"我永远羡慕——

你

一个

中华人民共和国的

公民！"

啊！我亲爱的

共和国！

你使我

多么地

幸福！

热情的

波涛，

爱情的

　　绿荫——

怎么能不

　　充满

　　　　我的心？

九百六十万

　　平方公里的

　　　　江山河海呵，

我爱你的

　　每一尺

　　　　每一寸！

三千六百五十个

　　日日夜夜啊。

我爱你的

　　每一秒

　　　　每一分！

啊，

　　扯开

　　　　我的衣襟！

看我

　　胸中的

　　　　千山万壑，

朝向你——

　　怎么能不发出

　　　　阵阵回音？！……

听啊！听！——

　　"消灭

　　　　敌人的碉堡！

前进呵，

　　同志们！……"——

啊，英雄黄继光的

　　召唤，

从上甘岭的山顶

　　响遍

　　　　祖国的大地！……

"要听党的话，

　　永远为祖国

　　　　——母亲……"

啊，党的好女儿

　　向秀丽的

　　　　声音，

从珠江边的

　　烈火中

　　　　飞进

　　　　　　亿万人的心！……

啊啊！就是这样——

在共和国的大地上，

闪耀着

　　数不清的

　　　　英雄形象，

震响着

　　不朽的

　　　　英雄的声音！

就是这样，

六亿五千万

英雄的人民，
走过了
　　十年的道路，
推动着
　　共和国
　　　　前进的车轮！
啊！就是这样
　　扑灭了
　　　　鸭绿江岸的
　　　　　　冲天战火……
啊！就是这样，
结束了
　　西藏高原
　　　　千百年来的
　　　　　　黑夜沉沉……

啊啊！就是这样啊，
我的共和国！
我怎么能不
　　千百次地
　　　　为你歌唱？
　　千百次地
　　　　呼唤：
祖国呵——
　　我们的母亲！
党呵——
　　母亲的
　　　　心！

你
　　使我的
　　　　每一根血管
　　都沸腾着
　　　　无比的干劲，
因为
爱呵——
你的每一片
　　新生的树叶
都使我
　　热泪滚滚！
啊，为什么
　　我只能有
　　　　一人一身啊？
为什么
　　我的语言
　　　　这样拙笨？
给我呵——
　　语言的
　　　　大海！
给我呵——
　　声音的
　　　　风云！
让我能
　　在祖国的
　　　　每一寸土地上
　　　　　　劳动——歌唱！
让我能

在社会主义的
　　每一条战线上
　　　　战斗——前进！

……今天，
在一个云霞绚烂的
　　黎明，
我从
　　祖国的南方，
来到
　　我们的首都
　　　　北京。
我的身上
　　是倾盆的汗雨，
胸中
　　是鼓荡的春风。
我带来
　　海南橡胶林的
　　　　白色乳浆，
我的衣服上
　　落满
　　　　武钢二号高炉的
　　　　　　飞迸的火星。
我挽着
　　湛江新港的
　　　　龙门吊车——
　　　　　　那千尺的长臂，
跨过

长江大桥——
　　那万丈的金龙。
啊，望不尽的
　　江南三月——
社会主义的
　　无边美景……
南国红豆啊
　　满含着——
共产主义的
　　相思的
　　　　深情。
啊，我看见：
每一个姑娘的
　　心中
　　　　都是一片
　　　　　　桂林山水……

我看见：
每一个青年的
　　手掌
　　　　都是一座
　　　　　　五指山峰！
来吧！
　　你百年不遇的
　　　　大雨！
来吧！
　　你十二级的
　　　　台风！
看！——

我们社会主义的
　　　"镇海楼"，
　　　——风雨不动！
看！——
　　　千百万英雄人民，
　　　　防洪抢险，
　　　——战战成功！
请问啊——
　　　千里灾区何处有？
红旗下——
　　　一片歌声笑声中！……
啊！
我的欢笑的
　　　豪迈的
　　　　　南方！——
共和国啊，
这就是你
　　　一九五九年的
　　　　壮丽的
　　　　　　面容！

……现在
我走在北京
　　　朝阳门的
　　　　　街道中，
我看着
　　　太阳
　　　　迎面东升。

我看着你——
　　　我的
　　　　共和国！
我周身的热血
　　　怎么能不
　　　　又一次地
　　　　　　沸腾？
我该怎样
　　　更好地
　　　　　为你歌唱啊，
十倍
　　　百倍地
　　　　　把你赞颂！
听啊，
共和国的礼炮
　　　第十次
　　　　震响
　　　　　　中国的大地，
这惊天动地的礼炮声呵，
　　　怎能不激动
　　　　　我的心？！
全世界
　　　睁大眼睛，
　　　　看见了
六万万五千万
　　　"饥寒交迫的奴隶"
　　　　　在斗争中长成
何等伟大的

巨——人！
无边海洋的
　　波涛啊，
无限宇宙的
　　星云，
正向我们
　　传来
　　　　响不断的
　　　　　　回音！
啊，我们十年的
　　　　伟大的道路！
我们共和国的
　　不朽的
　　　　青春！
更快地
　　更快地
催开
　　我们社会主义的
　　　　跃进的战马吧，
更快地
　　更快地
推动
　　我们共和国
　　　　历史的车轮！
让帝国主义反动派
　　瑟瑟抖颤吧！
让他们，此刻
　　从模糊的泪眼中，

偷看一下
　　我们的
　　　　天安门！
让他们
　　在上帝面前祈祷，
　　　　去哭一千声
　　　　　　"阿门……"
　　在五星红旗下，
　　　　欢呼一万声
　　　　　　"前进！"
我们的青春啊，
　　还不过
　　　　正在开始，
而他们的
　　末日
　　　　已将要来临！
啊！我的共和国啊——
　　母亲！
党啊——
　　我们母亲的
　　　　心！
在这个伟大节日的
　　人海里，
我把我的手臂
伸向你——
　　伸向
　　　　天安门。
我想对你说——

我会
　　永远地
　　　　活着，
我将会
　　五十次——
　　　　一百次地
　　庆祝
　　　　你的诞辰！
在未来的
　　共产主义的
　　　　地球上，
我永远是
　　一个年轻的公民。
我会
　　辛勤地
　　　　劳动，
在帝国主义的
　　坟地上，

种出
　　一片绿荫。
啊，我将在
　　　　　天安门的华表下
带着
　　甜蜜的回忆，
向子孙们
　　指点：
我们
　　跟随毛主席
　　　　走过的脚印，
讲说：
　　五十年前
　　　　　或者一百年前——
我们共和国
　　十周年纪念日
那个灿烂的
　　早晨！

雷锋之歌①

五

就是这样，
雷锋，
你出发了……
　　——在黎明前的
　　一阵黑暗中……
你带着
满身
燃烧的血泪，
　　好像在梦中一样，
　　扑向
　　党啊——
　　温暖的
　　温暖的
　　母亲怀中……
……就是这样，
雷锋，
你站起来！

接受
"共产主义新战士"
　　——党给你的
　　命名。
……就是这样，
雷锋，
你走来了……
你不是
只为洗雪
一家的仇恨；
　　不是为了
　　"治好伤疤
　　忘了疼"……
你来了啊，
不是为
学少爷们那样——
　　从此

---

① 编者注：《雷锋之歌》作于 1963 年 3 月 31 日，原载《中国青年报》1963 年 4 月 11 日，中
　　国青年出版社 1963 年 5 月出版，这里选第五章。

醉卧高楼，
做花天酒地的
荒唐梦；
你来了啊，
更不是为
向仇人们鞠躬致敬——
　　说是为大家的"安宁"，
　　必须
　　践踏爹妈的尸骨，
　　把难友们的鲜血
　　倒进
　　老爷的杯中……

雷锋！
你满腔的愤怒啊，
你刻骨的疼痛……
　　你对党感激的
　　含泪带笑的目光……
　　你对新生活
　　如饥如渴的憧憬……
全部投入
我们阶级的
步伐——
　　化成了
　　战斗的
　　轰天雷鸣！

啊，雷锋！

你第一次学会的
这三个字，
　　你一生中
　　永远念着的
　　这个姓名——
啊，亲爱的
再生雷锋的
母亲——
　　我们的
　　党啊，
　　我们的领袖
　　毛泽东！
母亲懂得你
懂得你啊
——雷锋，
　　你也懂得他
　　懂得他啊
　　——伟大的
　　毛泽东！
你青春的生命
在毛泽东思想的
冲天红光中，
升华……
升华……
　　你前进的脚步
　　在《毛泽东选集》的
　　光辉篇章

那真理的
阶梯上，
攀登……
攀登……

雷锋，
我看见
在你的驾驶室里，
那一尘不染的
车镜……
　　我看见
　　在你车窗前
　　那直上云天的
　　高峰……
啊，你阶级战士的
姿态，
是何等的
勇敢，坚定！
　　你共产党员的
　　红心啊，
　　是何等的
　　纯净、透明！……

雷锋，
你是多么欢乐啊！
在我们灿烂的阳光里，
怎么能不
到处飞起

你朗朗的笑声？
　　你稚气的脸上，
　　哪能找到
　　一星半点
　　忧愁的阴影？……
但是，雷锋，
在心灵的深处，
你有多么强烈的
爱啊，
　　又有多么深刻的
　　憎！
爱和恨，
不可分割，
像阴电、阳电一样
相反相成——
　　在你生命的线路上，
　　闪出
　　永不熄灭的火花，
　　发出
　　亿万千卡热能！……

……从家乡望城
彭乡长
那慈爱的面孔，
　　到团山湖农场
　　庄稼梢头
　　那飘动的微风……
……从鞍钢工地

推土机的
卷动的履带，
　　到烈属张大娘
　　搂抱着你的
　　热泪打湿的
　　袖筒……
啊，祖国亲人的
每一下脉搏，
阶级体肤的
每一个毛孔——
　　都寄托了
　　你火一样的热爱，
　　都倾注了
　　你海一样的深情……

啊，从黄继光
胸口对面
那射向我们的
罪恶炮筒，
　　到地主谭四滚子
　　从地下发出的
　　切齿之声……
……从营房门口
那假装
磨剪子的
坏蛋，
　　到躲在角落里
　　缝补旧梦的

　　某些先生……
啊，祖国道路上的
每一个暗影，
你哨位上的
每一面的响动——
　　都使你燃起
　　阶级仇恨的
　　不灭的火种；
　　都紧盯着
　　你阶级战士
　　警觉的眼睛！……

雷锋啊，
你虽然不是
　　在炮火连天的战场上
　　战斗冲锋，
在平凡的
工作岗位上，
你却是真正的
勇士啊——
　　你永远在
　　高举红旗，
　　向前进攻！
在我们革命的
万能机床上，
雷锋——
　　你是一个
　　平凡的，却

伟大的——
永不生锈的
螺丝钉!

哪里需要?
看雷锋的
飞快的
脚步!
　　哪里缺少?
　　看雷锋的
　　忙碌的
　　身影!……
……啊,马上去
给大娘浇地——
　　现在
　　麦苗正要返青……
……啊,立刻把
自己省下的存款
寄给公社——
　　支援
　　受灾的农民弟兄……
……唔,快准备
给孩子们
讲革命故事——
　　明天是
　　队日活动……
……唔,必须把
赶路的大嫂

护送到家——
　　现在是
　　夜深,雨大,
　　路远,泥泞……

啊,雷锋!
你白天的
每一个思念,
你夜晚的
每一个梦境,
　　都是:
　　人民……
　　人民……
　　人民……
你的每一声脚步,
你的每一次呼吸,
　　都是:
　　革命……
　　革命……
　　革命……

雷锋,你是
真正的
真正的
幸福啊!
　　你是何等的
　　何等的
　　聪明!
你用我们旗帜一样

鲜红的颜色，
写下了
你短暂的
却是不朽的
历史，
　　你在阶级的伟大事业里，
　　在为人民服务的无限之中，
　　找到了啊——
　　最壮丽的
　　人生！
你的生命
是多么
富有啊！
　　在我们党的怀抱里，
　　你已成长得
　　力大无穷！
……可老战友们
总还习惯叫你
"小雷"啊——
　　你只有
　　一百五十四厘米
　　身高，
　　二十二岁的
　　年龄……
但是，在你军衣的
五个纽扣后面
却有：
　　七大洲的风雨、

亿万人的斗争
　　——在胸中包容！……
你全身的血液，
你每一根神经，
　　都沸腾着
　　对祖国的热爱，
而你同时
在每一天，
每一分钟，
念念不忘：
　　世界上还有
　　千千万万
　　受难的弟兄！……
"上刀山！
下火海！……"
——雷锋啊，
在准备着！
　　风吹来！
　　雨打来！
　　——雷锋啊，
　　道路分明！……

啊！这就是
这就是
一个叫做
"雷锋"的
中国革命战士的
英雄姿态！

这就是
我们的大地
我们的母亲
以雷锋的名义
给历史的
回应——

人啊，
应该
这样生！
路啊，
应该
这样行！……

西去列车的窗口①

在九曲黄河的上游，
在西去列车的窗口……

是大西北一个平静的夏夜，
是高原上月在中天的时候。

一站站灯火扑来，像流萤飞走，
一重重山岭闪过，似浪涛奔流……

此刻，满车歌声已经停歇，
婴儿在母亲怀中已经睡熟。

在这样的路上，这样的时候，
在这一节车厢，这一个窗口——

你可曾看见：那些年轻人闪亮的眼睛
在遥望六盘山高耸的峰头？

你可曾想见：那些年轻人火热的胸口
在渴念人生路上第一个战斗？

你可曾听到啊，在车厢里：
仿佛响起井冈山拂晓攻击的怒吼？

---

① 编者注：1963 年 12 月 14 日作于新疆阿克苏，原载《人民日报》1964 年 1 月 22 日。

你可曾望到啊，灯光下：
好像举起南泥湾披荆斩棘的镢头？

啊，大西北这个平静的夏夜，
啊，西去列车这不平静的窗口！

一群青年人的肩紧靠着一个壮年人的肩，
看多少双手久久地拉着这双手……

他们啊，打从哪里来？又往哪里走？
他们属于哪个家庭？是什么样的亲友？

他啊，塔里木垦区派出的带队人——
三五九旅的老战士、南泥湾的突击手。

他们，上海青年参加边疆建设的大队——
军垦农场即将报到的新战友。

几天前，第一次相见——
是在霓虹灯下，那红旗飘扬的街头。

几天后，并肩拉手——
在西去列车上，这不平静的窗口。

从第一天，老战士看到你们啊——
那些激动的面孔、那些高举的拳头……

从第一天，年轻人看到你啊——
旧军帽下根根白发、臂膀上道道伤口……

啊，大渡河的流水啊，流进了扬子江口，
沸腾的热血啊，汇流在几代人心头！

你讲的第一个故事："当我参加红军那天"；
你们的第一张决心书："当祖国需要的时候……"

"啊，指导员牺牲前告诉我：
'想到啊——十年后……百年后……'"

"啊，我们对母亲说：
'我们——永远、永远跟党走！……'"

第一声汽笛响了。告别欢送的人流。
收回挥动的手臂啊，紧攀住老战士肩头。

第一个旅途之夜。你把铺位安排就。
悄悄打开针线包啊，给"新兵们"缝缀衣扣……

啊！是这样的家庭啊，这样的骨肉！
是这样的老战士啊，这样的新战友！

啊，祖国的万里江山！……
啊，革命的滚滚洪流！……

一路上，扬旗起落——
苏州……郑州……兰州……

一路上，倾心交谈——
人生……革命……战斗……

而现在，是出发的第几个夜晚了呢？
今晚的谈话又是这样久、这样久……

看飞奔的列车，已驶过古长城的垛口，
窗外明月，照耀着积雪的祁连山头……

但是，"接着讲吧，接着讲吧！
那杆血染的红旗以后怎么样啊，以后？"

"说下去吧，说下去吧！
那把汗浸的镢头开啊、开到什么时候？"

"以后，以后……那红旗啊——
红旗插上了天安门的城楼……"

"以后，以后……那南泥湾的镢头啊——
开出今天沙漠上第一块绿洲……"

啊，祖国的万里江山！……
啊，革命的滚滚洪流！……

"现在，红旗和镢头，已传到你们的手。
现在，荒原上的新战役，正把你们等候！"

看，老战士从座位上站起——
月光和灯光，照亮他展开的眉头……

看，青年们一起拥向窗前——
头一阵大漠的风尘，翻卷起他们新装的衣袖！

……但是现在，已经到必须休息的时候，
老战士命令："各小队保证，一定睡够！"

立即，车厢里平静下来……
窗帘拉紧。灯光减弱。人声顿收。……

但是，年轻人的心啊，怎么能够平静？
——在这样的路上，在这样的时候！

是的，怎么能够平静啊，在老战士的心头，
——是这样的列车，是这样的窗口！

看那是谁？猛然翻身把日记本打开，
在暗中，大字默写："开始了——战斗！"

那又是谁啊？刚一入梦就连声高呼：
"我来了！我来了！——决不退后！……"

啊，老战士轻轻地走过每个铺位，
到头又回转身来，静静地站立在门后。

面对着眼前的这一切情景，
他，看了很久，听了很久，想了很久……

啊，胸中的江涛海浪！……
啊，满天的云月星斗！……

——该怎样做这次行军的总结呢？
怎样向党委汇报这一切感受？

该怎样估量这支年轻的梯队啊？
怎样预计这开始了的又一次伟大战斗？

……戈壁荒原上，你漫天的走石飞沙啊，
……革命道路上，你阵阵的雷鸣风吼！

乌云，在我们眼前……
阴风，在我们背后……

江山啊，在我们的肩！
红旗啊，在我们的手！

啊，眼前的这一切一切啊，

让我们说：胜利啊——我们能够！

…………

…………

啊！我亲爱的老同志！

我亲爱的新战友！

现在，允许我走上前来吧，

再一次、再一次拉紧你们的手！

西去列车这几个不能成眠的夜晚啊，

我已经听了很久，看了很久，想了很久……

我不能、不能抑止我眼中的热泪啊，

我怎能、怎能平息我激跳的心头？！

我们有这样的老战士啊，

是的，我们——能够！

我们有这样的新战友啊，

是的，我们——能够！

啊，祖国的万里江山、万里江山啊！……

啊，革命的滚滚洪流、滚滚洪流！……

现在，让我们把窗帘打开吧，

看车窗外，已是朝霞满天的时候！

来，让我们高声歌唱啊——

"……鲜红的太阳照遍全球！……"

回答今日的世界[1]

——读王杰日记

这样写，
这样写——
我们的日记，
要这样写。

这样写，
这样写——
我们的历史，
要这样写。

写我们
壮丽的红旗，
写我们
伟大的事业。

用我们
整个的生命，
用我们
全部的热血。

生——
这样写，
死——
这样写。

革命！
革命！——
在每一行、
每一页。

人民！
人民！——
在每一章、
每一节。

世界，
在我们心中，
英雄，
在我们的行列。

---

[1]　编者注：作于 1965 年 11 月 11 日，原载《人民日报》1965 年 11 月 15 日。

我们是
黄继光、雷锋的战友，
我们是
千百万个——王杰！

谁说王杰
已经牺牲？
谁说战友
已和我们告别？

看千百万颗王杰的心
正一齐跳动，
看千百万本王杰日记
仍继续在写……

写呵，
我们写！
我们这样写，
我们必须写——

面对
万里的烽烟，
回答
今日的世界！

革命——
决不后退！
战斗——
决不停歇！

怎能容忍
叛徒的出卖？
怎样允许
强盗的猖獗？

红旗——
决不会倒下！
火炬——
决不会熄灭！

谁是
"革命的良种"？
人民
自会鉴别！

请看
革命的大军，
此刻正在
重新集结……

我们是
毛泽东的战士，
我们是
英雄王杰！

来吧，看敌人
怎样疯狂？
来吧，让暴风雨
更加猛烈！

我们早已
做好准备，
准备迎接
要来的一切！

我们将高唱：
"这是最后的斗争……"
永远战斗
在最前列！

我们将
打开日记本，
把毛泽东思想的真理，
大字书写——

写：天空
不会塌陷！

写：地球
不会毁灭！

写：把帝国主义强盗，
彻底埋葬！

写：对修正主义叛徒，
进行最后判决！

写呵：世界人民
最后胜利！

写呵：全地球
花开草长季节……

呵，我们的日记，
我们的历史，
将写下：明天
更新、更美的一页！

中国的十月①

一九七六年，
中国的十月。
历史的巨笔，
将这样书写：
无产阶级革命的
又一伟大战役，
为真理而斗争——
新的光辉一页！

啊……
一九七六年，
严峻的十月。
伟大的导师
和他伟大的战友，
已和我们永别……
生前的遗志啊，
怎样实现？
如何继承
他们开创的事业？

在中国，

在十月。
命运大搏斗的
风风雨雨，
我们心潮激荡的
日日夜夜——
怎能不想啊
那长征路上
莽莽昆仑"这多雪"？

在北京
在十月。
中南海内
波浪起伏，
长安街上
灯火明灭——
怎能不念啊
娄山关前
"而今迈步从头越"？

啊……
一九七六年，

① 编者注：初稿写于1976年10月30日，1979年4月5日改，原载《诗刊》1976年第11期。

惊心动魄的十月！
天安门城楼
连接着遵义城堞，
大会堂前
似见当年
那会址的台阶。
每一天，
每一夜，
怎能不牵动
世界人民的心啊，
和我们人民
心中的世界。

啊！
一九七六年，
震撼世界的十月！
我们的党
胜利了！
北京的晨曦
向世界报捷。
党中央一举粉碎
"四人帮"反党集团，
无产阶级的巨手，
终于捉住了这窝蛇蝎！

十月啊，
伟大的十月！
中国人民

胜利了！
看革命的航船
正扬帆飞跃。
党中央
执行人民的意志，
肩负全党的重托，
在这伟大的战役中，
是何等的英勇、果决！

十月啊，
欢乐的十月！
当胜利消息传遍
举国沸腾的时辰，
当幸福
火一样灼人的此刻——
我向你啊
放声歌唱！
我为你啊
奋笔挥写：
伟大、光荣、正确的党啊，
我们万难不摧的
阶级的事业！

我要唱啊，
我要写。
在这欢庆的
锣鼓声中，
在这祝捷的

不眠之夜……
用我止不住的
欢欣的泪水啊，
用压不住的
我滚滚的热血！

写啊，
我要写。
在我劳动的
炼钢炉旁，
在我们厂
游行的队列——
师傅的喜泪
和我的泪水汇流，
阶级的热血啊，
向着我心头倾泻……

在声讨会上，
在游行的行列。
我又看见——
师傅肩头
大伯留下的血衣……
小侄儿手中
妈妈被卖的契约……
我怎能不高呼——
叛徒、内奸捉住啦！
我们红色的万里江山啊，
怎容他拉回

那"三月的租界"！

在声讨会上，
在游行的行列。
我又看见——
那英雄连队
登城首功的战旗……
老将军脚上
那万里长征的草鞋……
我怎能不大叫——
"四人帮"垮台啦！
我们党的千秋大业，
决不能被蛀虫一旦毁灭！

啊！一九七六年，
热血沸腾的十月！
党中央的
光辉文件——
携带着
九天愤怒的雷霆，
八亿人民衷心的喜悦，
发出了
讨伐"四人帮"的
战斗檄文，
对历史的小丑，
宣布历史的判决！

啊……

一九七六年，
悲泪和喜泪交流的十月……
在此时，
在此刻——
我们的心
牵挂着
那水晶的棺椁，
长青的树叶；
我们的心啊，
又飞向毛主席面前——
啊……
我们伟大的人民，
用新的胜利
又在接受
您的检阅……

啊……
一九七六年，
思绪万端的十月……
喜泪如连绵春雨啊，
捷报似漫天飞雪。
百里首都钢城，
十里长安大街……
——此情此景啊
怎能不令人记起：
突破腊子口，
三军开颜的滚滚铁流……
百万雄师过江，

踏平魔鬼的巢穴……
——此景此情啊
又怎不令人回想：
泪雨中升起的
第一面五星红旗……
第一次照见
五亿人民团圆的
中秋明月……

啊……
一九七六年，
万众欢呼的十月！
爆竹声声相连
锣鼓阵阵相接……
不是国庆的国庆啊，
不是过节的过节。
来啊，
我年轻的老战友，
我年老的新同学……
让我们重逢
在游行队伍中吧——
早已有心在先，
此次何须相约？
来啊，
手把手教我的
工人师傅啊，
饱尝战斗艰辛的
我们的大姐……

让我们相会
在纪念碑下吧——
踏过那一月的寒风，
登上这十月的台阶……
让我们朝向
祖国的江河大地，
用倾盆的泪雨
把捷报书写……
这样——向总理告慰：
十月啊——今天，
今天啊——十月！……

啊！
今天——十月，
中国的十月。
一九七六年啊，
伟大进军的十月！
在庆祝胜利的
此时此刻——
我站在天安门广场，
我们伟大人民的战列。
看天安门城楼，
那召唤进军的红旗……
听《国际歌》声，
向万里云天飞越……
是巴黎公社的火焰，
是丙辰清明的鲜血……

卷起我心潮滚滚啊，
似大江东去浪千叠！
望革命征程
千山万岳……
听战鼓又催征啊，
革命战士
怎能不壮怀激烈？！

任妖魔善变，
任道路曲折——
马列必胜。
人民不朽。
真理不灭。
——这就是
一九七六年十月战役的
伟大总结。
我们的党啊
大有希望！
社会主义
大有希望！
——这就是
今日的中国
又一次
这样回答
今日的世界！……

啄　破①

　　1988年7月，我参加在保加利亚首都索菲亚举行的第四届国际儿童联
欢大会，大会与和平旗帜工作机构的图徽为画有经纬度线的地球，下方为
啄破蛋壳的两只雏鸽。

雏鸽啄破蛋壳，

里面有你有我。

——这是"和平旗帜"的图徽，

这是全世界儿童心中的歌。

啄破！啄破！

小鸟长成要出壳。

——这是地球生育的形象，

这是全人类的前进之歌。

打开巴士底狱唱的这支歌。

攻占沙皇冬宫唱的这支歌。

——我们的老师都知道。

我们的老人都记得。

从莱比锡法庭到自由公园②唱的这支歌。

----

①　编者注：1988年7月17日作于索菲亚。

②　自注：自由公园，在索菲亚市区。

从井冈山到天安门唱的这支歌。

——你的爷爷经过，讲过。

我的奶奶讲过，经过。

我们的地球妈妈是圆？是转？

啄破！啄破！——我们这才认得。

这样，第一架蒸汽机在地球上诞生。

这样，第一座登月舱到月球上降落。

西天的霞光能变成永久的晨曦？

东方的红旗怎越过曲折和阻隔？

解惑——要唱这支歌。

探索——要唱这支歌。

历史公公未曾容太久的混沌，

长河婆婆不许有太长的洄波。

啄破！——这是我们前人的歌。

啄破！——这是我们今人的歌。

我们的岁月，一秒沉醉已太久。

我们的大地，一声叹息已太多。

我们的爱，不是无人理解的"爱何"①。

我们的期望，不是永远等不到的"戈多"②。

啄破！啄破！——

这不是遗忘、狂妄之歌。

我们的翅膀要冲向千条银河，

---

① 自注："爱何"，山林女神，见古罗马诗人奥维德的长诗《变形记》。

② 编者注："戈多"，见爱尔兰荒诞派剧作家贝克特《等待戈多》。

啄
破
／

我们的心脏却连着你我的扬子和尼罗。

啄破！啄破！——
这不是无根、无向之歌。
大地母亲的奶汁给我们神力，
使我们不会在宇宙的黑洞里跌落。

啊，啄破！啄破！
鹏鸟长成要出壳。
飞吧，飞向人类的未来！
唱吧，唱这支属于你、他、我……
　　　属于全人类的前进之歌
　　　　——永恒之歌！

陕西行①

1982年11月党的十二大后，有陕西之行，途中作以下诸诗。

谒黄陵

风云四十载，几度谒黄陵。
古柏今犹绿，战士白发生。
不问挂甲树②，但听征马鸣。
指南车又发，心逐万里程！

登延安清凉山

我心久印月③，万里千回肠。
别后定痂水④，一饮更清凉。

---

① 编者注：《陕西行》，十一题十二首，这里选四首。
② 原注：黄陵轩辕庙内有一古柏，树身布满战甲状斑痕，相传汉武帝西征归后曾挂甲于此。
  （新古体诗中，"原注"的注释内容摘自作者《心船歌集》2013年增补本。）
③ 原注：清凉山上有月儿井，井旁有印月亭，自亭边透过石缝下看十余丈，有月影自水底涌出。
④ 原注：定痂泉为清凉山又一景。相传有僧割己肉救饥鹰，伤口不愈，来此泉一洗而结痂，因而名之。

访西安八路军办事处

死生一决投八路，阴阳两分七贤庄①。
四十二载访旧址，少年争问路短长。

皇甫村怀柳青

　　长安县皇甫村，为作家柳青同志长期深入生活并死后归葬之地。

床前墓前恍若梦②，家斌泪眼指影踪③。
父老心中根千尺，春风到处说柳青。

---

① 原注：原西安八路军办事处所在地，名七贤庄，1940年作者经此投奔延安。现为纪念馆。
② 原注：柳青弥留前，作者到病床前探望，此次来墓前默哀。
③ 原注：王家斌，柳青长篇小说《创业史》中人物梁生宝原型。

三峡行①

访三峡工程指挥部

久梦平湖出高峡②，禹牛待命望京华③。
屈子回棹向故里④，神女俯身欲浣纱⑤。

秭归访屈原祠

隐约江声似《九歌》⑥，此去汨罗路几何？
《招魂》当应"归乡赋"⑦，寻迹到此热泪和！

---

① 编者注：作者1985年10月至11月访问三峡，作诗九首，这里选四首。

② 原注：毛泽东1956年《水调歌头·游泳》："更立西江石壁，截断巫山云雨，高峡出平湖。"

③ 原注：西陵峡有黄陵庙，旧有大禹及神牛塑像。

④ 原注：西陵峡中段秭归县，为屈原故里。

⑤ 原注：指巫峡神女峰。

⑥ 原注：屈原祠在秭归城长江边。《九歌》，屈原根据流行于此地及楚国南部民间祭神乐歌加工创作。

⑦ 原注：《招魂》，《楚辞》篇目，作者宋玉，或疑为屈原。

至奉节闻远方讯有思

史读"托孤"忆蜀忧[1]，诗诵"依斗"感杜愁[2]。
不尽长江今来我[3]。白帝叶红第几秋？

登白帝城答友人问候[4]

列阵群峰激壮心，高城千尺竞登临。
目送杜甫长江浪[5]，袖扫宋玉巫山云[6]。
但倚赤甲呼征鼓[7]，岂对白帝输病身？
夔门又雨何足畏[8]，滟滪千堆过来人[9]！

---

[1] 原注：蜀帝刘备在白帝城临终前托孤（阿斗）于诸葛亮，现城上有此段史事群塑。

[2] 原注：杜甫《秋兴八首》中句"每依北斗望京华"。后在奉节城南门外长江岸立有依斗门，迤东山巅上为白帝城。

[3] 原注：杜甫夔州诗之一《登高》句"无边落木萧萧下，不尽长江滚滚来"。

[4] 原注：城在白帝山上。东汉初，公孙述踞此称帝，自号白帝，建此城，因而名之。

[5] 原注：杜甫《登高》，诗中意见前。

[6] 原注：宋玉《高唐赋序》中述楚怀王梦巫山神女，"旦为朝云，暮为行雨"。

[7] 原注：赤甲山，瞿塘峡群山之一。

[8] 原注：瞿塘峡口，两侧石壁对峙，是为夔门。

[9] 原注：滟滪堆，在瞿塘峡口江流中，为长江著名险滩。

游七星岩、月牙楼述怀[①]

我生历忧患，沧海见横流。

未折夸父志[②]，老梦仍壮游。

决眦岱岳顶，歌呼昆仑丘。

旧侣半辞世，新知索题留。

千书无悔字，万里心可剖。

桂林又举笔，发落不悲秋。

思悟七星岩，情解月牙楼：

天行回斗柄[③]，大亏盈开头[④]。

莫叹路漫漫，艰险固必由。

杖弃渴未死[⑤]。追日有飞舟。

今再捧漓水，同君析离愁。

---

① 编者注：1959年作者访桂林，作《桂林山水歌》。1986年10月，作者重访桂林，作诗
　　《重访桂林》六首，这里选一首。

②⑤ 原注：中国古代神话"夸父追日"：渴饮河、渭不足，欲北饮大泽，未至渴死于道，弃
　　其杖，化为邓林。

③ 原注：七星北斗，旧时有春联："斗柄回寅万户春"。

④ 原注：指月食、月相变化。

故乡行①

　　1987年秋，心载京中数月所感而偶有故乡山东之行。几年来见喜、见忧，心绪繁纷，尤以此番为最。此行数日内，或应人索题，或情不自已，匆促间草成"打油"多首。见之者问：何不发表？我以"诗无律而思有邪，不敢广为示人"答之。实则诗无律事小而思有邪事大，因反资产阶级自由化又一次夭折，身处当时境遇，不得不避免又送"辫子"，再遭谣诼，以致又牵连其他同志也。

　　两年半后之今日，情况已远非昔比。《东风》副刊多次催稿，久却不恭，现将此旧稿重新抄出勉为应命。但不知作为往事之点滴记忆，还值得读者一顾否？

1990年2月5日记

济南会友

泉城多真水②，历下少虚情③。
故人故心在，故乡问征程。

---

① 编者注：《故乡行》作于1987年10月3日至7日，原载《光明日报》1990年2月22日，十五首，这里选十一首。

②③ 原注：济南市处历山下，向称"泉城"，传有七十二名泉，市内自来水源多直接取自泉水。

游趵突、漱玉二泉

趵突思源远，漱玉引情长①。
遥听"鬼雄"句②，羡我访故乡。

应大明湖索题

湖想稼轩北固楼③，泉思易安舴艋舟④。
唯愿二杰愁写尽，从今鲁歌无隐忧。

访友倾谈⑤

愚不可及宁武子⑥，难得糊涂郑板桥。
虽见玄坛纵黑虎⑦，岂信黄粱新宋朝⑧！

---

① 原注：趵突泉源于泺水，《春秋》载鲁桓公会齐侯于泺。趵突泉旁有漱玉泉，宋代大词
人李清照《漱玉集》因以取名。此泉旁有柳絮泉，相传为清照故居，新中国成立后傍
此建李清照纪念馆。（据考清照故居实在章丘百脉泉畔之明水镇）

② 原注：李清照《五绝》："生当作人杰，死亦为鬼雄。至今思项羽，不肯过江东。"

③ 原注：南宋大词人辛弃疾号稼轩，为济南市人。大明湖南岸遐园西北，1961 年建辛弃疾
纪念祠。弃疾，有句："何处望神州？满眼风光北固楼。"北固楼即北固亭，在江苏镇江
市长江岸，辛曾两次登此并赋有名篇。

④ 原注：李清照号易安居士，其词《武陵春》中有句："只恐双溪舴艋舟，载不动许多愁。"

⑤ 原注：友人斋中悬郑板桥"难得糊涂"行书帖。案上有《论语》，又有汤显祖《邯郸记》、
潍坊杨家湾旧版财神年画等杂陈于报刊堆上。

⑥ 原注：《论语》："子曰：宁武子，邦有道则知，邦无道则愚。其知可及也，其愚不可及
也。"

⑦ 原注：玄坛即赵公明，俗称赵公元帅。道教所奉之财神，坐骑黑虎。

⑧ 原注：《邯郸记》重写唐传奇黄粱梦故事。此夕与友人谈及：赵公纵黑虎、拜西天、倡
"一切向钱看"，等等；但史籍未载公由此竟能继其先祖而得天下。征之各类传奇，均以
粱熟梦破而终。其奈史何！

曲阜夜

思接千载抚鲁壁①，心游万仞攀岱峰②。
往事如涛曲阜夜，起听新歌《大道行》③。

登泰山南天门即景④

此境天生抑人生？相遇竟在不遇中。
月观峰上观落日，日观峰下逢月升。

天街即事⑤

飞车如霞人似仙，天街邂逅众声欢。
暗云何能损岱岳？到此亲眼识泰山。

登岱顶赞泰山

几番沉海底，万古立不移。
岱宗自挥毫⑥，顶天写真诗。

---

① 原注：鲁壁即孔子宅壁。据《汉书·艺文志》载，汉武帝时，鲁恭王从壁中掘出古文经书多种，推论为避秦火所藏。清以后学者多有怀疑此事者。
② 原注：岱峰，泰山之峰。
③ 原注：参观曲阜后宿孔府旧址，久不能寐。起看电视播映山东艺术节舞剧《孔子畅想曲》。该剧以《礼记·礼运》篇"大道之行也，天下为公"全文为主题歌。
④ 原注：时值中秋节前二日，登上南天门时恰见日、月正东、西相望。
⑤ 原注：乘空中缆车登南天门后，步行至碧霞洞，此段名"天街"。各路游人多会经此处再攀岱顶。
⑥ 原注：岱宗即泰山，古以其为诸山之所宗。

岱顶夜骤寒

身似归云眠岱顶，不测夜寒骤起风。
难阻日观峰上去，纵目万里海浪中。

日观峰上

望岳偏遇望人松①，观日却上日观峰。
青松红日对我望，齐报骨坚心透明。

寻辛弃疾旧踪

南奔有志岱峰壮，北归无期灵岩哀②。
今寻幼安擒叛地，午梦点兵呼我来③。

---

① 原注：望人松，在五松亭西侧山坡上。
② 原注：辛弃疾参加耿京的抗金起义军，根据地即在灵岩至泰山一带。耿京被叛徒张安国所害。辛弃疾勇擒叛徒，南奔于宋，不意竟被宋廷嫉斥，空怀恢复之志而终老江南。
③ 原注：辛弃疾字幼安。其《破阵子》一词，写醉中忆昔在抗金军中之战斗豪情，有"沙场秋点兵"句。

富春江散歌①

我于去冬体检发现重疾入医院治疗，今春出院赴杭州疗养。4月底病情稍苏，应邀试作富春江游。

近年浙江省开辟富春江、新安江至千岛湖旅游一条线，称"两江一湖黄金旅游线"。海内外游人如织，多有再加西湖、钱塘江而称"三江两湖"者。

此行往返千里，畅览水光山色，饱见昔奇新胜。目接心会，感奋不已，不禁乘兴有作。行笔仍如以往，不拘旧律，因以"散歌"名之。待向方家求教前，姑自书、自诵之，抑或疗病之一法耶？

1992年5月27日记于杭州

一

富春江上严陵濑，东钓台旁西弔台②。
我来观鱼鱼观我③：子非柳子缘何来？

---

① 编者注：1992年5月1日至3日作，6月4日抄于北京，原载《诗刊》1993年第6期。

② 原注：严陵濑，或称子陵濑，东汉隐士严光（字子陵）垂钓处，在富春江中游桐庐县境内。临江峭岸上有台状二巨石耸出，是为东台、西台。东台即严子陵钓台，西台为谢翱遥祭文天祥恸哭处。谢翱，字皋羽，宋末爱国志士，曾参加文天祥抵抗军。

③ 原注：毛泽东《七律·和柳亚子先生》（1949年）："莫道昆明池水浅，观鱼胜过富春江。"

二

名之行之思之江①，绝信折水富春光。
昆明池畔喜解缆，桐君助我溯钱塘②。

三

平生总为山河醉，非酒醉我万千回。
三江澄碧今痛饮，不借韩囊岳家杯③。

四

长啸畅笑消病颜，云月八千有此缘：
三江两湖梦之国，千岛万峰情之巅。

五

西湖波摇连梦寐，千里秀美复壮美。
山迴水洞少壮回，鹭飞瀑飞壮思飞！

---

① 原注：之江，即钱塘江，因江流曲折状如"之"字故名。又，毛泽东《新民主主义论》："二十年中有三次曲折，走了一个'之'字。"编者注：作者也名占"之"字，当时前后两次任职，又两次退职，也如同走了一个"之"字形路。
② 原注：桐君，古代民间药物学家，相传为黄帝时人，居桐庐县富春江畔。
③ 原注：西湖畔有岳飞墓。岳飞任职期间曾与部下约："直捣黄龙与诸君痛饮耳。"岳飞被诬下狱后，韩世忠自请罢官，时跨驴载酒囊，纵游西湖上。岳飞冤死后，韩世忠在灵隐寺飞来峰缘岳飞"特特寻芳上翠微"诗意建翠微亭以纪念之。

六

三江口下数客船①，千年云帆几往还？
忧乐范公潇洒去②，谪仙濯月沧波间③。

七

应解子陵"客星"忧④，当消灵运"客儿"愁⑤。
无恙江山系众我，昂首春江第一楼⑥。

八

车窗船头望如痴，可在大痴画卷里⑦？

---

① 原注：钱塘江与富春江相接处，有浦江汇入，此处称"三江口"。
② 原注：范仲淹《岳阳楼记》有名句"先天下之忧而忧，后天下之乐而乐"。北宋仁宗时范知睦州（州治在今新安江畔之梅城镇），写有《潇洒桐庐郡十咏》。
③ 原注："谪仙人"李白诗《古风（其十二）》有句："昭昭严子陵，垂钓沧波间。""使我长叹息，冥栖岩石间。"
④ 原注：严子陵少时曾与刘秀同游学。刘秀即光武帝位后请子陵入宫似授以官职，夜邀子陵叙谈并与之同榻寝卧，子陵眠后足加帝腹上。诘旦，太史入奏"客星犯帝座，状甚危迫"，光武不以为意，面授子陵为谏议大夫，子陵坚拒不受，归富春江耕钓。
⑤ 原注：南朝山水诗人谢灵运幼儿时，其父信宿命"不宜子息"，为之取名"客儿"，寄养于杭州灵隐寺。
⑥ 原注：春江第一楼，古建筑，在富阳县城东，下临富春江。
⑦ 原注：大痴，黄公望，字子久，号"大痴道人"，元代大画家，传世名作有长卷《富春山居图》。

朱墨春山新诗意①，富阳新纸写淋漓②。

九

景人相看两妩媚③，江映鹳山双郁碑④。
谁诵鲁诗唤合影⑤？春山恒美贵横眉⑥。

十

云天今古共此情，山结桐庐江沉钟⑦。
桐君隐名留药在⑧，悠悠我心荡钟声。

---

① 原注：1933年鲁迅诗《赠画师》："愿乞画家新意匠，只研朱墨作春山。"

② 原注：富阳造纸历史悠久。改革开放后，富阳新式造纸业发展甚速。民间造纸专家蒋放年结合电脑技术，不断创新，造出古籍宣纸，质地甚优。

③ 原注，李白诗："相看两不厌，只有敬亭山。"辛弃疾词："我见青山多妩媚，料青山见我应如是。"

④ 原注：富阳为作家郁达夫故里。鹳山，在富阳县城西富春江侧，山麓有郁达夫及其兄郁曼陀两烈士纪念碑亭。两人于抗战期间分别在印尼和上海被日本侵略者杀害。

⑤⑥ 原注，1924年10月鲁迅诗《自嘲》中有名句"横眉冷对千夫指，俯首甘为孺子牛"。诗末附言："达夫赏饭闲人打油偷得半联凑成一律以请亚子先生教正。"

⑦⑧ 原注：相传桐君采药求道，止于富春江畔桐庐县城东山，结庐桐树下居之。有问其姓名者，指桐以示之，因名其人为桐君，山亦名为桐君山。《隋书》《旧唐书》列《桐君采药录》为典籍。现桐君山上桐君祠内有同仁堂等全国几大中药店联合售药处。

又，桐君山踞富春江与分水江汇合处，山脚下江水深处名桐君潭，相传潭下有沉钟一口。据《潇洒桐庐》书载，明嘉靖时常乐寺钟移置于桐君山上，倭寇入侵曾盗此钟，甫装船，钟忽自发轰洪之声，寇大惊弃钟逃去，钟遂沉入潭底。

十一

五洲客游神仙洞①，赏我新景问仙踪。
家山自重立天柱，笑延四海飞来峰。

十二

桐庐夜宿辨远音，谁言境似小杜吟②？
我岂"笛吹孤戍月"，但笑"犬吠隔溪村"！

十三

幽水来汇诧胥江③，潮神讵料似赧郎。
不遭无道何曾怒④，应知将军本柔肠。

---

① 原注：此一旅游线上多有岩洞可观，最佳者为桐庐县之瑶琳仙境、建德县之云栖洞等。
此处所指不限于此。

② 原注，杜牧诗《夜泊桐庐眠先寄苏台卢郎中》："笛吹孤戍月，犬吠隔溪村。"

③ 原注：富春江上游有一支流，自新安发源，名胥江。相传战国名将伍子胥曾在江畔躬耕，
因以名之。

④ 原注：伍子胥助吴王阖闾夺取王位，吴国国势强盛；吴王夫差时被疏远，赐剑命其自杀。
相传其魂化为钱江潮神。

十四

春江三峡姐妹行^①，巾帼英雄今俊装。
波鼙恋笑峰头唱，云外谁歌"延水长……"^②？

十五

烟雨楼头南湖心^③，长河水源白云根^④。
窗开万厦须两手，挽此云水净埃尘。

十六

富春江接新安江，仙乡梦乡似故乡。
宝塔山分两相望^⑤，主人熟诵我诗章。

十七

我有归魂非迷魂，清江一滴是我身。
新安坝下静夜游^⑥，江灯知我万里心。

———————————

① 原注：富春江上游七十里，名七里泷，有"小三峡"之称。
② 原注：为纪念毛泽东《在延安文艺座谈会上的讲话》发表五十周年，沿途各县市从4月起
　相继举行纪念活动。"延水长"，为抗战初期延安流传之新歌《延水谣》中一句。
③ 原注：嘉兴南湖湖心岛上有烟雨楼。我党一大秘密从上海移至南湖，在游船中继续举行。
④ 原注：白云根，严子陵钓台隔江相对有芦茨村，为晚唐诗人方干故里，因范仲淹赋诗称
　此为"白云村"，后人遂雅称之为"白云源"。
⑤ 原注：两江相接处在梅城镇（古睦州，宋时改严州），夹岸南北两山名有古塔，状如延安
　宝塔山一身分二。
⑥ 原注：新安江水库大坝及水电站1960年建成。坝下江水清凉幽绝，新增夜间游艇。

十八

古来万卷山水图，偏多贫瘠伤心处。

肤施誓愿又入梦①，热泪今涨千岛湖②。

十九

建德新市胜海市③，蜃楼人居傲仙居。

"高峡平湖"诗思久④，湖山历历巨人迹⑤。

二〇

无限情丝迎客雨，迎我千岛湖中云。

西湖入袖驰望眼，西子千身展千姿！

---

① 原注：肤施，即延安。传说古时天下大饥，陕北尤甚，有饥鹰垂死挣扎来清凉山哀鸣求
食，一僧割自身肌肤饲之，后遂以"肤施"为地名。"誓愿"，指作者在延安入党宣誓。

② 原注：千岛湖即新安江水库。

③ 原注：来访当日，恰值建德县改市举行有关活动。市区新建筑栉比鳞次，延至千岛湖边。

④ 原注：有1956年6月，毛泽东《水调歌头·游泳》词："更立西江石壁，截断巫山云雨，
高峡出平湖。"

⑤ 原注：新安江水库工程自始建至建成后，周恩来、朱德、叶剑英、李先念等同志先后来
此视察。

二一

笑谈范蠡泛五湖^①，我泛此湖惹公妒？
陶朱信是千秋业^②，争奈越、楚国俱覆^③！

二二

蜜山岛上感相遇^④，澜波撒骨郭题句^⑤。
请教再问"甲申祭"^⑥，黄河渡后今何夕^⑦？

二三

对我遥指云飞处，乌龙战垒影可睹^⑧。
方腊碧血腾碧浪，梁山易帜后何如^⑨？

---

① 原注：春秋时政治家范蠡，助越王勾践刻苦图强，雪耻灭吴，后辞官隐去，相传携西施泛舟游五湖。
② 原注：范蠡至山东定陶后改名陶朱公，以经商致富，后因以称商业为"陶朱事业"。
③ 原注：范蠡为楚人。范蠡勾践后，越亡于楚，楚又亡于秦。
④⑤ 原注：蜜山岛，为千岛湖较大岛屿之一。参加工程指挥的水利部已故副部长刘澜波同志遗言将骨灰撒入千岛湖内，现此岛上有刘澜波纪念亭。郭沫若同志曾来此岛，离千岛湖前赋诗题留。
⑥ 原注：郭沫若著《甲申三百年祭》为延安整风学习文件之一。
⑦ 原注：1945 年日本投降后，延安干部分赴全国各地。作者被分配参加赴华北干部大队离延安东渡黄河，当时刘澜波同志为大队领导人之一。
⑧⑨ 原注：宋末方腊农民军起义于新安江一带，至今留有多处遗迹。此处指新安江北岸乌龙山。山东梁山宋江起义军投降朝廷后奉命征伐方腊，两军在此激战。

二四

问何如？观何如？泪如注，心如烛。
我思河山旧图画，我念山河新画图。

二五

思未足，念未足，再望两台云欲呼：
严公请作任公钓①，谢翱泪洗日星出②！

二六

壮哉此行偕入海，钱江怒涛抒我怀。
一滴敢报江海信，百折再看高潮来③！

---

① 原注："任公钓"，据《庄子》，任公子为大钩巨纶，钓于东海，得大鱼，使民足饱。谢灵运《七里濑》诗："目睹严子濑，想属任公钓。"

② 原注："日星出"，谢翱《登西台恸哭记》有"化为朱鸟兮"句，朱鸟系朱鸟星，寓文天祥《正气歌》意："天地有正气，杂然赋流形。下则为河岳，上则为日星。"

③ 原注：富春江归后，又赴海宁县盐官镇海堤观钱塘江潮，未逢大潮已足壮观，因应索题："壮哉钱江潮，小览亦开怀。确知潮有信，相期高潮来！"

川北行①

　　抗日战争初期，我离开家乡山东流亡大后方，于1938年底进入四川，沿川北古金牛蜀道，经广元、剑门关、剑阁到达梓潼止留。1940年由此北上，经原路奔赴延安。53年后的1993年秋，沿此线重访川北故地，并顺游九寨沟，又访江油李白故里。

重登剑门关忆昔

拨云又抚倚天剑，惊风再诵太白篇②。
九折不返悬一念③：勿失阴平负雄关④！

翠云廊古柏蜀道

翠云廊下今重过⑤，画廊史廊溯长河。

---

① 　编者注：《川北行》，1993年10月3日至11月5日作于四川广元至北京，原载《诗刊》1994年第5期，十五题三十首，这里选四首。
② 　原注：指李白名篇《蜀道难》长诗。
③ 　原注：九折坂，在川西邛崃山，山路险阻曲折，汉代王尊至此畏难而返。九折坂亦用作泛指，王维诗："黄花县西九折坂"。黄花县为唐置，在陕西凤县。
④ 　原注：阴平古道，自甘肃文县穿越岷山通向四川，经平武、江油可达成都。三国时蜀相诸葛亮曾置军守之，后主阿斗废戍。蜀将姜维坚守剑门，魏将钟会久攻不下，邓艾别出阴平古道偷袭成都取胜，阿斗降，蜀汉亡。
⑤ 　原注：以剑阁为中心，南至阆中、西至梓潼三百余里的古驿道上，有相传为蜀汉大将张飞始植的近万株古柏，形成绿色长廊，清人乔钵题诗名之"翠云廊"。

撑天望远"帅大树"①，结子盼成"剑阁柏"②。
"乐不思蜀"嗟阿斗③，"出师未捷"叹诸葛④。
蜀道遥想神州路，新喜新忧感非昨。

访江油太白故里

九寨迷人不欲归，太白乡音唤却回⑤。
东路初平西路险⑥，向天有问学君飞⑦。

归后值生日忆此行两见转轮藏⑧

三生石上笑挺身⑨，又逢生日说转轮。
百世千劫仍是我，赤心赤旗赤县民！

---

① 原注："帅大树"，古柏中最大者，沿旧名。1963年朱德同志曾来此树下观赏。
② 原注：又称"松柏长青树"。几年前，该树经植物学家鉴定为国内外罕见之珍奇新树种，学名定为"剑阁柏"。此树籽不易育新苗，现正试育中。
③ 原注：有"阿斗柏"，传说蜀汉后主阿斗投降被押北去洛阳，过此树下躲雨，因以名之。又，阿斗投降作俘后曾言："乐不思蜀。"
④ 原注：杜甫有诗句："出师未捷身先死，长使英雄泪满巾。"包括剑阁柏道两侧在内的数百里金牛道上，古来有纪念诸葛亮的祠、庙、桥、坡、驿、石等遗迹，多不胜数。
⑤ 原注：李白故里在江油市南郊青莲乡（原属彰明县），市内有李白纪念馆。
⑥ 原注：西路指古阴平道。
⑦ 原注：李白有诗句："大道如青天，我独不得出。""青天有月来几时，我今停杯一问之。"
⑧ 原注：平武报恩寺和江油云岩寺均有古建转轮藏。
⑨ 原注：杭州灵隐寺飞来峰南麓有古代传说中之三生石。1992年作者在杭州疗养，经友人导寻此石，立石上留影。

登绵阳富乐山^①

七秩回首望征程，蜀道重来万感升。

少踏巴山生死路，老耽剑栈兴亡情^②。

阁起"富乐"乐初见，亭复"送险"险未终^③。

西北目坠赤星座，东南心撼翠云松^④

曾识金牛五丁悟^⑤，还念铁马九州同^⑥。

焉许雄关竟坐付^⑦，斗城夜看南湖灯^⑧。

---

① 编者注：作者少年时期流亡绵阳、德阳，1994年重访旧地，生日前作《访德阳、绵阳三
  题》于四川绵阳，1997年改于北京，这里选一首。原注：四川绵阳城北有富乐山，相传
  刘备入蜀，刘璋延至此山，望蜀地富庶，饮酒乐甚，故命此名。近年新建富乐阁，巍峨
  雄伟，可与滕王阁、黄鹤楼相比。
② 原注：指川北蜀道剑门关内外栈道。
③ 原注：绵阳城北梓潼县七曲山下古有送险亭，为川北蜀道南端终点，近年重新修复。
④ 原注：川北蜀道上有三百里古柏，清人乔钵称为"翠云廊"。
⑤ 原注：秦时蜀国勇士五丁开蜀道通秦，功莫大焉。秦王欲灭蜀，以"金牛粪金"并美女
  惑蜀王，蜀王淫靡失国，为百世之警。
⑥ 原注：南宋爱国诗人陆游有句："铁马冰河入梦来"。陆曾从军陕南，多次往来于蜀道，
  过绵阳时有句："未甘便作衰翁在，两脚犹堪踏九州。"临终有《示儿》诗："死去元知万
  事空，但悲不见九州同。王师北定中原日，家祭无忘告乃翁。"
⑦ 原注：陆游诗《剑门城北回望剑关诸锋青入云汉感蜀亡事慨然有赋》有句："阴平穷寇非
  难御，如此江山坐付人！"
⑧ 原注：古籍记绵阳城"依山作固，东据天池，西临涪水，形如北斗"，唐严武有诗称之为
  "斗城"。又，绵阳城南有一湖，与浙江嘉兴南湖同名。

咏南湖船①

极目长河
　　惊骤洄巨折！
逆风狂，
　　浊浪恶，
　　　　百舸几沉没？
念神州，
　　心千结——
此船应无恙：
　　勿迷航，
　　　　莫偏斜；
当闻警排险，
　　岂容自损身，
　　　　暗沉不觉？
驾驶者
　　曾是阶级先锋、
　　　　民族脊梁、
　　　　　　时代英杰。
未负

红色盘古
　　创世大任，
久葆
　　东方"安泰"②
　　　　"地子"本色③。
看南湖，
　　望北国——
忆七月烟雨④，
　　思六月风波。
两番长征，
　　重重险关重重越。
七十载过——
　　数不尽
　　　　累累先烈骨、
　　　　　　滚滚同志血。
征程历历昭来者——
　　真伪明，
　　　　成败决，

——————

① 编者注：作于1997年10月，原载《东坡赤壁诗词》2013年第6期。

②③ 原注：安泰，希腊神话中大力神，大地之子。

④ 原注：南湖有烟雨楼，7月1日为党的生日。

须察
　　千态万状，
　　　　当经
　　　　　　史检民择。
而今寰宇更待——
　　再拨疑云迷雾，
　　　　净淘断戈败叶。
志无疑，
　　步无懈；
　　　　信河清有日，
　　　　　　归燕终报捷。
无须问我——
　　鬓侵雪、
　　　　岁几何？

料相知——
　　不计余年
　　　　此心如昨。
今来几度逢队日，
　　此情俱与少年说。
紧挽臂，
　　登船同看：
　　　　电光闪处当年舵；
烟雨楼上——
　　听万里涛声
　　　　共唱
　　　　　　心船歌。

咏南湖船 ／

129

怀海涅①

——纪念海涅诞生二百周年

滔滔莱茵水，
茫茫昆仑雪。
举目八万里风云，
回首二百年岁月。
"地上天国"愿②，
人类解放业——
不尽征程
号角声声接。

青史展新卷，
诗史揭新页。
《织工曲》③,《国际歌》：
遥相应，步未歇。
革命情怀战士心④，
为缪斯，树新则。

——卓卓早行人，
浩浩后来者。

今何夕？
怀先哲。
诗人诞，
恰逢节⑤。
望红旗落处忆举时，
往事双重阅。
此情此心
能不问海燕、
思海涅？！

谁叹人迹绝、
路难测？
观潮起潮落，

① 编者注：作于 1997 年 11 月，原载《文艺报》2004 年 12 月 17 日。
② 原注：均见海涅诗文。
③ 原注：指海涅名作《西里西亚织工之歌》。
④ 原注：均见海涅诗文。
⑤ 原注：海涅诞生于 1797 年 11 月 13 日，与 120 年后十月革命同月差数日。

数星明星灭，
正道沧桑固曲折。
信有相逢处，
江山不负约。

曾闻狂言"终结"①，
咒语"告别"②——
堪笑一丘愚劣。
扶天倾，
补地裂。
导洪流，
警覆辙——
自有人心、诗心坚胜铁！

唤莱茵春水，
踏昆仑融雪，
且看新队列。

当此时，
云尚遮。
余也何幸，
与诸君同诵先辈华章，
再学赋新阕。

推窗催晓日，
共此不眠夜。

---

① ② 自注：指海内外论者分别所著之《历史的终结》及《告别革命》。

鄂西北纪行①

过古隆中诸葛庐

偶行荆襄道，此山感兴多②。
未究两南阳③，但念一诸葛。
天末战云近，隆中新对何④？
司马识空城，勿嗔老军聒⑤。

登武当山

七十二峰朝天柱⑥，曾闻一峰独说不⑦。
我登武当看倔峰⑧，背身昂首云横处。

---

① 编者注：《鄂西北纪行》作于1999年6月，《心船歌集》（增补本）收五首，这里选二首。

②③ 原注：隆中山在襄阳县西，古属南阳郡。另，河南省南阳县古有卧龙冈，相传为诸葛
亮躬耕处，《辞海》中有解。

④ 原注：诸葛亮出山前向刘备提出发展战略，史称"隆中对"。

⑤ 原注：京剧《空城计》诸葛亮对老军唱词中原有："国家事不需要尔等关心。"

⑥ 原注：武当山有七十二峰，最高者为天柱峰，上有太和宫、金殿。

⑦⑧ 原注：在天柱峰东南，俗称"翠山"或"倔峰"，又名"外朝山"。

白云山述怀①

　　白云山在河南嵩县境内，其主峰海拔2216米，较泰山岱顶高出671米。天池山与其连体并立，山顶天池旁有巨石，酷似伟人毛泽东卧像。像旁林海隆起处有裸露岩体天然构成"公心"二字，形若毛公手书笔迹。

足踏超岱顶，目骋越苍穹。
今登白云山，千载一览中。
兴亡云漫漫，安危雾重重。
谁赋"俱往矣"？大道启新程。
中华顶天立，世代念毛公。
千山想身影，万水思面容。
天池张天镜，栩栩见永生。
枕石醒若寐，心事耸眉峰。
手书付林海，展卷碧涛中。
"公心"二字出，天光照分明。
远客惊奇迹，万民心相应。
临此非幻境，我来路有踪。
观字思如瀑，检点忆平生。
扶我初学步，导我晚霞行。
西天风暴起，五洲望日升。
壮我老兵怀，听唤继长征。
路遥信必达，心驰向大同。

---

① 　编者注：2009年6月20日作于白云山归途中，原载《中国法治文化》2015年第1辑。

游黄山感怀①

2014年我年近九旬，入春一场病后，蒙友人相助，于5月15日起赴徽地疗养，乃有平生第一次黄山二日之游。

神游黄山境，真见迎客松。
问我何方来？万里思征程。
延水育年少，今成九旬翁。
百惭一自豪，未负始信峰②。
宝塔山下路，同道偕壮行。
云海任变幻，天都继攀登③。

---

① 编者注：2014年5月16日作于黄山，原载《中华诗词》2015年第4期。
② 自注：始信峰，黄山三十六峰之一。明代黄习远游至此，始信黄山大美奇杰，故以"始信峰"名之。
③ 自注：天都峰，黄山主峰之一。

漫谈诗的革命浪漫主义①

（1958年4月）

　　关于浪漫主义，高尔基谈过的那些著名的话，是我们大家都知道的。作为文学发展的倾向，浪漫主义有两种：积极的、革命的浪漫主义，消极的、反动的浪漫主义。

　　照我的肤浅的认识，如果我们不用洋教条的眼光来看问题，不把浪漫主义只当做18至19世纪欧洲文学史上一种特定的现象来看的话，那么，就可以说：任何民族从一有它的文学起，浪漫主义就和现实主义一同产生了。积极的浪漫主义和现实主义一样，同是使得一个民族对它的文学发生自豪感的东西。

　　人民劳动着、斗争着，同时也希望着、幻想着。这就决定了必定有现实主义，同时必定有浪漫主义。而人民的劳动、斗争永不会停止，希望、幻想也永远不会停止。因此，现实主义和积极的浪漫主义也就永远不会终结。文学史上有成群的什么什么"主义"死亡了，或者将要死亡，只有现实主义和革命浪漫主义这两棵连根大树万古长青，向前发展。

　　值得骄傲的是我们民族的诗歌，从屈原、杜甫到毛泽东、郭沫若，给我们画出了深刻的现实主义发展的一条红线，同时也画

---

① 原载《文艺报》1958年第9期。

出了壮丽的、积极的、革命的浪漫主义发展的一条红线。可是，有些遗憾，我们的文学史家和文学批评家常常把这两条同时发展的红线只当做一条红线介绍给我们。他们仿佛不大理睬积极的、革命的浪漫主义这条红线，至多只当做一个小小的线头而已。

当然，积极的浪漫主义常常是和现实主义相结合的。积极的浪漫主义根本上也不过是反映现实。但是，浪漫主义无论如何是有其独特的思想倾向、有其独特的表现方法的。照我想来，不论任何时代的文学，总可以看到三种大体上可以区别的不同情形：一种是所谓"严格的"现实主义作品；一种是现实主义和积极的浪漫主义结合的作品；再一种就是更多地属于浪漫主义范畴的作品。

不管是后两种中间的哪一种，只要这个浪漫主义是积极的、革命的浪漫主义，那么它的重要性、它的艺术方法的独特意义，都是不能等闲视之的。积极的、革命的浪漫主义对一个民族的文学，特别是对诗歌的发展来说，决不可能，也决不会是可有可无的东西。它和现实主义交相辉映，把那个时代的现实生活用独特的方法反映得神采焕发，给人以千里之目，使人"更上一层楼"，使得诗人足以"落笔惊风雨，诗成泣鬼神"，给人以震撼人心的雷霆万钧的力量。

屈原不必说，李白也不必说。就拿一般说来可以算做严格的现实主义诗人杜甫来说，每次当我读到他的"安得广厦千万间，大庇天下寒士俱欢颜"的响亮呼唤的时候；当读到他攀上凤凰台，为了"再光中兴业，一洗苍生忧"，而对那象征"王者瑞"的凤凰的"无母雏"，大叫"我能剖心血，饮啄慰孤愁"的时候；当读到他面对黄河泛滥的大水，想象着自己"却倚天涯钓，犹能掣巨鳌"的时候，我不能不感到这是和"朱门酒肉臭，路有冻死骨"的表现方法不同的另一种方法，另一种精神。对于这样一些惊人之笔，我觉得用积极的浪漫主义精神来解释是合适的。

而在我们伟大的民族戏曲——诗剧中，从关汉卿的《窦娥冤》直到今天的《白蛇传》等等，浪漫主义发展的红线就更加鲜明了。可是我们的许多文章中，却常常只提到人民性和现实主义两大特点，偶尔提一下浪漫主义这个字眼也是那么不在话下的样子。好像多说几句浪漫主义就有损于我们伟大的传统似的。这是不正常的现象。

就是单对诗来说，无论如何不能把我们民族传统中的浪漫主义仅仅只看成是现实主义中的一个因素，只不过给现实主义加一点佐料。浪漫主义这条红线的发展，是被我们无数诗人的无数作品充分地证明了的。

积极的浪漫主义精神，从屈原起，首先就表现出它的思想基础是对美好的未来的理想。在诗人对那个不合理的黑暗社会控诉的时候，一边是李白高举"明镜"映照着自己的"白发三千丈"，一边是杜甫理想中的"广厦千万间"和白居易理想中的"万里裘"。"不见九州同"使陆游那样地悲痛，但他渴望着，告诉儿子"王师北定中原日，家祭勿忘告乃翁"。爱国主义、人道主义和理想主义的结合，是我们古代诗歌中浪漫主义激情的动力。

为理想而献身，不能不表现出英雄气概。积极的浪漫主义谱成了英雄主义的战歌。屈原高唱着："我驾着骏马正打算去奔驰，你来吧，我要为你在前面引路。"辛弃疾高唱着："要挽银河仙浪，西北洗胡沙。"岳飞高唱着："驾长车踏破贺兰山阙"……

正是由于理想，由于英雄气概，使诗人的心胸那样广阔，如李白那样的"我将囊括大块，浩然与溟涬同科"，"黄河落天走东海，万里写入胸怀间"。如辛弃疾那样的"回首日边去，云里认飞车"。如陆游那样的"肺肝为崔嵬，吐出为长虹"……

正是这样，诗人当然不能满足一般所谓"写真实"的表现方法。如陆游说的"吴笺蜀素不快人，付与高堂三丈壁"。岂但如此，"高堂三丈壁"也仍是不够"快人"的，想象的翅膀高高飞翔起来——天上、地下，高山、大海，仙境、梦境，古往、今来……屈原驾着他的骏马，披戴着他的花环，走遍了大地，走上了天国，向无数的神人宣讲他的伟大理想。陆游在梦中收复了失地，情景竟那样真切："凉州女儿满高楼，梳头尽学京都样。"就是"采菊东篱下，悠然见南山"的陶潜，也向他追求的"倾城之艳色"异想天开地倾诉着"愿在衣而为领"、"愿在裳而为带"……

当然，如人们常说的，古人是有历史局限性的。

我们古代诗歌中的积极浪漫主义有时跟消极的浪漫主义混在一起，如李白就是。就是他们的具有积极意义的理想主义，也常常不可能不是朦胧的理想，或者从更古的古代去找理想的寄托，而不可能真正找出走向未来的道路。因此，他们常常不免"太息""怆然而涕下""揾英雄泪"。屈原走上了天国之后，天国也找不到知音，最后，痛苦地说："算了吧！国里没有人，没有人把我理解，我又何必一定要思念着乡关？理想的政治既没有人可以协商，我要死了去依就殷商的彭咸。"

因此，在他们的英雄主义中常常伴随着一种个人的孤独感。如李白说的"大道如青天，我独不得出"，陆游说的"乾坤如许大，无处着此翁"等等。在他们作品中的英雄人物常常只是抒情的主人公自己，他们还找不到群众，因此使得辛弃疾苦恼地叹息"阑干拍遍，无人会登临意"。

这就是使得我们如此地热爱他们，而又决不以他们的成就为满足的原因。

只有到我们这个时代，无产阶级革命和社会主义建设的时代，革命浪漫主义才能得到最充分最完满的表现。

从高尔基的《海燕》在无产阶级革命的大风暴中飞了起来之后，社会主义文学（包括我国的社会主义文学在内）发展的事实证明：正如社会主义现实主义才是最好的现实主义一样，社会主义的革命浪漫主义才是最好的浪漫主义。

从我国的情况看来，首先，开辟我们这个新时代的革命群众自己，是最伟大的革命浪漫主义歌手。无数的革命民歌向我们展开了革命浪漫主义的壮丽画幅。从陕北土地革命民歌："千里雷声万里闪，一片乌云来遮掩，来了红军要'共产'，'共'了安定'共'横山"……到今天的民歌："天上没有玉皇，地上没有龙王，我就是玉皇，我就是龙王。喝令三山五岭开道——我来了！"读着这些气壮山河的诗句，我们怎么能不为之激动呢？

而毛主席的诗词，更给我们树立了我们时代的革命浪漫主义的完美表现、革命现实主义和革命浪漫主义的完美结合的典范。毛主席的诗词承继了古代诗词的传统，但是当我读着它们的时候，使我如登泰山之巅，回首再看我热爱的古代诗人的一个个山峰，就不能不感觉到"一览众山小"了。

"五四"以来的新诗，发展到今天，它最大的成就之一，也正是革命的浪漫主义得到了表现与发展。应该说，从"女神"到现在的"月里嫦娥想回中国"，证明郭沫若是在新诗中表现革命浪漫主义最强烈、最有光彩、最突出的代表者。

说到《在延安文艺座谈会上的讲话》发表之后的这十几年来的新诗发展的成就，也必须提到革命浪漫主义。实践工农兵方向，把诗从过去的个人主义的、苍白的知识分子的梦幻和感伤中解放出来，一方面，使得社会主义现实主义得到进一步的发展；另一方面，也就在抛弃资产阶级的、小资产阶级的可怜又可憎的"浪漫主义"的同时，表现出革命的浪漫主义来。尽管比起毛主席的诗词来它的表现还是很不够的，但从李季的《王贵与李香香》起，到今天的田间、阮章竞、郭小川等同志的作品中，我觉得还是可以看到这方面的显著成绩的。

从我们许多诗人已有的成就中，从郭沫若的新诗，特别是毛主席的诗词中，我对革命浪漫主义的概念，得到了一点粗浅的认识：

一、必须有理想。革命的理想主义是革命的浪漫主义的基础。当然，如前所述，过去的积极浪漫主义也首先是要有理想的。但我们是对共产主义的光辉未来的理想。因此，诗人不仅是"欲穷千里目，更上一层楼"，而是"'必'穷'万'里目，更上'千'层楼"。像在毛主席诗词中表现出来的那种高瞻远瞩的理想主义的境界，古代任何诗人有可以比拟的吗？正是这种共产主义的理想主义，使诗人对未来充满信心，不怀疑、不"太息"。就是流泪吧，也不是陈子昂或辛弃疾式的泪，而是"忽报人间曾伏虎，泪飞顿作倾盆雨"，是无产阶级巨人的胜利的、欢乐的泪。

同时，这也就涉及到对"过去"的态度。中外的消极的浪漫主义者常常是以美化过去为特点的，目的是把人拉进历史的坟墓。而我们古代的积极的浪漫主义，也常常从比他们更古的尧舜时代那里去找理想的寄托。但对于我们今天的革命浪漫主义说来，则是"俱往矣，数风流人物，还看今朝"，是向无限的未来阔步前进。

二、正因为如此，诗人的胸怀必须是共产主义者的无限广阔的胸怀。它不是杜牧的"小楼才受一床横"的小天地。在这无限广阔的世界中，诗人不是一个冷冷淡淡的客人或"多余的人"，而是主人。他自信能掌握这个世界的命运，为这个世界而创造、而斗争。不是像李白那样不安地惊叹着"噫吁嚱，危乎高哉，蜀道之难难于上青天"，而是像毛主席这样的"万水千山只等闲"！

三、正因为如此，诗人必须是集体主义者，是集体主义的英雄主义。没有英雄气概，不可能有积极的浪漫主义的激情。如果是浸透了孤独感的个人英雄主义者，在我们这个时代仍然是从"大道如青天，我独不得出"的感觉出发，是根本谈不到什么革命浪漫主义的。

四、为了表现革命的理想，表现共产主义的广阔胸怀和英雄气概，比起古人，甚至更不能满足于一般的所谓"写真实"的方法，这需要更鲜明的色彩、更响亮的声音。诗人有最大的权力运用"不平凡"的情节，运用夸张、想象、幻想的形式。

根据以上这几点粗浅的认识，我就觉得，有几种情况是最妨害我们今天的革命浪漫主义更好发展的了：

一种是所谓"小脚婆姨"的精神，就是保守主义。对现实发展的保守主义态度，大约只能产生自然主义，产生平庸、乏味、灰色的东西,只能写写脚跟下巴掌大的片面"真实"。这是和革命浪漫主义精神格格不入的。没有理想,缺乏革命干劲,怎么能发出"惊风雨""泣鬼神"的响亮声音来呢?只能像小脚婆姨一样发出疲累的叹息。如果说小脚婆姨也有点"浪漫主义",顶多也不过幻想着三里路前的小村庄有个歇脚的小板凳而已。

这种情况不光是存在于写出来的某些作品中,更重要的是存在于作者的思想中。我自己算不上诗人,但这种思想情况存在于我身上。常常有这种感觉:当我在狭小的生活圈子内,脱离了波澜壮阔的现实斗争的时候,我的激情减少了,我的想象如此贫乏,甚至想写个神话的题材也如此没有光彩。

另外一个就是资产阶级或小资产阶级的个人主义。伟大的整风运动给我们的教育,从我自己的反省思考中,它不仅是革命者思想上最可恨的敌人,同时也是诗的可恨的敌人。不能想象,在个人主义的黑暗牢狱中会栽培出革命浪漫主义的鲜花。如果说资产阶级个人主义的骑士们在一定的时代唱过浪漫主义的动听的歌的话,那么,到了我们的时代,个人主义者的歌声就只能是鬼哭狼嚎了。

当然,诗里不可能没有"我",浪漫主义不可能没有"我",即所谓"抒情的主人公"。王国维说的"无我之境"是没有的。问题在于,是个人主义的"我",还是集体主义的"我"、社会主义的"我"、忘我的"我"?革命的浪漫主义就是考虑何者为我,我为何者的最好试题。"我"不能隐藏,不能吞吞吐吐、躲躲闪闪。或者是个人主义的小丑,或者是集体主义的、革命浪漫主义的英雄。

因此，不根本改造自己，不在群众的火热斗争中锻炼，一切的所谓"才能"都是空的，一切的线装书或者洋装书，如高尔基所说的"书本上的浪漫主义"，最终是不能救命的。

从个人主义的束缚中解放出来，从保守主义的束缚中解放出来，是我们诗歌的革命浪漫主义发展的重要条件。

"江山如此多娇"呵！让我们学习毛主席，学习传统，让我们和人民一起斗争，一起高唱吧："我就是玉皇，我就是龙王。喝令三山五岭开道——我来了！"

有关戏剧创作的几个问题①

——在广州召开的全国话剧、歌剧、儿童剧创作座谈会上的发言

（1962年3月）

今天我讲几个问题，一个是时代精神问题，一个是表现英雄人物问题，一个是艺术典型问题，一个是反映人民内部矛盾的问题，再一个是艺术表现方面的问题。如果有时间，再谈谈作家的提高问题。

我个人很多年来没搞创作，十年来没写过剧本，过去写的也少，要我来谈戏剧问题，特别是牵涉到许多理论问题，我是不能胜任的。但因参加过一些大会的筹备工作，和作家同志们有过接触，交换过一些意见和情况，今天的发言，可说是情况汇报，可能有些个人看法，很肤浅，错误也难免，请大家批评。

一、时代精神问题

这个问题不是新问题，是老问题。文艺总是时代的反映。作为重要的文艺形式之一的戏剧，当然要表现时代精神。在我们的戏剧作品中，不论是话剧发展的50年来，还是毛主席《在延安文

---

① 见《贺敬之文艺论集》，红旗出版社1986年版。

艺座谈会上的讲话》发表后的20年来，反映时代精神总是我们戏剧创作的特点。谈到这个问题，总是与作品的倾向性、战斗性、思想性相联系的。解放12年，我们的戏剧创作成绩是肯定的。它确实是反映了时代的要求，是符合人民的需要，战斗性很强的。这是我们的优点。但也出现过一些缺点，就是题材比较狭窄，对作品战斗性、现实性、思想性的要求上也曾发生过一些比较简单的、狭隘的说法和做法。去年中宣部召开的文艺座谈会，也指出我们的题材狭窄，"百花齐放"做得不够，许多作者都感到创作如何既反映时代精神又能"百花齐放"是个问题。

这次和同志们交谈中，谈到我们要求的时代精神与作品现实性、思想性、倾向性的关系到底应当怎样看？这问题可能涉及几个方面。说是时代精神，当然要反映当前、当代的生活，反映千百万人在生活斗争中所提出的问题。但问题是否仅仅归结到写现实题材这一点上面？恐怕不仅仅是这样，它还牵涉到怎样看待现实的问题。这与我们作品的思想性有关系。我们说提倡现实题材，但我们的时代还有帝国主义，还有资本主义，不光我们提倡时代精神，资本主义国家里也有人提倡他们的"时代精神"。他们那里不仅早就有了"现代主义"，同时现在还不断有人强调他们的文艺要有"现代性"。在这个问题上，假如我们以为我们所说的反映时代精神问题就只是一个题材问题，恐怕是不妥当的。每一个时代都有先进与落后、反动的东西，我们要求表现的时代精神当然只能是先进的、革命的精神。我们作家有责任用先进的思想回答现实生活中的问题。

其次，时代精神，范围很广。首先应该反映决定千百万人命运的重大问题，决定历史发展趋向的问题，重大的政治斗争、思想斗争、社会主义革命、社会主义建设等等时代的重大问题。所谓重大题材的说法不大确切，但无论如何，它意味着我们要反映千百万人的共同命运，反映决定历史倾向的主题，反映重大的、根本性的问题。假如重大题材意味着这些，我们便不应回避，我们事实上也没有回避。这是不能放弃的。然而，事物的发展是有联系的，人的精神状态也是丰富的、多方面的。事物发展有它的规律，生活中主要矛盾和次要矛盾是结合在一起的，因此我们对重大题材不能理解得那么狭隘，反映重大题材也不能仅仅理解为只有一个方面或几个方面，应当多方面来表现，因为时代、生活本身就是这样多方面的，所以不能理解得太狭隘。我们要反映重大题材、重大矛盾，同时也要反映得广阔、多样。从这方面讲，我们是做得不够的，还不能充分地、深刻地表现我们的时代精神。再说正因为是伟大的时代，发生惊天动地的伟大事件，展开生活中重大的矛盾，因此它引起的社会动荡必然是多方面的。资产阶级革命在历史发展过程中也开辟了一个伟大的时代，在这个时代里，进行了革命、战争。他们的法律、宗教、道德、人的生活的各方面都有许许多多的矛盾冲突，在他们的文学作品中，反映了这些问题，给我们遗留下来的东西不是那么狭隘的。即使它不能和我们的时代相比，他们反映的生活面也还是广阔的。从莎士比亚、托尔斯泰的作品中，可以看到他们从各个角落反映了时代的变化。我们国家在封建时代，也有它的时代精神，我们有《水浒》中李逵、鲁智深那样的人物，有农民战争、梁山泊，也有《红楼梦》、《西厢记》那样的作品。鲁迅反映他那个时代的生活也非常广阔，阿 Q 的形象，概括了辛亥革命时代的农民。又有《孔乙己》、《在酒楼上》、《伤逝》等作品里的各种知识分子形象。所以不应把时代精神理解得那么狭隘。一个时代、一个阶级的文学原本就应该反映得很广阔。我们的时代是无产阶级革命的时代，是历史上空前伟大的时代，亿万人民的斗争，像《国际歌》中唱的："我们要做新世界的主人。"千百万人民起来斗争，翻天覆地的变化。我们正在进行的社会主义革命和社会主义建设既然说是翻天覆地，天和地自然是很大的。一切生活领域、精神领域都在变化，我们怎能设想反映时代精神只有一个单一的方面？在我们的作品里，我们一方面看到《万水千山》中李有国这样的英雄人物；也看到《枯木逢春》中苦妹子个人命运的变化；还看到《龙须沟》中一条街道的变化，程疯子在旧社会里受罪受苦，解放后走出小房子，投进社会主义的洪流中。能不能说只有李有国才反映时代精神，程疯子没有反映？不能的。应该说我们所反映的生活面还是不够广，我们的时代精神还没有充分表现出来。我们的时代、无产阶级革命的时代要干多少事业，管多少事情！我们的精神领域每天都在发生变化，我们一方面要反映一定时期主要的重大斗争，另一方面不能把时代精神理解得太狭隘。

我们反映时代精神，首先要反映这一时代的现实生活，回答正在生活和斗争着的人民群众所想到和提出的问题，我们的戏剧应当直接表现我们的时代脉搏。"五四"以来，我们的话剧有着这个光荣传统，没有人否定这一点。50 年来的话剧，解放 12 年来的话剧、歌剧有很大的成果，但还不够。反映现实生活，以回答现实提出的问题，对我们来说，永远是一个重要的任务。我们的青年一代，在生活中碰到许多新的问题，我们要回答这些问题，应该写下去。另一方面，表现现实生活，表现时代精神，并不要求只是新闻报道，我们不是《人民日报》、新华社。如果有人提出成立所谓"新闻纪录剧院"，文化部不会批准。有个时期，我们把现实题材的创作理解成专搞新闻报道，是不恰当的。这一方面由于作家要用文学形式典型化地表现生活，特别是要准确地表现正在变化发展着的当前的事件，比较困难。更重要的是，时代精神应当怎样理解才对？如果我们像写新闻报道那样，写养猪只是养猪，就事论事，这决不能反映时代精神。

另外，除现实题材之外，表现历史题材（不仅仅是革命斗争历史）、古代题材是否也可以表现时代精神？我们过去对这一点不大明确。过去一个相当长时期，好像写历史剧就与时代精神违背了，事实上不是这样的。我们的作品回答了这个问题。为什么不违背？因为历史的发展有它的规律性。一方面，历史上劳动人民的斗争经验、斗争精神可以启发我们；同时，阶级社会的统治阶级中，在上升时期有一些顺应历史发展要求的代表人物，在没落时期有一部分叛逆人物，他们的生活、斗争，他们的感受等等，对我们今天也有启发。《屈原》、《关汉卿》这些历史剧，也同样可以反映我们今天时代精神的某些方面。我们应该从今天的需要出发，正确评价历史剧，它不仅有认识作用，同时也有教育鼓舞作用。《关汉卿》这个戏的出现不是偶然的，它被很多观众喜欢也不是偶然的。表现历史题材，不是只为了照顾作家写作的积极性，这里面是有道理的。表现时代精神，当然首先要通过现实生活中涌现的当代的英雄人物来表现。每个阶级都创造他们的理想人物、英雄人物，这点应当说是不成问题的。我们还是要通过我们阶级的英雄人物表现我们的时代精神。但同时应看到这不是唯一的。时代精神也要通过各种各样的人物来表现，它有正面，也有侧面；有英雄人物，也有各种各样的人物。活跃在我们生活中的人物是多种多样的，活跃在我们时代舞台上的人物也应该是多种多样的。而且英雄人物、正面人物总是与反面人物和其他人物互相联系、互相斗争。时代精神、英雄人物正是在各种人物的互相联系、互相斗争中表现出来的。

有人问，我们时代文艺工作者的创作任务是什么？有同志说，就是要反映英雄人物，除此以外没有别的。恐怕不能这样说。有人说，我们作品的思想性只有创造英雄人物才能表现出来。假如我们写的人物不是很英雄，而是反面人物或者普通人，仿佛就不能表现时代精神。这种提法不一定恰当。这样的作品思想性就低？恐怕也不能这样说。我们评价作家、作品的时代精神，写英雄人物，特别是写工农兵中的英雄人物，当然是十分重要的，但不是唯一的。

表现时代精神，要求我们表现深刻的、尖锐的矛盾冲突。有的同志可能有这样一种想法：我们的时代是新时代，我们要歌颂我们的时代，反映我们时代正面的、先进的东西。但是否也要写反面的东西？歌颂是不是应该与批判结合起来？也就是写出我们生活中的矛盾冲突？这些年来，在我们的戏剧创作中，关于歌颂问题，大家都说要巩固我们的社会制度，热爱我们的社会制度。能从这一点出发看问题当然是好的。但在持这种看法的人中间，多多少少存在一种倾向，忽视表现英雄人物、正面的力量与落后的、反面的力量的斗争，不大表现矛盾冲突。是否有点"无冲突论"的情况存在？"无冲突论"反映的既不是过去也不是现代的真实情况。不表现矛盾冲突，我们的时代精神不可能表现出来，也不可能反映任何时代的真实情况。

我们这个时代面临着尖锐的敌我矛盾，有同帝国主义、蒋介石特务和其他敌对分子的矛盾；另一方面又大量地、普遍地存在着人民内部矛盾。我们的时代精神就表现在对这些矛盾冲突应该怎样对待、怎样揭示，在揭露矛盾冲突中发出什么样的声音，批判是否有力，歌颂是否真正深刻。

再有一点，表现时代精神，不能不要求在作品中表现我们的理想。我们的时代精神是把握历史发展、推动历史前进的精神，是革命精神。因此，在我们的作品中，要有预见，有奋斗目标，有理想，有浪漫。现在，我们的浪漫还不够。但同时，我们有些作品也有离开现实的情况，仿佛写现实与写理想是矛盾的。其实，时代精神总要从现实出发，不但散文、小说如此，诗歌也是这样。像陈子昂的《登幽州台歌》："前不见古人，后不见来者，念天地之悠悠，独怆然而涕下。"多少反映了他的时代精神，这并没有离开他的现实。真正深刻的时代精神，深刻的理想，总是与现实相结合，以现实为基础的。只有一个方面，是不能充分表现时代精神的。在这方面牵涉到创作方法的问题。我们要历史具体地描写发展中的革命的真实，力求作品具有更丰富更现实的生活内容。像周扬同志说的"灵魂缥缈"的东西是不能感动人的。不要把浪漫主义弄成"想入非非、虚张声势"。马列主义经典作家要求我们莎士比亚化，不要席勒化，不要把文学变成只是空洞概念的"时代传声筒"。莎士比亚的作品通过丰富的历史内容和巨大的思想深度来表现时代精神，很值得我们学习。充分表现时代精神，是与我们对生活、对历史的正确、深刻的理解和认识密不可分的，决不是传达几个一般化的概念就可以的。

二、关于表现英雄人物问题

我们的文艺作品在过去几十年特别是解放十多年来，创造了许多成功的英雄人物形象，广大读者和观众为这些成功的作品所鼓舞。对于表现英雄人物，为什么有的写得成功，有的写得不够成功？一些同志有创作上的"苦闷"，提出英雄人物怎么写？这似乎可以归纳为以下几个问题：

1.对英雄人物熟悉不熟悉的问题

有人看了我们的作品说："英雄人物难道是这样的吗？"假如我们熟悉英雄，就有把握回答："英雄人物就是这样的！"为什么我们对英雄人物写得不像、不生动、没有个性、千人一面？为什么有些英雄人物只有那么几个表面的行动，几句说来说去的老话？什么原因？恐怕首先是因为作者对英雄人物不够熟悉。

我以为在熟悉英雄人物上，有些同志的毛病是：

甲、对英雄人物的理解只有几个较简单的概念，从书上、报上、简单化的批评上、别人的作品上或者党委部门的谈话、介绍上得来的一点点概念，不是自己真有实感、掌握许多具体材料。我们一部分青年剧作家跟一些小说家比较起来，对英雄人物的熟悉是否差一些？可能因为要求戏剧性，赶演出，种种原因，他们不能像梁斌同志对朱老忠，柳青同志对梁生宝那样的熟悉，一闭眼就出现英雄人物的形象，而不是只有英雄人物如何如何的简单几条。我们有些作者没有长期地、深入地和英雄人物一起生活过，只依靠收集材料，收集材料是需要的，但不能只有简单的概念就进行写作。

乙、只知道英雄人物的行动，做了些什么英雄事迹，可是不知道或不大知道他是怎样做的，为什么这样做。对英雄人物的了解不深，或者了解到一点点思想，但只有简单的几条，比如我们问："为什么你做这英雄事迹？"他们就会说："这是党的领导""工作的需要""我们的光荣归功于党"……就知道那么几条，没深入了解英雄人物的精神世界。

丙、只知道人物成为英雄的结果，但不注意人物成长的过程，特别是曲折的发展过程，包括从不成熟到成熟，如何克服自己的缺点，甚至如何犯错误和改正错误等等过程，在写作时甚至有意回避这些过程。

丁、只注意"正面"——英雄人物怎样打仗、工作、生产、开会、处理问题等等，不注意多方面的情况，不了解侧面，比方他为人到底怎样，生活的联系多宽、多深？他的同志关系、社会关系、家庭生活、个人生活、友谊、爱情等等。有人提出，我们到底是写生产还是写生活？写煤矿工人是不是都要下到矿井去表现？正面表现还是侧面表现？其实这里首先需要研究的问题倒是：到底什么是正面表现，什么是侧面表现？也许我们认为是正面的，对艺术地表现人物的需要来说恰好是侧面的。

戊、只是客观地看、写、记录、学习，不敢自己去"体验"，害怕以自己所谓的"资产阶级"或"小资产阶级"的情感去"体验"，怕"体验"错了，甚至怕感动，怕掉眼泪，怕激动，以为这东西一出来，就不能理解英雄了，怕人说是"以小人之心度君子之腹"。因此，写出来的东西不是自己设身处地真正体会过的，甚至不是自己所感动的。当然，"以小人之心"度"君子"不好，假如自己真有资产阶级思想，应该克服它，应该把自己变成"君子"，至少是能够理解"君子"的人。但不能连"度"也不敢"度"了，不"度"是不能理解"君子"的，何况对绝大多数同志来说，我认为是可以"度"的。

以上这些情况，反映了我们在熟悉和理解英雄人物上还存在一些问题。这些问题应该解决。另外，我们也可以从一些比较成熟的作家和成功的作品本身找到反证，他们不是这样的。他们所以写得成功，确是因为理解英雄人物。在这方面，他们有许多值得学习的成功经验。我看部队同志写的作品非常充实，我很佩服，他们写的英雄人物就是比较像、比较动人，原因首先是他们对部队生活比较熟悉，确实下过功夫。像陈其通、胡可、杜烽等部队作家，长期地和战士们一起生活、一起战斗。他们从多方面深入理解人物，掌握大量感性材料，敢于"体验"，不怕"以小人之心度君子之腹"。他们所写的是他们自己感动过的。不管是《万水千山》《战斗里成长》，还是其他许多作品，都有成功的例子。当然不止这些同志，他们是属于熟悉工农兵英雄人物的那一类作家。还有我们一些老前辈作家，在写他们的人物时，他们对人物熟悉的程度和他们作品成功的程度是成正比的。尽管他们积累有丰富的经验、丰富的思想、卓越的技巧，但首先是他们对人物非常熟悉，如郭沫若、田汉、曹禺、老舍等同志。他们是那样地熟悉人物，像老舍的作品反映北京在新旧交替时代、迎接解放的各种人物的深切感受，看来的确动人。我们向前辈学习，不仅要学习他们的技巧，还要学习他们怎样熟悉人物。

2. 对英雄人物的评价——作者思想认识的问题

对英雄人物，有个评价问题，有时你说他是英雄，我说他不一定是英雄，而对英雄人物的评价反映出作者的思想认识：到底到什么程度才算是英雄人物？某个行为、思想算是英雄的吗？在这个问题上，我们有些作者和批评家，这些年来出现过一些模糊的、不正确的看法：

甲、英雄与群众的关系。

英雄当然不能脱离群众，但也不能尾巴主义。英雄在一定的方面是比一般群众的个体或个别部分要杰出些。有人写评论文章批评《敢想敢做的人》，说难道张英杰这个英雄人物的周围会有这许多落后人物吗？他怎么比别人高明？是不是为了突出这个人物就把群众写得落后？这种意见是站不住脚的。群众中确是有落后人物，张英杰如果像别人一样，就不是英雄人物了。

乙、英雄与党的关系。

英雄人物接受党的领导，听党的话，并不是说自己就没有独立思考，不是靠自觉。英雄人物是党员时，党员的党性也不取消他的个性，并不妨害他的创造性的个性，而是恰恰相反。党的个别领导者有错误时，英雄人物不仅可以而且应该同他斗争。如《战斗的青春》中，领导者叛变了，为什么不可以写对他的斗争？

丙、英雄人物的缺点、错误、失败、死亡等等。

有缺点、错误、失败，就不算英雄了？这个说法根本上是错误的。问题是看他对错误的态度，人物发展的趋向和他基本的品质。这些年来，有的作家写到英雄人物的缺点、错误，甚至遭受到失败。他们认为这符合实际生活，因此是可以这样写的。但是，这却遭受到不公正的批评。实际上造成了一种空气，就是写英雄人物不能写他的缺点、错误，更不能写他的失败。赵寻同志有一篇文章提到，诸葛亮也有过失败，他也是个英雄。诸葛亮、夏伯阳都是英雄人物，诸葛亮是古人，夏伯阳是外国人，都可以写他们的错误和失败，为什么我们今天不可以写？《万水千山》里有个李有国，还有个罗顺才，也是英雄。儿童剧《革命的一家》中，英雄人物最后牺牲了，有人就不许死，说死了就不是英雄，"不健康""伤感"等等；说作者写到死就是世界观问题。这问题本来也好回答，刘胡兰不是死了吗？不也是英雄吗？毛主席给她题的字是"生的伟大，死的光荣"。可见死也可以死得英雄，难道活着的人就都是英雄吗？

丁、英雄人物的感情问题。

这几年在写英雄人物的感情问题上碰到的问题比较多。我们写英雄人物怎样打仗、开会、生产，问题不多，有党的方针政策管着，但具体的感情怎样写，这里道道就很多了。写英雄人物，写他的内心世界，首先是写他的丰富强烈的政治感情，对敌人的恨，对同志的爱。但这中间的内容是非常丰富、广阔的，表现方式也是多种多样的。周总理在北京紫光阁讲的广州起义的两位烈士，在临刑前决定结婚，一起赴刑场，难道这不是英雄的感情？

难道这不是政治的感情？这是同志的感情，也是爱人的感情！英雄人物可不可以哭？总理说提这问题有点滑稽。英雄人物为什么不可以哭？但有时我们就是不许掉眼泪，"丈夫有泪不轻弹"，但也是可以弹的，看什么场合，为什么而弹。除政治感情之外，英雄人物也完全可以有属于个人生活范围的感情表现。问题是看如何表现。自然也有表现不妥当的，但决不能不许表现。这些年来表现这方面似乎很困难，好像连英雄人物是不是应该有自己的个人生活，是不是可以谈恋爱，对这方面能不能表现，似乎都成了问题。我认为这是不应该成为问题的。这些年来作者在这方面有些苦闷，是值得我们注意的。

戊、英雄人物的自我牺牲精神。

英雄人物当然有革命的自我牺牲精神，如果这个人自私自利，绝对不行。但自我牺牲得看为什么，值得不值得，还要写出他的思想活动。有人写英雄，一定不吃饭、不睡觉，以为只有这样才符合英雄的本质。有一个剧本写一位英雄，为了强调他的自我牺牲精神，写得有点像"苦行僧"，不吃不睡，三番五次申言他是"对党和人民负了债"的。这样的英雄未免太苦。艰苦是应当的，但自我牺牲不是只在受苦，应有点乐趣，革命的乐趣，生活的乐趣。又有一些剧本写英雄人物的爱人给别人爱了，以此来歌颂他的自我牺牲精神，恐怕也未必是恰当的。

己、英雄人物的个人理想问题。

英雄人物的理想首先当然是阶级和集体事业的远大前景，但不能说因此就不允许有具体的、个人的理想。问题是看它的位置怎样摆法。《难忘的岁月》里描写革命者想有个孩子，只是想了一下，而且还在赴刑场前，不是说想了孩子就不革命、不牺牲了。有人就说不成："居然想要孩子！"歌剧《红霞》主人公牺牲前唱过一句"人到死时真想活"，前边还唱她惋惜"多少事情还没做"，唱完就英勇就义了。但有人批判说，"人到死时真想活"，这是不是动摇？但她没有投降，而是英勇牺牲的。我个人觉得这段戏写得很好，个人理想是可以和集体事业统一起来的。

三、典型问题

什么是典型？这是文艺美学上的一个基本问题，很复杂。这些年来，在评论文章中，在观众舆论中，在创作实践中，这个问题搞得相当混乱。这问题不仅表现在创造英雄人物的问题上（自然创造英雄人物首先与这个问题有关系），还表现在如何看待阶级性与个性、一般和个别、多数和少数、先进事物与落后事物的关系上。我们在典型问题上，主要是违背"通过个别表现一般"这个根本原则。这几年实际上存在着两句话："一个阶级一个典型性格；一个时代一个典型环境。"反映在对英雄人物的典型性的要求上，有这样几点不大对的要求：

1.要求"全面化"。要求把属于这一类英雄人物所应有的一切方面，一切优点，一切事例都集大成于一身，总是说："这还不够，还要全面一点！"结果一个人物形象只有成为一部《辞海》，成为百科全书。

2.要求完全标准化。英雄人物之所以被认为是英雄，当然是有政治、思想和道德品质的标准的，但我们的问题是：英雄人物一切都要合乎一个标准，不仅政治上、思想上，而且生活上、情感上都是如此。这个标准，还得是所谓的"高标准"。其结果只能一个阶级、一个阶层只有一个典型人物，只有一个英雄人物。

3.要求绝对理想化。创造人物要求标准，但没有一个人能一举一动都符合标准，于是来一条，他也叫做"革命的现实主义和革命的浪漫主义相结合"。标准达不到的，就用所谓的"理想"来补充。不管善意的劝告还是批评，总说这个人物还不够高，还要高些。开头就是要求提高，作者做的时候就"拔高"，把人物往上拔。这样一拔，好像拔萝卜。结果这种人物不仅在今天不会有，就是理想中的明天也不一定有。这样，就把建立在现实基础上的正确的理想加以歪曲了，这就根本不是革命现实主义与革命浪漫主义相结合的创作方法了。

4.抽象化。不把人物当人物，把人物当做某一阶级的化身，完全抽象化。一个战士就是解放军的"化身"，一个党员就是整个党的"化身"。如果写这个人物的缺点就是写党的缺点，这个人物发脾气就是党发脾气。这样的人物不是活的人物，是抽象的东西，抽象的存在。

上述几种对创作的要求都是不对的。可能是出于好心，但违背了艺术创作的基本规律，违背了通过具体性表现普遍性、通过个别表现一般这个基本原则。艺术典型、典型性格当然应当具有普遍意义，但它跟一般的社会科学不一样，也不是工作总结报告，而是活生生的人的具体性格，"普遍"是通过"这一个"表现出来的。这是句老话，但看起来我们的问题还是经常出在这一点上。

典型性格要不要表现阶级本质、社会本质？当然要。但怎样表现？高尔基早就说过，阶级特点不是外贴上去的标签，也不是赤裸裸地说明本质的几个条文，而是体现在具体人物的性格中间。阶级性是通过个性表现的。

因此，完全不能弄成一个阶级、一个阶层只有一个典型。周总理讲得很好，典型人物应该是多样化的，有正面的、反面的典型。有的文章强调必须表现正面人物、英雄人物，这是对的，但同时还应当承认典型的多样化。在批评《同甘共苦》中有这么一个论点，说孟时荆在工作上很好，政治上不错，但在生活上、爱情上有毛病、有问题，是"伪君子""两重人格"，矛盾的人，在我们今天的社会中不可能成为"典型"，说作者歪曲了人物的形象。这种说法恐怕不大妥当。生活有正面和反面，表现在具体人物身上，就是政治上有进步的、中间的、落后的。即使说是伪君子吧，为什么就没有典型意义呢？写个两重人格的人，为什么不可以呢？否则，就把典型搞得简单化了。

当然，这不是说"天下老鸦一般黑"，更不是同意要"非英雄化"。无产阶级的、人民的英雄人物是大量存在的，我们一定要写，但英雄人物的确不能只是一个或少数几个典型，而是多种典型。就说我们工人阶级的领袖人物吧，马克思和恩格斯，列宁和斯大林，都不是一个性格。高尔基说列宁像真理本身那样的单纯，像大海那样的丰富。政治上、思想上的单纯不能理解为简单，应该是丰富的。毛主席不是说过，世界上的事物是很复杂的，我们的头脑也要学得复杂一点吗？另外，应该承认，任何人都会有缺点的。是不是一有缺点就不能成为英雄了？当然不能这样说。有的同志在文章里说到，我们同志中真正的马克思主义者还是少数，在我们周围很多同志都是马克思主义跟资产阶级思想同在一个脑袋瓜里共处，因此我们还需要学习、需要提高。于是有人就说他要跟资产阶级思想和平共处，说他把我们的思想都说成是复杂的，说他是诬蔑、不承认正面人物。这未免粗暴了一点。创造典型人物不是把人物绝对理想化。写理想人物要从现实出发，根据现实的发展趋向，把萌芽的东西加以扩大，而不是无根之木架空的臆造。

下面再谈谈写英雄人物和作品的思想性、教育性的关系问题。

作品的思想性高，当然常常表现在所创造的英雄人物的思想高上面，但这不是唯一的。还有另外的情况，作者并没有写思想很高的英雄人物，他只写了一些一般水平的人物，有时甚至只写反面人物，这也可能是思想性高的作品。因为这里要看对生活发掘的深度和对人物评价时作者思想的高度。作者的思想高度和作品中人物的思想高度不是一回事。

作者写了英雄人物的缺点、错误，不等于作者自己犯了错误。不能把作品中人物犯错误时的思想水平视为作者的思想水平。写英雄人物犯错误这个问题，关键要看作者的态度，他对人物评价时的思想高度。

假如各种各样的典型，包括有缺点的英雄，写得很真实——典型化的真实，这种真实性不仅和思想性不相违背，而恰恰正是它所需要的，也是作品的教育性所需要的。不能把真实性和思想性、教育性对立起来。我们的思想性、教育性是建立在真实性上面的。作品对观众的教育意义，不仅表现在它所创造的英雄人物的思想高度上，也表现在其他各种典型人物上。通过这些人物的活动所揭示的生活的意义和作者对人物的正确评价，同样对观众有教育作用。观众看到了英雄人物在克服缺点、错误中成长起来，跟英雄人物一起经历了一个成长的过程，既亲切、又生动。这样，教育效果是不会削弱的。教育性离不开真实性，不真实的东西人们不信，教育效果能好吗？

除上述问题外，还有一些艺术表现上的问题，也略谈几句个人的看法：

写"英雄群像"问题。我个人认为只写群像恐怕不当，主要还是要描写个人形象。强调写个人形象不是提倡写个人主义的形象。这是两回事。要写个人形象就必须写人物的具体的个性，写在各种社会关系、包括在与革命集体的关系中发展和成长起来的个性。写他在创造英雄业绩中成长起来的英雄性格。同英雄的具体形象不能被抽象的"群像"所代替一样，英雄性格也不要变成英雄事迹的罗列。

写思想与写感情问题。英雄人物之所以成为英雄，当然因为他们是有革命思想，能掌握革命之理的。但张庚同志说过，写人物的时候不要"为理所障"。古人说过不要"为事所障"。我们现在许多作品存在的一个问题，就是只写人的思想，不写人的具体感情。要通过情表现理，在这方面我们有成功的经验。《洪湖赤卫队》韩英在监狱唱的一大段，充分抒发了人物的感情，写得既生动又深刻。总之，写人不要为事、为理所障，写事、写理也要写情，中心目的是为了写人。

个人命运与社会意义问题。比如《双婚记》，有人批评它完全写个人命运，悲欢离合，没写社会。我认为，个人命运是受各种社会关系制约的，艺术常常是通过个人命运、个人遭遇表现社会历史生活的，不能把"写社会"抽象化，正确地描写个人命运，也是有社会意义的。

在矛盾冲突中写人。应该把英雄放在矛盾冲突中间去写，而不是人物出来之后，作者请另外的人为他唱赞歌，不写他的行动，不写他的矛盾冲突。优秀作家如曹禺同志、田汉同志，总是善于从矛盾冲突中写人，有值得我们学习的东西。

含蓄与夸张的手法问题。表现我们时代的英雄人物，如何夸张、如何含蓄，这是一个问题。夸张是需要的，如田汉同志、胡可同志的作品就很好地运用了夸张；但不是只有夸张，没有含蓄，仿佛英雄做事不留余地，行为都是过火的。要把含蓄和夸张结合起来，如表现我们的英雄人物，既有远大理想又谦虚，等等。

亲切感和人情味。如何做到英雄人物有亲切感、有人情味，这是个问题。这不是资产阶级人性论，而是要求我们塑造的英雄形象真实、动人，让人觉得可信可亲。作品在征服观众、征服人心的时候要有亲切感。老舍同志的作品值得学习，他不是板起面孔说教，总是给人以亲切感。

幽默感和智慧问题。英雄人物也要有智慧和幽默感，不是直通通的、硬邦邦的。《刘三姐》这个戏是成功的，特别好的是刘三姐这个人的斗争性固然很强，但她充满了智慧和幽默。别的作品也有这种例子。但也有不足的例子值得我们考虑。

语言、诗意问题。作品语言有几类，有的语言很有诗意，也很生活化、群众化。有的作品却不是这样的。能否把英雄气概生动地写出来，这常常与人物的语言有关。

总之，英雄人物的塑造问题，涉及好些方面，这些都值得我们考虑。

四、反映人民内部矛盾问题

写人民内部矛盾是反映国内范围的现实题材作品的中心问题，是运用戏剧武器进行批评与自我批评，帮助推动社会主义社会前进的问题，很值得我们注意探讨。在国内范围的生活领域中，回避或害怕写人民内部矛盾，也很难写出深刻的、鲜明的正面形象、英雄人物。对这种情况，我们不能熟视无睹。当然，我们作品的题材范围还是广阔的。我们自然要写敌我矛盾，不仅在国际斗争方面，革命历史题材方面，就是当前国内生活中，也不是完全没有敌我矛盾存在。写敌我矛盾，可以帮助我们人民加强警惕，重温历史斗争经验，这仍然是十分重要的。

写人民内部矛盾，在我和同志们交谈中觉得客观上的确有许多困难，一是社会主义时期的人民内部矛盾是新生活、新问题，应该承认作家把握它、正确地反映它是不容易的，应该看到它的复杂性。它一方面包含着一些历史上的遗留问题、旧社会的残余、敌我矛盾的残余问题；另一方面，人民内部各阶级、各阶层之间的矛盾又是互相联系，互相渗透，错综复杂的。因此，矛盾的内容、性质是各种各样的（劳动人民与资产阶级之间、社会主义与资本主义之间、劳动人民各个部分之间……）。在矛盾发展中，矛盾的性质在一定情况下有时也会转化。我们的作品中也有这种例子。劳动人民内部的矛盾会转化为阶级矛盾、敌我矛盾。另外，矛盾的表现方式，是在和平生活的状态中，而不是在战争的状态中。矛盾的发展是时高时低、时隐时现。因此，作家观察它、把握它不太容易。还有，反映人民内部矛盾，对作品的政治效果，作家也不能不考虑：一方面考虑国内的群众影响，一方面考虑国际影响，还要考虑表现到什么分寸、什么程度。

文艺反映人民内部矛盾，有作者主观认识的问题，也有熟悉生活的问题。有人不认识或者不承认除去两个阶级、两条道路的对抗性矛盾之外，还存在着人民内部矛盾，特别害怕提出领导与被领导之间的矛盾。应该说，这种情况反映到我们创作与批评中来，就出现了不同程度的"无冲突"论。有时，反对这一种"无冲突"却又主张了另一种"无冲突"。在批评赵寻同志的一些文章中，实际上是否认了劳动人民内部特别是领导与被领导的矛盾。否认在劳动人民内部，也可能在具体的特定情况下产生分化，矛盾的性质也可能转化。

这些年来，在戏剧批评中，把劳动人民内部矛盾看得非常简单，否认其中有些劳动人民以外的阶级意识的反映，以为生活仿佛像切豆腐似的，一刀切下去，这边是这边，那边是那边，否认劳动人民里边可能有资产阶级思想影响，甚至有封建阶级思想影响。例如姚文元批评《布谷鸟又叫了》的文章中的一些片面观点，不能说服人，把生活简单化。他说王必好和田支书的作风是封建残余思想，作者为什么写这个，这是人民内部矛盾嘛，于是说作者歪曲了生活。是不是劳动人民中间就不会出一个坏人，或者出了坏人就不能写了？后来有人就说我们只要写先进与落后的矛盾——实际上就只能写思想方法，甚至一般工作方法的矛盾。落后的一面不准写，结果只有写先进与更先进的差别，避开了思想意识中的矛盾。

由于以上这些原因，在写人民内部矛盾时，常常产生对是非问题评价不准确的情况。对同样一个作品，产生了各种不同的看法，最突出地表现在对领导与被领导矛盾的是非评价上。像《洞箫横吹》，有一个时期说它是香花，有一个时期说它是毒草。说它是毒草的主要理由，就是它揭露、批判了领导的错误，就是"反领导"。《洞箫横吹》反映了领导与被领导的矛盾，写了农村中两种思想的斗争，但不是反领导。我觉得相当好，有的地方写得相当深刻。有人说为什么要批评县委书记？说县委书记不能做反面人物。据说主要演员也作了检讨。这是不对的。

其次是对先进与保守的是非评价上，也发生过问题，一会儿说他保守，一会儿说他冒进，反映出对待这些问题我们的评价往往不是很准确的。

还有对个人与集体关系的是非评价上，如《布谷鸟又叫了》中童亚男与反面人物的矛盾，究竟谁对谁不对？作者说童亚男对，但有人起来反对，说童亚男不对，说："我们的领导难道是这样的吗？"说童亚男用个人主义反对集体主义。总之，作品里有一个人坚持斗争，一个人搞发明创造，就有人说是个人主义，连个人创作也看成是"自留地"，这是不对的。

至于对家庭、爱情生活的是非评价问题就更多了，更复杂了。所谓"清官难断家务事"，一写到"家务事"，是非就很难断了。但作家还是要"断"，要做个"清官"。我们作家、批评家在写人民内部矛盾时碰到的这些情况，反映出我们的政治水平、思想水平有个提高问题，也包括世界观的问题，否则我们不仅难断"家务事"，更难断"国务事"。

要正确、深刻地写好人民内部的矛盾斗争，就必须深入矛盾斗争生活，在实践中熟悉它，深入观察、体验它。作者的生活态度不能明哲保身，回避矛盾。这样就不能认识它。有同志说我们有两类同志，一类被卷到人民内部矛盾中去了，甚至矛盾很尖锐，这当然是一种锻炼；另外一种情况是没卷进去，这固然少了许多"麻烦"，但却也是一个遗憾。这倒不是说作者为了体验生活、冲入斗争，一定要犯个错误，被人斗一下子才好，而是说不要做旁观者、局外人，一定要参加斗争生活的实践才能深刻认识它。特别在矛盾不明显时，作家更要观察、研究、思考，不要像有些同志说的："我在下面生活了几年，看不出什么矛盾来。"或者出了问题，党委书记一开会就解决了，矛盾不大。这些都联系到作家的生活实践问题。

除去要熟悉和认识生活中的矛盾冲突外，还必须敢于用作品表现矛盾冲突，同时要善于表现矛盾冲突。现在的实际情况是作家常常怕表现矛盾冲突。有同志写个剧本表现的矛盾冲突比较尖锐一些，有人就说这个戏搞了个"三次反共高潮"。我们决不应当回避尖锐的矛盾冲突，假如那个戏是表现矛盾冲突的，发展中显示了正面力量的成长，结果打败了"反共高潮"，为什么不可以写呢？

这里涉及到近年来戏剧理论上有所争论的一些问题，也有必要简略地提一下：

悲剧问题。光明、正面力量的胜利，是作品中表现的总的趋势。一种情况是，作品采取正面表现的方法，可能正面力量占优势，在矛盾冲突中战胜反面力量，取得胜利。这不会构成悲剧。另外一种情况是，正面力量遭受挫折，舞台上不出现胜利的局面，或者直接表现为悲剧结局。但这并不妨害最终光明必将到来的总的历史趋势。这种悲剧不是"悲观主义"。英雄人物死了，或者某一次革命行动失败了，不一定就是悲观，它仍然可以给观众以鼓舞教育。如果讲革命的、新的悲剧观念的话，这可能是它本质的特征之一。这是个新问题，我们经验不多，可以进一步研究和试验。

讽刺剧问题。反映人民内部矛盾的讽刺剧很不好写，不少作者反映他们不敢写，因为经常容易被责难。最常见的责难是说"不典型"。因此，谈讽刺剧问题首先是个对典型的理解问题。其中主要是两个方面的问题：一个是反面典型怎样写的问题，一个是典型环境的问题。这些年来有人简直不承认反面人物有典型意义，特别是不允许在人民内部可以运用讽刺，在文艺批评、社会舆论中造成了一种不许讽刺的不正常情况。这种情况必须打破。当然，作家运用讽刺，应当掌握分寸，这也是必须注意的。但问题是对不正确的责难要弄清楚。说少数落后的人、落后的事物不可能成为典型，进一步就说新社会中旧的残余、消极现象和缺点不符合典型环境的要求。结果是："典型就是主流，主流就是正面，正面就是理想。"这是在一篇批评《布谷鸟又叫了》的文章里提出来的。那么一来，典型只有一面，只有主流。"布谷鸟"自然不是典型，不是主流。主流是当时千百万农民意气风发进行合作化，戏里面的王必好与童亚男的冲突不是主流。于是，和一个阶级只有一种典型人物的说法相配合，就说一个时代只有一种典型环境。作品中不能写主流外的事物，更不能写逆流，不管逆流、支流是怎样被克服的。有人说："缺点既然是十个指头中的一个，你为什么单写一个指头？"一个指头是少数，少数的事物不能构成典型，因此也就不能写新社会中有旧社会的残余事物。1956年合作化的农村不管何时何地都只能是一个样子。这个典型环境是只许有光明面"生气勃勃"、"斗志昂扬"之类，不许有别的和这要求略有不同的人物、因素搭配在内，哪怕是作为戏剧中反面的东西出现。这就是对《布谷鸟又叫了》批评上出现的问题，在戏剧创作上也是个长期存在的问题。这也就是某些人理解的所谓通过"理想"达到"典型化"。

人们经常援引恩格斯批评哈克奈斯的小说《城市姑娘》的话，但理解得并不正确，用这一点到处套，动不动就批评说"环境不典型"。对《达吉和她的父亲》的批评也用上了这一条，说大凉山解放后应当怎样怎样，作品里的环境不典型。这问题应该怎样看才对？按照这种逻辑，除非你不写现代生活，一写都是同一个样子，都是只有正面。结果矛盾就只有矛而无盾，顶多是大矛小盾。这样一来，人民内部矛盾实际上就不存在了。

还有关于少数是否可能作为典型的问题，与此相关，也有个对"主流"如何理解的问题。任何时候"主流"都不是孤立的，总有支流或逆流构成对立的统一体。正面力量之所以构成矛盾的一个方面，必然有反面存在，有矛必有盾；没有矛，盾就不存在。因此，不能只表现正面，不许表现反面。数量居于"少数"

的事物，假如是代表先进的、促进社会发展的本质力量，那么就应该承认它有典型意义。至于落后衰亡的"少数"是否有典型意义，这问题也不能一概否定。一个指头总是少数，少数不是就不能写。问题在于：（一）是否合乎社会发展规律的东西；（二）是否当做被克服的对象在作品中出现。

典型环境也是通过个别表现一般，这个问题广东作协理论组的同志讨论过，我个人同意这个说法。既然是艺术的典型环境，只能是具体的、个别的。戏只能演几个钟头，通过一段生活或生活的某个侧面去表现的，不能求全。通过它的具体的侧面能透露出总的社会背景就成。即使把落后面作为主要的表现对象，但只要写出它与整个形势的联系，显示出它在与积极面的关系中所处的恰当位置，写出生活矛盾发展的前进趋势，这就是可以的。王夫之论诗，要求"咫尺间现千里之势"。这个"势"可以理解为就是趋势的"势"、社会背景的"势"，也可以说要求的就是典型环境。"咫尺"的个别表现了"千里"的一般。

还有个戏剧冲突的表现是否典型的问题。现在我们处理冲突有雷同的情况。一种生活只有一种处理冲突的方法，仿佛这才叫做"典型"。比方谈到《达吉和她的父亲》中表现大凉山的生活，只许有一种处理冲突的办法，用其他的处理办法，就认为"不够典型"。这样，就不能不公式化。有同志说矛盾方面都是安排四个人：党委书记、厂长、先进工人和技术员，这个框子是否可以突破一下？这不仅是可以突破的，而且是必须突破的。

能否处理好戏剧冲突，从艺术的角度来说，关键的问题是写好人物之间的冲突，写好典型性格之间的冲突。我们现在的缺点仍然是在冲突中没有很多有光彩的正面人物性格。我们表现反面人物有艺术光彩；表现正面人物与反面人物冲突时，正面人物比较干巴巴，不如反面人物那样生动，结果给人的印象就是觉得反面力量太厉害。我们这些年也有一些好的讽刺剧，正面力量写得比较有光彩，像《新局长到来之前》。《两个心眼》写得也好，但正面人物太老实，反面人物俏皮话很多，锋芒逼人，很有光彩，正面人物不能与他成正比。还有夸张与含蓄的问题，掌握艺术分寸的时候，有时需要我们坚决大胆，有胆有识；有时又需要我们脉脉含情，手下留情。这些问题值得进一步研究，以提高我们的表现技巧。

新的时代和作家的责任^①

（1980 年 2 月 25 日）

　　剧本创作座谈会已开了两天，两天来的大会小会开得很好。但这仅仅是开始。希望大家畅所欲言，把自己的看法鲜明地提出来，共同讨论。今天的大会上，几位发言的同志围绕《假如我是真的》《在社会的档案里》提出了自己的意见，也接触到当前文艺创作中带有共同性的一些问题。我觉得这些发言都是好的。我们这次座谈会就是要文艺界提倡自由讨论的风气，真正贯彻"双百"方针，实行"三不主义"。

　　前天，周扬同志讲话一再强调，对这几个剧本，第一不是开批判会，第二也不进行宣判。周扬同志建议这次座谈会着重讨论几个带普遍意义的理论问题，如题材问题、现实主义问题、真实性问题、倾向性问题、典型性问题等等。关于这，我想再补充谈几点个人意见，供同志们讨论时参与。

关于认识和表现新时代

　　说题材问题，我想主要是指我们应当怎样认识和表现我们所

---

① 这是作者在中国剧协、中国作协召开的剧本创作座谈会上的讲话。原载《文汇报》1981
　年 6 月 18 日和《戏剧论丛》1981 年第 2 期。

处的新时代，如何正确地反映新时期的社会矛盾。近一段时间以来，我们的一批作品所触及到的，是粉碎"四人帮"后的现实生活，主题具有相当尖锐的政治性。题材内容大体有两个方面：一是反映青少年犯罪现象；二是批评干部特别是领导干部的官僚主义、特殊化以及与之相联系的社会上的不正之风。这几个方面确实是当前存在的重要的社会现象，是广大群众所关心的重要问题。文艺是生活的反映，这些题材都是可以写、应该写的。现在要研究的，是怎样反映得更真实、更好、更正确；有哪些成功的经验，有哪些值得注意和应当改进的问题。当然，我们的文艺作品不应该仅仅只反映社会生活的这些方面，如果仅仅反映这些方面，就不能够说是充分地反映了我们时代的全貌。我们所处的社会主义新时期的生活还有许多更重要的方面，需要我们的文艺去反映。但不可否认，这些问题今天确实存在着，是应当引起我们严重的注意，需要在生活中加以克服，因而也就需要在文艺作品中反映的。

这些东西是我们的阴暗面，是我们社会生活中、也是党内生活中的弊病。为什么会有这些东西？胡耀邦同志说：我们今天所处的时代，是新旧交替、除旧布新的时代。这些东西正好是新旧交替过程中的旧事物，因此，在粉碎"四人帮"以后的今天，仍然有这些东西是不奇怪的。也正因为是新旧交替，人们对这种现象有不同的看法，对表现这类题材的文艺作品有不同的看法，作品中和观众中反映出不同的思想观点，也是不奇怪的。

摆在我们面前的问题是：如何看待新时代中的旧事物，特别是官僚主义、特殊化这种阴暗面，这种弊病，文艺作品能不能反映，以及怎么样反映？我们看到的有两种不同的态度：一种是讳疾忌医，对这类阴暗面的东西不承认、不正视，或者认为它虽然在生活中存在着，但文艺作品不能表现。即使有的作品真实而正确地反映了这些问题，也还是遭到某些人的指责，认为不该这样写。我们的文艺工作者对这种讳疾忌医的态度，采取不同意、甚至抵制的态度，我以为是理所当然的。但是，也还有另外的人持另外一种态度。这就是社会上有这样一小部分人，他们对社会主义事业在曲折道路上所遭受的创伤和发生的疾病，不是想来医治、疗救，而是认为我们这个社会根本不行了，是患了不治之症，要另起炉灶。正如一位同志打的比方那样，他们不是想"补锅"，而是要"砸锅"。这自然是极少数人，但他们散布的不良影响却使我们不能不加以注意，当然也不必大惊小怪。春天来了，百花开了，也一定会有苍蝇飞出来的。

我想，我们采取的态度应当是：第一，不讳疾忌医；第二，要做良医。这就要求作者对我们的时代生活，对我国社会主义事业发展的历史经验有正确的认识。林彪、"四人帮"也大喊"社会主义"，但他们的那个社会主义是假的，是封建法西斯的"社会主义"，我们曾深受其害。多数人对他们那个假社会主义是深恶痛绝的，但现在还不能说那个假社会主义的流毒完全肃清了。我们看到有两种情况：一种是"四人帮"的残余分子，他们或明或暗地仍然在坚持林彪、"四人帮"那一套假社会主义，坚持那一套极左的东西。我们的文艺作家对他们保持警惕，用作品揭露林彪、"四人帮"的罪恶，批判假社会主义给我们国家造成的创伤和带来的疾病，这是完全应该的。另一种情况是：我们干部和群众中一部分受极左路线影响较深的人，至今也还在用某些"左"的观点看待问题。他们对林彪、"四人帮"那套假社会主义造成的祸害和疾病不能认清，对三中全会提出医治创伤和疾病的良方不能理解。他们用这种观点对待文艺作品，我们当然是不能信服的。

那么，我们的良方是什么呢？就是马克思主义，就是科学社会主义。尽管马克思主义的科学社会主义理论在我们国家的实践中走过曲折的道路，尽管我们的社会主义制度还存在着不完善之处，旧社会的遗迹还有不少，以至在粉碎"四人帮"后还存在着官僚主义、特殊化、不正之风和青少年犯罪现象；但是，30 年当中我们还有正面的经验可以证明，粉碎"四人帮"的胜利可以证明，三中全会路线的正确性也向我们证明：马克思主义仍然是真理，只有社会主义才能救中国。我们所处的这个时代，只能是科学社会主义继续前进的新时期。治疗创伤和弊病的良方只能是社会主义。

在我们文艺工作者当中，现在还没听说有什么人主张不要社会主义而要资本主义。大多数同志是反对林彪、"四人帮"的假社会主义，赞成真社会主义的。但是，什么是社会主义，还需要我们认真学习。《共产党宣言》上提到各种各样的社会主义，有封建的社会主义，有资产阶级的社会主义。也还有自命为"真正的社会主义"的，其实恰恰不是我们说的社会主义，不是马克思主义的科学社会主义，而是小资产阶级的"社会主义"。现在在一部分青年人中间，在对待民主与法制、自由与纪律、个人与集体等一些问题上，在对待党的领导和反对官僚主义、特殊化问题上，表现出来的思想，正是和《共产党宣言》上提到的资产阶级、小资产阶级的"社会主义"有某些相似的东西。当我们揭露和控诉林彪、"四人帮"对社会主义的破坏，带给我们巨大灾难的时候，他们也在思考疗救的途径，但是他们有些人提出的药方并不是良方，有的明确地要资本主义，有的虽然说是社会主义，但恰恰不是科学社会主义。比方说，对官僚主义、特殊化当然应该反对，坚决斗争，但是有些人却是采取一种极端个人主义和绝对平均主义的观点去反对。我们党正在大力发展社会主义民主。不能说现在民主已经够多了，我们还要继续为社会主义民主而斗争。但有的人要争的民主，并不是社会主义的民主，而是无政府主义。他们的民主，不要党的领导，不要人民民主专政。再比如，对待个人幸福的问题，无产阶级、共产主义也是讲个人幸福、讲人性、讲爱、讲人道主义的，但是它首先要讲人的社会性、阶级性，讲历史唯物论，讲革命和集体的利益。正是马克思当年批判的那种所谓"真正的社会主义"，才把抽象的人性和个人幸福之类作为它的主要信条，所谓"一切为了爱"，历史已经证明这是错误的、行不通的。过去在战争年代行不通，现在也行不通。我们对"四人帮"能爱吗？不平反冤案，不拨乱反正，不搞四化，我们能有什么真正的个人幸福可言？按照这种药方，我们能克服官僚主义、特殊化，能消除我们的阴暗面吗？当然不能。

刚才发言的同志讲，作家要有新闻记者的敏感，也要有哲学家的思考和政治家的责任感。这很对，我觉得，粉碎"四人帮"以后的两年多来，我们的作家，特别是青年作家，打破林彪、"四人帮"的精神枷锁，发扬革命现实主义精神，解放思想，突破禁区，三中全会后又大胆地触及当前的重要生活矛盾，许多同志确实是表现出了"新闻记者的敏感，哲学家的思考，政治家的责任感"的。我觉得，所谓政治家的责任感，就是对国家前途，对人民利益，对社会主义事业负责；所谓新闻记者的敏感，就是能及时地、敏感地了解和反映现实生活；所谓哲学家的思考，就是用马克思主义的立场、观点、方法去发现、思考和分析生活，通过作品去反映生活的真实和真理。如果从这几个方面来看，我们这次会上提到的两年多来出现的一大批话剧和电影创作是很值得高兴的，它们说明成绩确实是巨大的。写反官僚主义，反干部中的思想僵化，以及青少年犯罪问题这类批判现实生活中阴暗面的作品，如《报春花》、《未来在召唤》、《权与法》、《救救她》等等，也受到了广大观众的欢迎。另外，也有《假如我是真的》、《在社会的档案里》这些作品，在观众和读者中间引起了争议。问题也可以说是与"敏感"、"思考"、"责任感"有关的。就是说，我们作者所感所思的东西是否准确，针砭时弊开出的药方是否良方，是否正确无误地尽到了医生的责任？有的同志在交谈中提到：像上面说过的，社会上特别在某些青年中间的那种思潮，是否也在我们少数作品中不同程度地有所反映？我想，也许这是很值得我们大家研究的。

如果进一步研究的话，我们还不能不触及到如何正确认识新时期的社会矛盾这个重大问题。这是写当前现实题材的作品，特别是更需要直接表现矛盾冲突的戏剧、电影，不能不研究的问题。它涉及：新时期究竟有哪些社会矛盾？什么是它的主要矛盾？矛盾发展的趋势是怎样的？等等。当然，这不只是文艺创作、文艺理论的问题，而首先是政治实践、政治理论的问题。我觉得，我们认识这个问题，首先是要从客观社会生活的发展变化出发，同时，还是要以马克思的历史唯物论（其中包括阶级分析的观点）和科学社会主义理论为指导，还是要以毛主席的《关于正确处理人民内部矛盾的问题》的基本观点为指导，以三中全会以来党中央有关文件中的思想为指导来研究。在这方面，我们很需要理论界的帮助。这次座谈会，我们请了理论家和我们一起座谈，希望在这个问题上也能给我们指点。现在，我把个人想到的几点，简单地提一下，请大家研究。

一、观察我们国内的生活矛盾不能离开国内社会生活的全局，也不能离开国际环境的联系。我们的思想和创作应当视野开阔些。从人和人之间的关系上说，国内社会矛盾虽然主要表现为人民内部矛盾，阶级斗争已经不占主要地位，但阶级斗争并不是完全没有了，敌我矛盾并不是不存在了。这些，小平同志在《目前的形势和任务》里已经说得很清楚，是值得我们注意的。国际上，我们还要进行反霸斗争，还要进行例如抗越自卫反击这样的保卫祖国的武装斗争。这些都提醒我们：我们新时期的整个社会主义文艺，应当反映社会生活的全貌，对人民群众起到避免眼光狭窄、斗志松懈的积极作用。

二、国内社会矛盾中，由于阶级矛盾不再占主导地位，干部身上的官僚主义、特殊化、不正之风等和人民群众之间的矛盾，无疑是比过去突出了，是应该解决的重要社会矛盾。但是，不能像有的同志那样把它强调到不适当的程度，说成是主要矛盾，更不能把它说成是唯一矛盾。那么，新时期国内主要社会矛盾是什么？这个问题，我觉得中央有关文件所论述的思想是正确的，合乎实际的。大意是：生产力和生产关系、经济基础和上层建筑的矛盾，仍然是新时期的基本矛盾。它虽然主要地不再集中地表现为阶级斗争，但阶级斗争还在一定范围内存在。我们要发展生产力，实现四个现代化，要改革目前生产关系和上层建筑中那些妨碍四个现代化的部分，扫除一切不利于实现四化的旧习惯势力，这是我国现阶段要解决的主要矛盾。这个矛盾错综复杂地表现在社会的各方面（官僚主义、特殊化就是其中之一），而在当前则集中表现在拥护还是反对党的三中全会路线，拥护还是反对四项基本原则和四化建设上。我觉得这个问题值得我们学习、领会和深入地研究。

三、与此有关，还有一点。现在有的人说什么我们的社会已形成了一个"官僚特权阶层"或"阶级"，这是"四人帮"时期"揪走资派"那套谬论的翻版，这是完全错误的。如果尊重事实，只能说是干部中有官僚主义作风、特殊化问题，或其他不正之风，有蜕化变质分子。但这决不是我们整个干部队伍的全貌。现在，我们个别作者和作品在这点上有些思想混乱，应当引起我们注意。

四、对新时期的社会矛盾不能回避，困难不能忽视，阴暗面不能掩盖。但是，新生的、光明的事物，更不应当忽视和掩盖。历史发展趋势总是光明战胜黑暗，这是客观规律，也是艺术真实性和真理性的根本的一条。现在有个别作品把现实生活写得一团漆黑，前途渺茫，叫人对社会主义前途丧失信心。这虽然是个别的，却不能不注意它的消极作用。

以上，就是在题材问题——如何表现新时期现实生活题材问题上，我想到的几点补充，说出来大家讨论研究。

关于真实性和倾向性

周扬同志还讲到文艺作品的真实性问题，也就是现实主义的问题。这是当前文艺理论和文艺创作上的一个很重要的问题。十七年时我们有过一些简单化的文艺批评，常用"难道生活是这样的吗？"来责难作品，只要一写生活中的缺点，这些批评就说是不真实的。那时，无论是在具体作品的评论上，还是在理论上批"写真实"论，我们都是有过教训的。后来"四人帮"搞"瞒与骗"，彻底否定了真实，这是他们搞阴谋文艺所必然要求的。我们批判"四人帮"的一套东西，同时也总结十七年中"左"的教训，这都是需要的。但是，我不同意说我们整个30年的文艺都是搞的"瞒与骗"。我们曾经有过不少现实主义的优秀作品，它们比较真实地反映了我们历史和人民生活，这是不应当否定的。当然，"难道生活是这样的吗？"这种论调现在也还有，讳疾忌医的人也还用它来拒绝和反对对阴暗面作出正确的揭露和批判。对此，是不应该赞成的。我刚才已经说过，毫无疑问，文艺要讲真话。文艺批评的真实是现实主义的生命。在这点上，我们大家的认识是比较一致的。但是，究竟什么是真实？什么是文艺的真实性？这就可能不那么一致了。这就涉及到对现实主义如何理解的问题。我想，在这次讨论会上，大家会结合对具体作品的讨论来研究这个问题。

这里，我简单地说几点看法，为同志们深入讨论开一个头。

一、作家观察和表现客观生活，是通过他们的主观感受和认识来进行的。作家自认为是真实的，可能就是真实的，但也可能不一定就是。作家主观上的真诚和对自认为的真实所具有的自信，是作品真实性的必不可少的因素，但主观上的真诚和自信并不等于就是客观真实性。某些表面的、片面的真实并不等于现实主义所要求的真实性。现实主义的真实是典型化的真实。只有典型化的真实性才可能具有客观真理性。二、对于具有进步世界观，特别是掌握了马克思主义世界观的作家来说，真实性和倾向性是一致的，或者说是应当一致的。倾向性，其中指的主要是政治的倾向性，或者说是政治性。正如毛主席《在延安文艺座谈会上的讲话》说的：我们要求的是真实性与政治性的一致。这种倾向性，或者政治性，也是表现文艺的目的性，是文艺的一种重要的社会功能。承认这一点的，不只是马克思主义的文艺家，中外的古代和近代的许多文艺家都是承认的。车尔尼雪夫斯基就认为：文学是人民群众思想与愿望的表达者，它的使命在于反映社会的要求，并帮助解决社会所面临的问题。只有以此为目的，站在解决这些任务高度的文学才具有重大的意义。三、既然如此，要求现实主义文艺的，就不是被动地反映生活，而是要能动地反映和评价生活、影响和指导生活。这并不是外界强加给它的，而是现实主义文艺的本质的表现，是合乎艺术发展的规律的。作家在描写生活、塑造人物形象的过程中，不仅反映他对生活的认识和理解，必然也要反映他的愿望和理想。这并不违反现实主义，而是符合现实主义的。高尔基曾经说过，文学不仅反映今天的现实，还应该反映理想的现实，他把这叫做"第二现实"。意思是说作品不仅反映生活已经是什么样，而且要反映（或者指出）生活应该是什么样子。当作者揭露和批判生活中的不合理的事物时，也在赞美着或者憧憬着合理的、美好的事物，只不过有的表现得比较直接、明确，有的表现得比较间接、隐蔽罢了。至于作家批判和赞美的东西是否正确，那是由作家的生活和世界观决定的。四、因此，歌颂与暴露，这就当然成为集中表现真实性和政治性、作家世界观和文艺社会功能的一个突出问题了。反映社会主义的现实生活，既要歌颂光明面，也要揭露阴暗面，二者相辅相成。不能只许歌颂，不许暴露。粉碎"四人帮"后，特别是党的十一届三中全会以来，文艺创作打破"四人帮"设置的禁区，检讨十七年中的"左"的错误，这是其中的一个重要的内容。但是，也不能反过来说，社会主义文艺创作只要揭露黑暗就够了，不需要歌颂光明。有的同志说：马克思讲，辩证法的本质是批判的，因此是不是也可以讲文艺创作的本质就是批判？我觉得不好这样讲。我的理解是：马克思讲"批判"，并不是单纯的否定，而是既然有所否定也必然有所肯定。这才是历史发展的辩证法。也有同志谈到过去讲过的"以写光明为主"的问题。我是这样想的：对"不能一半对一半"不能作机械的理解，更不是对每一篇作品用比例数去限定它的内容里包含的成分。而应当是：就我们文艺创作总的倾向来说，就作品表现的历史总趋势来说，要写出光明面和阴暗面的斗争，写出光明战胜黑暗的必然性和现实性。只有这样，才能反映历史前进的客观规律，才能做到恩格斯讲的"充分地"现实主义，才能使人民群众感奋起来，起到鼓舞和教

　　以上这几点意思，其实都是一些老话了。但在今天，是否还可以再提一提呢？我们批判"四人帮"那一套极左的谬论，什么"从路线出发"、"主题先行"、"三突出""高、大、全"之类，批判他们的"瞒与骗"和"假、大、空"等等，为"写真实"恢复名誉，恢复现实主义传统，这是完全正确的。但这并不是说我们要走向另一个极端。现在，有的同志连倾向性、政治性也想否定，把它看成和真实性不相容的东西。有的同志因为过去在典型问题上有过"左"的教训，就说典型本身也是一根"棍子"。有些同志甚至不大喜欢听"写光明"这类话，谈作家不谈世界观，谈作品不谈思想性、政治性。这些情况，从我们要讨论的几个剧本已经发生过的争议中也反映出来。因此，重新提一提这些"老话"，也许不是多余的吧。

社会责任感和社会效果

　　现在，我就作家的社会责任感和作品的社会效果问题谈一些看法。

　　刚才提到作家要有政治家的责任感。这个责任感，首先当然是政治责任感，但扩大来说，不仅是对政治，而且是对整个社会生活的各个领域都要有责任感，这里我就用"社会责任感"这个说法。现在，有的文学青年，提出了文艺只是为了"表现自我"，这显然是不对的。文艺创作中当然是有自我的，是要表现作者本人的思想感情的。但是，文艺不能只表现自我，更不能只为了自我。文艺是通过自我的主观世界，作为媒介，去表现群众的、社会的客观世界，是为了对社会发生作用的。现在在少数青年人中间出现的这种个人主义的文艺主张，是十年动乱造成的精神创伤的反映，是对社会政治、对人民事业缺乏热情和责任心的表现。这是需要我们注意，认真去做工作的。

对我们绝大部分文艺工作者来说，要有社会责任感，这总是不成问题的。当然，要用什么样的思想作指导来更好地尽到我们的责任，所谓要做良医、开良方的问题，前边已经说过了。这里要补充的是：检验作者社会责任感如何，主要就是看他的作品所起的社会效果如何。小平同志在第四次文代会上的《祝词》里，强调地提出文艺工作者要"认真严肃地考虑自己作品的社会效果"，我们应当十分重视这个问题。

现在发生了这样一个具体问题：究竟怎样检验作品社会效果的好坏？《在延安文艺座谈会上的讲话》里关于动机和效果问题的一段话值得我们重新看看。我们不能只以作者自己或一小部分读者观众的判断为标准。一年多来，文艺界开展关于"实践是检验真理的唯一标准"的学习讨论，提出了"人民群众是文艺作品的权威评定者"这个说法。这是以把人民群众当做社会实践的主体作为依据的，是合乎党的群众路线的思想的。这对于我们克服思想僵化，克服主观主义、教条主义的领导方法，是有作用的。但是这一个时期以来，又从另一方面提出了一些新的问题：怎样才算是群众的评定？领导的意见是不是就不要听了？文艺理论批评还起不起作用？

当然，这是一种误解。我们不能从这一个片面走向另一个片面。群众的评定，是广大人民群众的评定，是就总体的意义上说的，不是单指某一小部分群众在某一情况下的表面反应说的。群众中的思想认识、文化水平和美学鉴赏水平是有差异的。我们不能光凭所谓"票房价值"来判断作品的好坏。也不能把群众意见和领导意见对立起来。如果领导的思想是正确的，是集中了群众的正确意见，反映了社会实践的客观规律性的，那我们就应当尊重。正确的文艺理论和文艺批评，是一定社会实践和文艺实践的经验总结，用来指导新的实践，这和"实践是检验真理的唯一标准"并不矛盾。因此，我们也应当尊重文艺批评，同群众意见、领导意见结合起来，用来检验我们作品的社会效果。现在，有的同志很不愿意听领导的意见，也不愿意听广大群众的意见，用一时的票房价值，甚至一小部分观众的反应或读者来信来证明自己的作品如何好，说这就是实践检验的证明。甚至任何人的哪怕一点点的批评也不愿意听，也拿"实践标准"作口实，说什么作品还未经实践检验的证明哪，谁也不能说它有一点不好，实际上根本否定了正确理论的指导作用。我想，这样的看法和做法未必是妥当的。

在社会效果问题上，当前，还发生一个作品演出、发表后的效果和现实政治的关系问题。当然，应当承认有这种情况：在特定的政治形势下，某些作品的演出或发表可能起到一种和作品本意不一致的某种副作用，这不一定就是作品不好。但是，也不能因此就说这样的作品非要演出不可，可以根本不顾现实政治实践的反应。更不能说，在任何社会、任何路线领导下，只要是被非议、被禁止的东西都是好东西。例如现在有一些为上山下乡知识青年鸣不平的作品，思想内容上其他方面的问题不去说它，仅就直接、间接地同情或支持他们回城这一点来说，在社会上正处在这个问题上发生动荡甚至闹事的情况下，处在我们不可能一下子解决几百万知识青年涌到城市来的情况下，如果到处上演带有刺激性的这种内容的作品，它会引起什么样的效果，是不能不考虑的。一般说来，作家是熟悉他所接触到的那部分生活的，但也有局限性，他对全面的情况，对实际工作中存在的各种复杂问题，就不一定那么熟悉。有时可以说是："不当家不知柴米贵。"我们要用文艺作品去促进思想解放，反映社会生活的矛盾冲突，这当然是作家的职责；但是，提出矛盾是为了解决矛盾。而解决矛盾，就一定要讲求方法，考虑客观效果。夏衍同志在第四次文代会上说过，我们的国家经历了十年浩劫，好像一只千疮百孔的大船。我们现在迫切需要同舟共济的精神，需要全国人民的团结，需要政治上的安定。因此，我们作家要体现我们的社会责任感，文艺作品要在当前更好地发挥它的社会功能，这一点是不能不考虑的。注意了这一点，我想是不会妨碍我们进一步解放思想，写出更多更好的作品来的。

最后，我想再强调说一下，我们的座谈会是为着探讨我们文艺创作面临的一些共同性的问题，我们讨论的几个剧本，虽然有这样那样的一些缺陷，但没有一个是所谓的"毒草"，我们在这个座谈会上，要开展同志式的自由讨论。我们要互相取长补短，努力克服各自难免有的某种片面性，大家都以辩证唯物主义的观点，互相吸取对方合理的意见。百家争鸣，"鸣"是口字边加一个鸟字，就是大家充分地发表意见。但还有一个"明"，是日月之明的"明"，真理越通过讨论越明。让我们采取"鸣"的方针，达到"明"的目的，使我们通过这次讨论，争取在一些主要问题上能有比较接近的看法，以便进一步加强团结，促进我们文艺事业更加健康地向前发展。

总结经验：塑造新人①

——在《作品与争鸣》编辑部召开的"塑造社会主义新人问题"
　讨论会上的讲话

（1981年4月15日）

　　今天讨论的题目是塑造社会主义新人问题。在这个讨论会上，我们正好看到了许多新人——作为社会主义文艺大军成员的作家、评论家、报刊编辑和教师的新人。我相信，每一位到会的年纪大些的同志，都会为此感到非常高兴。

　　大家知道，现在文艺界和全国各条战线一样，正在组织学习和贯彻中央工作会议关于在经济上实行进一步调整、政治上实现进一步安定的方针，学习和贯彻中央关于宣传工作的方针。我们要通过这次学习，回顾这几年文艺工作走过的道路，充分肯定在党的三中全会路线指引下取得的成绩，切实总结经验教训，研究如何克服前进过程中出现的缺点，以便进一步把我们的工作做得更好

　　当我们大家谈到克服缺点、指出存在问题的时候，我们总是说，不能忘记成绩是第一位的，不要轻视、更不应当否定我们的成绩。必须看到，自第四次文代会以来，文艺界的形势总的是很

---

① 原载《作品与争鸣》1981年第五期，转载《人民日报》1981年5月2日第5版。

好的，是健康向上的。第四次文代会和以后由中央领导召开的许多文艺方面的会议，以及采取的许多重要措施，有力地促进了文艺工作的发展。文艺部门党的领导不断得到加强与改善。出现了越来越多好的和比较好的作品。文艺理论、文艺批评方面也是很有成绩的。但同时我们也必须看到确实存在的缺点错误。关于这一方面，是不是可以这样说：我们文艺战线，也和其他战线一样，就领导方面存在的问题来看，"左"的影响仍然是不可低估的。用"左"的观点来看待党中央按照三中全会精神对文艺政策的调整，用"左"的指导思想和方法来处理文艺问题、特别是文艺界的思想问题，这种情况还是经常发生的。另外，就具体的文艺现象（例如文艺创作、理论批评、文艺工作者的思想状况以及社会的文化生活等等）来说，的确也出现了某些值得注意的资产阶级自由化现象，其中有极少数明显地背离了四项基本原则。与此相关，领导工作上也还有对这种现象放任自流的某些右的表现。我们要分别不同范围，根据不同情况，作出实事求是的分析。不论是"左"还是右，都是妨害我们更好地贯彻三中全会以来党中央确定的正确的文艺方针的，都是我们要争取文艺更大的繁荣和更健康的发展所必须克服的。

我们要有效地发扬成绩和克服缺点错误，只能站在党的立场上，用马克思列宁主义、毛泽东思想和党中央的方针路线作指导，而不能用这一种片面性来代替那一种片面性。我们要按照事物的本来面目来看待成绩和缺点。我们研究如何克服缺点错误，是在肯定成绩的前提下进行的，方法是加强学习，共同提高，弄清思想，团结同志。我们一定要坚持政治思想工作的疏导方针，发扬批评与自我批评的优良传统，进一步开展正常的马克思主义的文艺批评。这决不是搞什么政治运动，不是搞人人"过关"，更不是要"整人"。我们的目的，只能是促进文艺界同志同党的关系更融洽、更密切，促进文艺部门党的领导进一步加强和改善，促进双百方针的进一步贯彻，促进我们的文艺事业沿着为人民服务、为社会主义服务的方向更好地发展，为实现我国政治上进一步安定、经济上进一步调整作出贡献。有些同志担心，是不是中央的方针变了？又要收了？不，完全不是这样。我们要清楚地看到：党中央当前对各项工作的部署，都是继续贯彻三中全会以来的一贯方针的。三中全会的路线、方针、政策，是在坚持四项基本原则的前提下制定的。而坚持四项基本原则，在现阶段又是通过贯彻三中全会的路线、方针、政策来实现的。三中全会提倡的解放思想，同四项基本原则是一致的。党中央从来没有说过可以赞同哪些人用包括文艺在内的哪一种形式来否定或歪曲四项基本原则。因此，采取正确的方法纠正某些违背四项基本原则的言行和其他错误思想，这正是三中全会方针题中应有之义，而不应该误解为什么收了、变了。从我们文艺工作者这方面来说，我们对缺点错误也一定要本着对人民负责、对社会主义事业负责的精神，实事求是地、认真地加以克服。根据过去、主要是"文化大革命"中的教训，现在有些同志对出现的批评——不论是错误的还是正确的批评，都免不了还会产生这样那样的担心，这当然也是可以理解的。但是，我们一定要坚信，我们现在的党中央，是在政治上成熟的，经过了长期的、曲折的斗争考验的，是真正实事求是、和人民群众心连心、具有高度马克思主义水平及政治远见的。在反倾向的问题上，党中央的方针也是正确的，我们要很好地掌握党的方针，不要再重复以往那样的错误做法。我们只有坚定不移地按照党的方针办事，克服"左"的或右的思想影响，才能保证文艺事业的顺利发展，也才能保证个人在文艺上取得确实有益于人民、有益于社会的成就。

毛泽东同志早就要求我们成为彻底的唯物主义者。胡耀邦同志不久前又重申了这一观点。彻底的唯物主义，就是辩证唯物主义、历史唯物主义，就是一切从实际出发、理论联系实际、实事求是、经过实践检验真理和发展真理。这就是我们的思想路线，是我们观察和处理一切问题、包括文艺问题在内的唯一正确的方法。我们看待文艺形势，一定要从文艺发展的实际情况出发，要研究和分析它发展的全过程。要全面地、发展地看问题。要两点论，不能一点论。要正确地看清它的主流和支流。不能否定主流，也不能忽视支流。要肯定成绩，但也不应当回避缺点和问题。我们不能搞主观随意性，更不能从个人好恶出发。如果采取这种态度，就不能正确估计形势，就会对指导我们前进的党的方针政策产生错误的认识，就会对发展中的主流产生怀疑，就会对支流、对新出现的某些偏向和问题不是麻木不仁就是草木皆兵，因此也就不能采取正确的方法去加以解决。

关于塑造社会主义新人的问题，我觉得开这么一个会来谈这样的题目，对总结我们的成绩，克服我们的缺点，贯彻党中央的方针，推进文艺创作的繁荣和文艺批评的发展，是很有好处的。

塑造社会主义新人，是社会主义文艺中的一个至关重要的问题。我们必须为此付出更大的努力。当然，社会主义文艺创作的题材无限广阔，在这方面不应给作家以任何限制。但是，时代和人民同时也要求我们，必须把塑造社会主义新人和有助于培养这种新人的任务放在一个十分重要的地位。这个问题，邓小平同志代表党中央、国务院在第四次文代会的《祝词》中已经明确地提出。周扬同志在第四次文代会上作了具体的阐述。后来在剧本创作座谈会上，胡耀邦同志再次谈到了这个问题。在这同时，胡耀邦同志的讲话中还着重地谈到了作家如何正确地、深刻地认识和反映我们所处的这个新时代的问题。我认为，正确地认识和反映新时代，塑造社会主义新人，这是一个问题的两个方面。这两个方面，照我看来，正是新时期文艺创作所面临的中心课题。

我们现在正处于这个新时代的开端。这是一个新旧交替、除旧布新的大转折时期。我国的社会主义事业在遭受到巨大的挫折之后，开始了伟大的复兴。在这个新时期中，新与旧、前进与落后、光明与黑暗的矛盾斗争，错综复杂地表现在社会生活的各个领域。我们要正确地、深刻地认识它，看清它的现象和本质、主流和支流，把握它的过去、现在和将来，并且用鲜明的艺术形象对它作出典型概括，从而正确地、深刻地反映新时代的真实面貌，这就必须更好地熟悉它，必须用马克思主义观点去认识它。关于这个方面，我们几年来取得的成绩、经验和存在的问题，不是今天我们重点要讨论的。这里，我只想谈一点，这就是：我们不能片面地、孤立地只是暴露黑暗，正如不能像过去片面地、孤立地只要歌颂光明一样。毫无疑问，我们不能回避和掩盖阴暗面，社会主义文艺理应正确地发挥它对旧事物的批判功能。但是，我们必须重视积极的、前进的、光明的新事物。我们应当反映出新事物和旧事物的斗争，光明面和阴暗面的斗争，反映出光明必定战胜黑暗的历史必然性。因此，要充分肯定新生的、光明的事物的存在，充分看到它的发展壮大。正因为这样，塑造社会主义新人——我们时代的光明和前进力量的代表者们的形象，就当然成为正确反映新时代的关键性的一环了。

这首先不是什么需要从理论上加以论证的问题，而是不能不看到的实际存在。粉碎"四人帮"以来，特别是三中全会以来，实际生活中像乔厂长一类的人物，新时期中具有雷锋精神的人物，以及千千万万具有各种特点的社会主义新人，不是确确实实涌现在我们面前和身边了吗？我们大家都感到高兴的是：几年来已经有相当一些作品塑造了社会主义新人形象，取得了可喜的成功经验。但我们同时也要看到，我们还有不足之处。比起现实生活和人民群众的要求来，我们做得还是很不够的，在理论批评工作方面更显得不足。三中全会要求我们研究新情况、解决新问题。如何正确表现新时代和塑造社会主义新人，正是我们文艺工作中的新情况、新问题。为什么在这方面我们存在着不足呢？这里有文艺工作领导方面的问题，有部分作家缺乏对于新时期人民生活的深切了解甚至缺乏对于社会主义新人的充沛热情方面的问题，也有理论、批评上的某些片面性的问题。我这里主要是指自觉地对努力塑造社会主义新人的作家、作品给以及时的、负责的鼓励和扶植不够，深入地、系统地、理论联系实际地研究这一问题不够。我们大家都经常谈到作家的社会责任感问题。文艺理论家、文艺批评家是否也有一个社会责任感问题呢？当然也是有的。比如我们有的同志如果一味地引导作家去进行什么"自我表现"，把这作为所谓"新的崛起"，面对专门追求离奇情节、庸俗低级情调、散布消极绝望情绪甚至思想倾向上有错误的作品而不闻不问，或者加以鼓励，却不去引导作家深入人民的生活，挖掘人民心灵上的美，努力探索和塑造社会主义新人的形象，那就不能认为这尽到了理论家、批评家的社会责任。

塑造社会主义新人，是我们的时代、是广大人民群众、是我们正在从事的社会主义现代化建设事业向文艺工作者提出的要求。这种要求是合乎社会发展和文艺发展的客观规律的。我们知道，每一个时代都有反映自身的本质特征并代表当时历史前进方向的一批人物出现。这类人物如果真正能够被塑造成血肉饱满的典型形象，在文艺作品中站立起来，往往会对于当时的读者和观众产生非常强烈的影响。巴尔扎克描写过被他自己称为"能够改变社会面貌的伟大政治家"的资产阶级革命参加者。这些人物，就是恩格斯在致玛·哈克奈斯信中说起的"圣玛丽修道院的共和党英雄们"。屠格涅夫塑造过英沙罗夫、巴札罗夫这样的人物。曹雪芹塑造过贾宝玉、林黛玉这样的人物。我觉得，这些人物都多少有着他们时代的新人的特征。不同社会条件、不同阶级的进步作家，常常把塑造新人的形象，同探索和把握历史的前进方向、跟上时代发展的步伐，看作是同一的过程。我们现在的时代和他们有很大的不同。我们所说的社会主义新人，是在最后埋葬私有制度并清除它对人们精神上的影响这一人类历史上最伟大的变革时期产生的。当然他们不会是完人，可能有各自的缺点，更会有千差万别的不同个性，但是他们来自人民，站在人民的前列，代表社会主义新时代的前进方向。他们爱祖国、爱人民、爱我们的党。他们在不同的岗位上献身于祖国的社会主义现代化建设事业，既努力地改造客观世界，也在改造客观世界的过程中不断改造主观世界和发展社会主义的精神文明。这样说，当然不是承认什么"一个阶级只有一个典型"。过去时代的真正优秀的作品，也不可能是一个阶级只有一个典型。当然在以私有制为基础的社会发展过程中产生的新人，和在社会主义革命和建设环境中产生的新人根本有所不同，前者总是以这种或那种方式和私有制的思想相联系，后者则是力求摆脱这种思想的影响。因此，从客观内容上来说，其性格的历史深度、社会容量和丰富程度，都要超出前者。在这个意义上，过去文艺的经验尽管很可宝贵，足供我们借鉴，但是需要有分析地加以甄别和消化，需要从事大量非常艰巨的创造性劳动才行。

说到这里，可否建议同志们在讨论社会主义新人问题的时候，研究一下我国社会主义文艺的创作方法问题。粉碎"四人帮"以后，革命现实主义的传统恢复了、发展了，取得了有目共睹的成就。我们一定要继续坚持和发展革命现实主义传统。与此同时，我觉得革命浪漫主义也应当存在和发展。我们的现实本身既充满实事求是精神，也具有在此基础上产生的革命理想和英雄气概。我们的文艺既需要革命现实主义，也需要与此密切相连的革命浪漫主义。二者决不是互不相容的。不能把运用革命浪漫主义方法表现理想和激情的作品，一概说成是假、大、空，正像不能认为假、大、空的作品就是革命浪漫主义一样。我们的人民中，有脚踏实地的实干家，也有富于远大理想的闯将。而且这两种性格内容，在真正的社会主义新人的身上，总是以这种或那种形式有机地融合在一起的。因此，在总的精神上，与革命浪漫主义根本对立、毫不相容，就不可能有革命现实主义。同样，与革命现实主义根本对立、毫不相容，也就不可能有革命浪漫主义。用哲学的语言来说，它们各自都内在地包含着对方或对方的某些成分。

我们曾经听到一种意见，说我们现在是社会主义社会，怎么能提倡共产主义道德呢？可以反过来提出一个问题，如果说没有共产主义世界观的指导，没有共产主义远大理想的吸引，就不会有新民主主义革命的胜利的话，那么，同样地会不会有社会主义事业的胜利呢？当然不会的。我们知道，共产主义是一种思想体系，又是一种社会制度，一种为着实现这种社会制度而实际发生的运动。说现在就要建成共产主义社会，那自然是空想。但是，我们共产党人和共产党领导、教育下的先进分子，要在共产主义思想指导下观察和分析现实情况，从事现阶段的社会主义事业。我们把今天的工作，看作是为着实现共产主义理想而从事的完整事业的一个必不可少的阶段或步骤。因此，不论在现实生活中还是在文艺作品中，如果根本没有共产主义理想，是不可能成为社会主义新人的。

如何写社会主义新人，建国以来的文艺创作还是积累了不少经验的。这些经验，是成千上万的文艺工作者通过反复的实践、付出巨大的劳动逐渐摸索出来的。它已经得到了人民的承认，得到了历史的承认。当然也有教训，比如不少作品还不善于多方面地揭示人物个性的丰富内容，以至造成公式化、概念化。我们今天应当根据新时期的特点借鉴和发展我们自己在塑造社会主义新人方面的经验，避免重犯过去的毛病。这将会极大地推进我们的文艺事业，使我们的创作和理论、批评的研究，脚踏实地达到新的、更高的水平。

我们的生活在大踏步前进。要写好社会主义新人，作家必须熟悉新的生活。有的同志在前几年曾经提出"创作要上去，作家要下去"。这个意见对于我们现在来说，是很重要的。我们的作家经历过十年"文化大革命"，对于这一时期的情况是了解的，生活是熟悉的。现在情况发展了，从粉碎"四人帮"到现在，已经过去了四年，特别是三中全会以后，社会领域的各个方面每天都在发生深刻的变化。作家需要熟悉新生活。我们希望各级党委、政府和文艺团体，包括文艺刊物编辑部，通过各种渠道，想各种办法，切实地鼓励和帮助作家以各种形式深入生活，熟悉自己所不熟悉或不大熟悉的新情况、新问题，观察、发现、描写新事物。这是塑造好社会主义新人的一个最基本的条件。

党和人民希望我们作家同志们写出更多更好塑造社会主义新人和有助于培养这种新人的作品，也希望从事文艺理论批评工作的同志们切实总结文艺实践中的经验教训，对这个问题进行深入的、系统的研究和探讨。只有这样，才能使我们的文艺创作更好地鼓舞人民前进，更好地完成时代赋予我们的光荣使命。

文艺为人民服务，为社会主义服务①

（1981年6月18日）

现在文艺工作上有许多新问题。对这些问题，根据我的水平和当前的实际情况，有许多我也讲不清楚。今天是跟同志们一起座谈，我先少讲一点，同志们觉得有什么问题，可以提出来讨论，互相交换意见。

讲习所给我出的题目是"关于文艺为人民服务，为社会主义服务"，还要我谈谈有关党的文艺方针的其他一些问题。党的文艺方针，也就是我们社会主义国家的文艺方针。现在我们通常习惯叫文艺方向，就是"文艺为人民服务，为社会主义服务"的方向。至于方针，具体讲就是"双百"方针，"百花齐放，百家争鸣"。一个"二为"，一个"双百"，作为党和国家在社会主义时期的文艺总方针来说，大致上可用这两个"二"来表述。"二为"的方向，"双百"的方针，方向和方针加在一起，就是我们国家的文艺总方针、总政策。

三中全会以后，关于文艺总口号的提法有一些调整。过去，我们习惯讲文艺为工农兵服务，为无产阶级政治服务。从《在延安文艺座谈会上的讲话》以后，一直到"文化大革命"、粉碎

---

① 这是作者在中国作协文学讲习所对学员的讲话。

"四人帮"，在这个问题上，我们有过正面的经验，也有过反面的教训。有"左"的思想，也有右的思想，主要是"左"的思想。在对方向这个问题的理解和解释上，以及在实践上，都有些消极的东西。到了三中全会以后作了调整，不再沿用过去的提法。

过去只提文艺为工农兵服务，为政治服务。三中全会到第四次文代会，大家对这个问题曾经有些争论。到去年初，中央确定的口号的提法，叫做"为人民服务，为社会主义服务"。为人民服务的含义里，首先包括了为工农兵服务，但不只是为工农兵，是为社会主义时代的全体人民服务。为社会主义服务，其中包括为社会主义的政治、经济、文化的发展服务，不是说根本不要为政治服务，而是说社会主义文艺不只是为政治服务。防止过去那种狭隘的理解和解释。

大家知道，从1942年延安文艺座谈会以来，革命的文艺，人民的文艺，无产阶级的文艺，发展到一个新的阶段。这应该说是划时代的。《在延安文艺座谈会上的讲话》所表达的毛泽东同志的文艺思想，是马克思主义和中国革命文艺实际相结合的产物。在这个思想指导下出现的文艺创作和整个文艺工作的成绩，在我国文艺发展史上是十分重要的。《在延安文艺座谈会上的讲话》及其指引下的实践，它的基本精神、基本原则，对社会主义时期，包括粉碎"四人帮"以后建设社会主义四个现代化的新时期，仍旧是适用的，我们还是要坚持。而围绕这个基本原则和指导思想的首要问题，就是文艺为什么人的问题。我们今天确定文艺方针，首先也要确定文艺为什么人服务。《在延安文艺座谈会上的讲话》讲了首先为工农兵服务，在当时的历史条件下，这样讲是正确的。因为，为工农兵服务，也就是为绝大多数的人民服务。但《讲话》实际上不只是讲为工农兵服务，也还讲了为干部服务、为小资产阶级人民群众服务。到了解放以后，逐渐变成了只提为工农兵服务，把一系列文艺方针简化为一个"工农兵方向"。特别是"四人帮"横行时，把"左"的东西推向了极端，只能提为工农兵，工农兵以外的人民中的其他部分不仅被排斥，甚至把知识分子竟当成了专政对象。1962年，《人民日报》曾经发表了题名《文艺为最广大的人民群众服务》的社论。这篇社论的精神，就是为了防止和纠正在那之前已经出现的把文艺为什么人服务理解得过于狭窄的偏向。它提出了"为广大人民服务"，也说明了是以工农兵为主体的广大人民群众。就是这样，到了"文化大革命"中，成了一条很大的罪状，把它叫做"反革命修正主义文艺黑线的纲领"，说它是提倡"全民文艺"，是"阶级斗争熄灭论"。其实，这个社论没有什么错误，是对的。粉碎"四人帮"以后，开始拨乱反正，到了三中全会前后，文艺界的同志又提出这个问题，感到过去只讲为工农兵是狭隘的，造成了很大的消极后果，希望加以改变。小平同志在第四次文代会的《祝词》采用了"为广大人民"这个提法，但也同时提了"首先为工农兵"。这两个意思是不矛盾的。一方面，为广大人民包括了为工农兵，另一方面也提出了首先为工农兵，因为工农兵是人民群众中的主体和大多数。这在当时的情况下，对于过去狭隘的只讲为工农兵服务的提法是个重要的改变，同时也全面地考虑到了工农兵地位的重要性，防止走向否定工农兵的另一个极端。第四次文代会以后，中央进一步考虑，作为总的口号来提，是否可用更简练的语言来表达？提出干脆用"为人民服务"，更便于记诵。到1980年初，经中央同意确定下来，就叫"为人民服务"，具体含义就是小平同志在第四次文代会上的《祝词》中讲的"为最广大的人民群众、首先为工农兵服务"。

关于为社会主义服务。过去讲的是为无产阶级政治服务。在30年代有过为政治服务的提法，《在延安文艺座谈会上的讲话》中，没有"为政治服务"的字样，但讲了文艺是从属于政治的。到解放后，明确用了"文艺为政治服务"作为口号。也是在1962年前后，为了纠正文艺上的一些"左"的偏向，在中央的指示和领导下，搞了一个文艺工作条例，开始叫《文艺十条》，后来改叫《文艺八条》。那时已经感觉到对文艺和政治的关系，在理解上和实践上都偏于狭隘，图解政治，要求文艺直接对具体政策条文作解释，不注意文艺的特点。《文艺八条》要求科学地理解文艺跟生活的关系，要注意遵守艺术规律，但《文艺八条》中也还是用了"文艺为政治服务"的提法，这样问题解决得很不彻底。到了1964年，《文艺八条》也被否定了。到了"四人帮"横行时期，对文艺为政治服务就不仅是狭隘的、机械的理解，而是搞成为他们的反革命政治服务，用过去的话来讲，就是把文艺绑在他们的反革命战车上了。这是一个极大的教训。粉碎"四人帮"以后，大家感到文艺和政治的关系多年来始终没有解决好，"左"的流毒很深，对社会主义文艺造成的损失很大，反面教训很多。

毛主席《在延安文艺座谈会上的讲话》的根本原则是对的。他解释文艺不能脱离政治这一点，很精辟，我们要坚持。但他讲"文艺是从属于政治的"，讲"一切文化或文学艺术都是属于一定的阶级，属于一定的政治路线的"①，讲得就有些极端，不符合实际了。第四次文代会时，中央讨论不要再沿用文艺为政治服务的口号，小平同志在《祝词》中指出"不是要求文学艺术从属于临时的、具体的、直接的政治任务"②，1980年，小平同志在《目前的形势和任务》的讲话中明确指出，我们"不继续提文艺从属于政治这样的口号"，但是，"这当然不是说文艺可以脱离政治"③。至于对"文艺为政治服务"这个提法的态度，虽然没有公开讲，但实际上中央也已明确地不再赞成把"文艺为政治服务"作为一个总的口号了。周扬同志在第四次文代会的报告中原来有关这一段即文艺与政治关系问题的论述，作了修改和删节。

不用"文艺为政治服务"作为总的口号，那么，用什么代替它呢？我们新时期文艺的总口号除去前边说过的"为人民服务"之外，还应该再提什么才更科学、更完整呢？第四次文代会以后，文艺界的同志们都在普遍关心这个问题，都在谈论、考虑。中央领导同志和文艺界的同志在座谈讨论中，提出是否可以进一步明确把我们文艺工作的总口号确定为"文艺为人民服务，为社会主义服务"，不再孤立地、片面地只提"为工农兵服务，为社会主义服务"。经过一段时间酝酿，到1980年初，中央最后确定了"文艺为人民服务，为社会主义服务"这个口号，通过《人民日报》社论的形式公布，并在内部由中宣部发出通知。通知中讲到今后我们文艺的总口号采用"为人民服务，为社会主义服务"

---

① 《毛泽东选集》第3卷，人民出版社1993年版，第866、865页。

② 《邓小平文选》第2卷，人民出版社1994年版，第213页。

③ 《邓小平文选》第2卷，人民出版社1994年版，第255—256页。

这个提法，并同时作出了解释：为人民服务的含义是为广大人民、首先是为工农兵服务。有这样一个解释，是为了防止产生一种误解，认为我们根本不要工农兵了，不提无产阶级了。对"为社会主义服务"的解释是，要把为社会主义的政治、经济、军事、文化服务都包括在内。这样，就既不是完全否定文艺为政治服务，又明确地改变了孤立地只提为政治服务，把为政治服务作为总口号带来的弊病消除了。《人民日报》社论进一步作了说明，指出不能把文艺的社会功能仅仅限于对政治起作用，还要发挥文艺对整个社会生活和人的精神生活的作用，这样才符合文艺规律，才有利于发展社会主义文艺。

从这几年文艺工作的实践来看，中央这次对文艺口号作这样的改变是完全正确的，是对文艺政策的重大调整，是在三中全会以后文艺战线上解释思想、拨乱反正的一个重要表现。它在我们的文艺发展史上是有重大意义的。尽管在确定调整和贯彻执行过程中，不可避免地有来自"左"的和右的干扰，其中主要是"左"的干扰，而广大文艺工作者和人民群众是坚决支持并能正确理解和正确贯彻执行的。文艺战线取得了成绩，特别是三中全会以来取得很大成绩，首先是党中央领导的结果，而党中央的领导首先是指导思想和方针政策的领导。调整后的文艺方针、文艺总口号的新提法更科学了，指引文艺工作走上了正确的轨道。几年来不但出现了大量的好作品，在理论批评以及文艺事业的各个方面，都取得了很大的成绩，这是首先和这一点分不开的，没有三中全会以后对文艺方针的调整和文艺战线的贯彻执行，成绩的取得是不可想象的。所以"文艺为人民服务，为社会主义服务"

这几个字看起来简单，这里面包含有许多正反面的经验教训，是一个很值得学习和研究的大问题。

关于"双百"方针，实际上也有调整。不是文字上的调整，"百花齐放，百家争鸣"这八个字一个字也没有动。它的调整和发展，表面在把"双百"方针跟艺术民主联系起来。过去没有作过这样的解释，我们也没有这样去理解。这是解放以后，特别是"文化大革命"中"左"的思想影响的结果。用艺术民主去理解"双百"方针，是一个很重要、很深刻的思想。文学艺术的客观规律说明，文学艺术自身的发展不能没有民主，特别是在社会主义时期。作品是作家写的，是艺术家演出的，没有民主，怎么会有积极性？民主是艺术的本性，没有民主就没有艺术。把艺术民主同"双百"方针联系起来，就从根本上打破了"四人帮"文化专制主义设置的精神枷锁，也冲破了"左"的思想束缚。文艺民主同社会主义民主是一致的。社会主义本身必须有高度民主。社会主义的艺术民主就是社会主义的政治民主在艺术领域的表现。不能设想一个社会主义国家有政治上的民主而没有艺术上的民主。社会主义的艺术民主是艺术家运用艺术方式来体现的社会主义民主。从这点讲，就必须要有"百花齐放，百家争鸣"，就必须放、必须鸣。文艺上的"双百"方针提到艺术民主这样一个问题上来理解，这对我们思想上是一个很大的提高。会不会出现一些极端民主化的东西？当然也会。但无论如何，民主这个东西对社会主义来说是必不可少的。社会主义国家本质上就是包括文艺工作者在内的绝大多数劳动人民当家作主。这种当家作主当然也应当表现在文艺上。文艺应该体现人民的意志，体现文学家、艺术家的积极性、创造性，体现应有的艺术民主。不是讲两个自由吗？创作自由和批评自由，这两个自由，是保障艺术民主所必需的。在另外一个场合我还讲过这样的看法：艺术民主不仅体现在作品的形式、题材、风格上，也表现在作品的思想内容上。现在实践上已经这样做，理论上还没有充分讲，对此，同志们可以研究。艺术创作是表现生活的，表现作家的思想的，这个思想只能是他自己的，不可能是别人硬塞给他的。过去说："领导出思想，群众出生活，作家出技巧"，那是荒谬的，这决不可能成为艺术品。既然如此，作家当然应在作品的思想内容上独立自主，百花齐放，不能由别人越俎代庖。不能因为可能放出错误的甚至有害的东西，而限制作家的自由，因为那是另一个问题。真正的艺术民主，不仅允许和鼓励形式、题材、风格的多样化，也允许和鼓励思想内容的百花齐放。当然，也不是对作家没有要求，我们还有一个前提，就是要有"二为"的方向，要有党的领导和马克思主义的指导。作家、艺术家自觉地根据马克思主义思想的指导，接触和深入生活，用作品提出他对生活的见解和主张，这不会有什么危险。实践说明，我们这几年已经在这样做。比如"四五"运动中的天安门诗歌，那是政治民主，也是艺术民主，人民群众不顾"四人帮"的高压，用文艺形式——主要是诗歌来表达他们的政治见解。那是在"四人帮"阴谋篡夺党和国家最高领导权，伟大领袖毛主席在这段时间也犯了错误的特殊的情况下发生的事情。以后出现了所谓"伤痕文学"，它是在三中全会前，对持"两个凡是"观点的错误指导的反抗，是在新情况下又一次争取文艺民主的表现。不能说所有的"伤痕文学"作品都是好的，但它的主流还是应该肯定的。文艺工作者和人民群众站在一起，大胆地揭露"四人帮"给国家和民族带来的灾难，给人民和青年造成的内伤外伤，作者有话要讲出来，有眼泪要流出来，这使得某些思想僵化或受极左思想影响较深的人不高兴，是不足为怪的。再如一些反官僚主义、反特殊化的作品，写人民内部的领导者的缺点错误，作者的勇气也很大。凡是正确的东西，符合马克思主义的、跟党中央的指导思想一致的，不仅应该允许，而且要鼓励，因为这样的艺术作品促进人民群众思考问题，同时也给党的领导和政治工作者以启发。总之，解放思想，独立思想，艺术没有这个就没有生命。过去光从形式、题材、风格上理解"双百"方针是不够的了。可以有写格律诗的自由、可以有写自由诗的自由，可以演京戏，也可以演各种地方戏，这也是自由、也是"放"，但这种自由、这种"放"，这种艺术民主是比较小的、狭隘的。真正的艺术民主、创作自由和"放"，不是被动的、消极的，而是主动的、积极的，是符合艺术规律和社会主义的社会本质的。党的领导要求的只是自觉地接受马克思主义的指导，同党中央在政治上保持一致，也就是跟人民群众的根本利益保持一致，跟历史发展规律保持一致。这一点对艺术家不是消极的限制，而是积极的促进。在这样一个总前提下，作家就像社会主义社会中所有成员一样，是有高度的民主的，是可以发挥我们高度的创造性的。在这个基础上，我们的社会主义文艺才能真正地繁荣。

在实际应用中，"双百"方针在近几年来也还是受到一些干扰，也不是所有的时候，所有地区，所有的问题上都贯彻得那么好。但应该讲，近几年是自从提出"双百"方针以来从未有过的好局面。1956年提出"双百"方针，没多久就来了个反右派扩大化，它的严重后果之一就是把刚提出没多久的"双百"方针实际上否定了，没有贯彻执行，1957年以后至"文化大革命"之前，"双百"方针还偶然被提一提，如1962年搞的《文艺八条》中也强调要贯彻"双百"方针，但由于《文艺八条》不久就被否定，那"双百"方针也就在实际上被抛到一边了。到"四人帮"横行时，还有什么"双百"方针呢？后来，为了应付，也提出八个字："百花齐放，推陈出新"。而"百家争鸣"却是绝对不能提的。"双百"方针的真正贯彻执行，是党的十一届三中全会以后。文艺界同志为此很高兴，极大地发挥了文艺工作者的积极性。要看到这个主流，打开各种形式、各种内容、各种题材的禁区，思想的尖锐性，演出的活跃，刊物的繁荣，各种风格的出现……这局面的确是非常好的。从实践上来讲，是对"双百"方针的真正贯彻执行并比过去有着重大的发展。

总之，经过几十年的正反两方面的教训，在三中全会精神的指导下，我们党和国家指导文艺发展的总方针、总政策，"二为"和"双百"，都有了新的内容。实践证明，它是正确的，是指导、促进文艺取得大繁荣、大成绩的一个根本原因。

在前进过程中，也有曲折，有问题，但它毕竟是支流。不过，尽管是支流，却必须给予应有的注意，以便及时加以解决。不久前，一位中央领导同志提醒我们：大好形势下，还潜伏着某种危险，值得我们注意。从文艺工作来说，至少有两个方面：一是我们不能骄傲自满，有问题，要正视；有缺点，要克服；有错误，要纠正。党的社会主义文艺事业，像其他各项工作一样，如果只看到优点成绩，看不到缺点，只能表扬，不能批评，这本身就是个很大的危险。为什么这样讲呢？因为，在经过大的挫折，刚刚取得了大的胜利，人们心理上对过去的阴影还存在着余悸的时候，在这种情况下，就容易产生不愿看自己的缺点、不愿进行批评的情绪。这两年来，人民群众和党中央在肯定我们成绩的前提下指出缺点时，有一些同志就不大愿意听，一提缺点，就认为是否定成绩了，一听批评，不管讲得对不对，就说是打棍子了。这样下去，对我们就有很大的危险性。这将使我们把缺点、问题和成绩混在一起，结果问题和错误就要发展。我们现在的的确确是存在问题的。我们要攀登社会主义文艺高峰，出现许多大作家、大艺术家，达到各个艺术门类的大发展、大繁荣，这个任务是非常艰巨的。我们现在在主观条件上还有许多方面需要努力，我们作家的思想、生活和知识修养都需要提高。另一方面，由于我们国家对外、对内都实行开放政策，在这样的条件下，国际、国内，资产阶级的、小资产阶级的和封建的错误思想一定会出现。不是没有矛盾，不是一切都正确了。特别是我们国家处在遭受大破坏以后的大转折时期，这种历史时期的特点是思想比较活跃，也难免出现混乱，既有顽固地坚持旧的错误的一套做法的，也有把错误的、陈旧的东西当做新的时髦的东西来加以顽固地表现的。错误的社会思潮，也会反映在文艺思潮中。在这种情况下，如果我们只看见成绩，不看见缺点，不看见缺点错误会发展，这就具有相当的危险性。中央领导同志去年就讲过，如果只看成绩，不看缺点，很担心我们的社会主义文艺今后会遭到挫折。因此，我们要重视这个问题。要非常清楚、要看到隐藏的危险，用正确的方法加以解决。如果一个党、一个事业，包括我们文艺事业，只能讲好话、讲成就，不能讲存在着的问题的话，这确实是很危险的。

一年多来，特别是去年后半年，今年前半年，中央和各级领导做了大量工作，存在于一部分同志中的不愿听缺点、不高兴听批评话的风气，有了一些变化。但问题仍然存在，特别是当对缺点错误的批评也出现缺点错误的时候，就如俗话所讲"得理不让人"，就认为自己原本一点错误也没有，反过来，更向错误的方向发展下去，这是不能不加以注意的。

还有另外一方面的危险，也应引起我们足够的注意。这就是发现了缺点、错误要采取科学的态度，用正确的方法来对待。在这个问题上，我们有几十年的严重教训。从1957年以来，20多年，我们反复出现过多次粗暴批评，粗暴的艺术批评，粗暴的政治批评，搞运动，整人。这些事情，今后我们要坚决防止。特别是在有了问题和缺点，而有些同志又不愿接受批评的情况下，这就更容易搞简单化，更容易采取粗暴态度。这是"左"的思想在文艺领导工作上，文艺批评上，几十年来至少是20多年来的重要表现之一。长期以来很难克服的一个原因是，认为这只是一个方法问题。不管批评是否恰当，效果是否好，只要自认为我是革命的，批评中出现问题，那只是方法问题，既不是立场问题，也不是方向问题。这种思想在一些同志中根深蒂固。我觉得这个问题如不讲清楚，我们今天还会重犯"左"的错误，这是一个很重要的问题。在"左"的问题上，我们克服的东西不少了，但还没有得到解决。我认为要说清楚，虽然不能要求批评百分之百地正确，批评中出现的问题有些也确属一般方式方法问题，但在涉及原则性问题和政治内容方面的粗暴批评，决不能说只是个方式方法的问题，不能一般地说我是好意，是要革命的。过去，总是说"左"比右好，"左"的批判不管怎样，是要革命的。这样下去是不行的。坚持粗暴的文艺批评和粗暴的政治批评而不改，不仅是个方向路线问题，也是个立场问题。你伤害了同志的积极性，混淆了是非，混淆了不同的矛盾的界限，造成严重的政治后果，那不是说明你恰好是站到了错误的方向去了吗？对待精神世界的问题，决不能有一丝一毫的简单粗暴。艺术是精神世界的东西，人的精神世界是非常复杂的。在这个问题上，没有高度的政治水平，没有高度的马克思列宁主义的科学态度，很容易处理不当。用简单化的方法给人上纲，说人家是反党、反社会主义，过去是很容易的。而事物本身是非常复杂的。对于一个人的思想光靠一部分事实表现是不容易判断清楚的。即使事实没有被歪曲也是如此。人的思想、感情、灵魂深处往往有非常复杂的矛盾性。决不能有一必有二地简单推算出来。比如说，我们过去常把反共和反人民连在一起说，即是说反人民必然反共，倒过来也是一样。但事实却有例外。有一位民主人士，毛主席和他有交情。毛主席说他是反人民却不反共的。这个人一直钦佩共产党，但他解放前对人民群众的态度和观点却完全是封建资产阶级贵族老爷式的。此人的包括政治思想在内的整个精神世界的复杂性，过去、现在以至将来都是会有各种表现的。现在我们所处的这个大转折的历史时期，人的精神世界更是如此。我们对有缺点错误的同志要作全面的分析。现在文艺创作中所表现的各种各样的思想，应当看到大量的主要是正确的好东西。也有相当一部分思想是不正确的或是混乱的，我们要进行认真分析，区别本质和现象，政治观点、哲学观点和艺术观点，动机和效果，必然和偶然等等各种不同的情况，细致地、科学地去对待。毛主席讲，解决思想问题，不能靠压服，而必须靠说服，得说理才行。特别是人民内部的问题，光靠几顶帽子、几条简单的结论是说不服人的。压的结果往往走到事物的反面，将会出现两种情况：一是又回到万马齐喑的局面，这样也许表面上看来错误思想没有了，其实还存在，而在这同时，正确的东西，创造性的东西也没有了。另一种可能出现的情况是，压，会起反作用，会激化矛盾，闹不好还会扩大到社会上去。文艺的事，常常不单纯是文艺界自己的事。如果处理不当，会对安定团结产生不良的影响。

总之，有缺点、有错误不承认、不批评，这是危险的。对待缺点和错误如果不采取马克思主义的正确方针和方法来处理，也是危险的。我们应对以上两个方面加以注意，并用我们的工作来消除这两种危险。

目前，我们文艺工作中，存在着哪些支流方面的问题呢？现在文艺界的同志看法上不尽相同。去年12月中央工作会议以后，中宣部组织了文艺界党员骨干的学习会，会上，也对这个问题进行了讨论。由于这不是个小问题，涉及对文艺形势的总的估计和确定今后任务的指导方针问题，结论必须由中央来做。现在我们还没有听到中央新的指示，我在这里只能说一点我个人的不成熟的看法。我觉得，就思想意识方面来说，刚才提到我们文艺队伍中的支流是既有资产阶级思想的侵蚀，也有封建残余思想和小资产阶级或小生产者的思想存在。这种情况和社会上的情况是一致的。就政治上、对中央方针政策的理解和执行上的倾向性问题来说，是既存在着"左"的方面的支流，也出现了右的方面的支流。这也和其他战线的情况是一致的。"左"和右这二者究竟在当前以何者为主？我个人认为，"左"的影响仍然是当前和今后相当时期内需要着重克服的东西。虽然我们文艺战线在三中全会路线指引下，通过实践是检验真理的唯一标准的讨论，通过拨乱反正的大量工作，已经对"四人帮"的极左路线和十七年中"左"的影响进行了批判和清理，成绩是巨大的。但不能认为已经从根本上肃清了，或者即使有也无足轻重了。有的同志认为，现在"左"的东西已不占重要地位，甚至说"左"的现象很少表现出来，这都是不符合实际的。实际上，不论是创作思想、理论批评或者文艺管理工作等等方面，"左"的影响还是相当多的，是决不应忽视的。但与此同时，也必须注意到，近年来也确实出现了右的东西。在少数作品中，少数文艺工作者的言论和行动中，出现了不健康的思想情绪，其中不利于四项基本原则的表现确实是存在的。领导工作中对这种情况放任自流的表现确实也是存在的。有的同志否认这种情况的存在，这不是实事求是的态度。中央近年来多次要求我们不要忽视并注意解决这方面的问题，有的同志对此提出怀疑，说："经济上反'左'，为什么文艺上偏偏是反右？"因此提出文艺上应当和经济上一样，都是只能反"左"，不提反右。我觉得这样谈问题是值得商榷的。一、中央从来没有说过文艺上现在不要再反"左"，或者反"左"已成为次要。另外，我也不认为中央对经济工作中的支流，现在以及将来都只看成"左"是唯一的问题。因为事实上，中央负责同志已经提出在坚持经济改革和对外开放的同时，要注意有人会"被种种资本主义势力所侵蚀和腐化"的问题。二、包括文艺在内的意识形态是经济基础的反映，前者在总的方面是受后者制约的，因此二者是有一致性的，但前者又有它相对的独立性，因此二者之间又不能画等号，各自的内部中这一环节和那一环节之间也不能画等号。这就是特殊性。比如同是文艺部门之内，领导工作者之间普遍存在的问题和文艺创作者中间普遍存在的问题往往是不大相同的。作家队伍中的老年和青年的情况也是各自不同的。

总之，我们应当采取实事求是的态度，从实际出发，客观地、辩证地看问题，避免主观片面性。

以上主要围绕我们党和国家的文艺方针，以及贯彻执行这个方针中间，我们对成绩和出现的问题，应该采取什么态度，谈了些个人意见，讲得很粗略，供大家参考。

下面，就同志们提出的问题，谈谈自己的看法：

关于今年中央七号文件，其中提到的写三个时期（反右派斗争，反右倾机会主义和"文化大革命"）的题材的问题，文件明确指出近几年来反映这方面的作品，主流是好的，中央的态度总的是予以肯定的。同时又提醒说：关于这方面题材的作品如果"发表过多，会产生一定的消极影响"。有的同志对此产生了一些误解，以为中央规定不让写了，不是这样的。文件说"今后这些题材当然还可以写"，只是不赞成"发表过多"，这当然是对我们作家的重要提醒，但主要是针对发表作品的部门，其中主要是针对报刊、广播、电视来讲的，我们要注意到这一点。

这里要谈谈处在我国社会主义新时期，时代对我们文艺的要求。中央文件精神是提醒我们文艺工作者和作家们，要多反映一些新的时代、新的生活，多给人民群众一些鼓舞的东西，振奋民族精神、振奋革命精神的东西。这个要求，其实早提出来了，邓小平同志在第四次文代会上就讲过，后来，胡耀邦同志在剧本座谈会上也提出过，直到现在，中央许多负责同志都不断提到这是时代的要求，是人民群众的要求。

从这点讲，文艺创作在过去一段时间内，这方面注意得不够，这也是事实。但是，我们也有个解释，不能过分地责备作家。因为生活和历史的本身是这样，我们的国家遭受了这么大的挫折，人民群众遭受了痛苦，留下了伤痕，作家也熟悉这方面的生活，有话要讲，需要把这些东西揭示出来，虽然新的生活、新的时代前进了，但历史不能割断，知新仍须温故，因此，写这方面的东西多一些也是自然的。

但是，中央领导同志的提醒，人民群众的要求应该注意。我们作家应逐渐把注意力转到新的斗争生活中来，更加注意写我们前进中的美好的事物，给人民群众以更多的能够鼓舞人心的东西。揭露错误，写得好当然也是可以给人民以鼓舞的。比如写张志新如何斗争，写十年动乱期间人民如何觉醒，如何充满信心地和黑暗丑恶的事物进行斗争……这也是可以给人民群众以鼓舞力量的。但仅仅这个不够，人民群众需要更向上、更积极的东西，对人民群众在新时期向"四化"进军中的先进的力量、光明的事物，应该注意得多一些、写得多一些，这样要求，我想是应该的。开始提出来，有些同志认为：不是说作家写什么、怎么写不要干涉吗？这是不是又出题目做文章了？这是一种误解，这是反映历史和群众对文艺的要求，并不是采取硬性的规定给你出题目做文章。

在这段时间内，不少作家已经注意了这个问题。有的同志就到农村去了，到"四化"第一线去了，有的已经写出了很好的作品。这是很值得高兴的。比如反映农村的东西，现在出了一个《喜盈门》，首先，农民看到高兴："啊呀！写我们农民呀，好久没见了。"同志，我们有八亿农民哪！《喜盈门》里面反映的农民是淳朴可爱的，生活是前进的，农民就受到鼓舞了。作品也受到了广大干部和城市人民的欢迎。这说明：并不是要求文艺狭隘地为政策做图解，但广大人民的思想情绪，历史前进脚步的要求，向我们作家提出来，我们应该回答。

与此有关，谈谈写我们的历史性错误和挫折问题。马克思主义者反对无冲突论，反对掩盖真实、歪曲历史，反对片面地解释历史。所以党中央并不否定写"文化大革命"，写反右派斗争和反右倾机会主义斗争的题材。但确实也有一个问题，怎样正确地表现历史的挫折，表现我们党的错误，有待我们写得更深刻、更典型、更准确。社会主义在我们国家才有几十年的历史，这样一个新的事业，发生了一些问题，遭受到一些挫折，一直到发生了"文化大革命"，应该如何分析这个问题，表现它的历史真实呢？列宁反复讲过，一个大的历史运动，不论是一场革命斗争，或一场大的思想斗争，在当时不大容易消化它。所以，我们作家写这类题材时应当要求我们自己提高一步，要经过过滤、深化和升华。这里需要马克思主义，需要真正的历史唯物主义，需要生活的知识。比如《苦恋》提出的问题、个人迷信问题、人的价值问题，这是当前在青年中间争论的问题，应该怎么看待这些问题呢？回答这些问题不是很简单的。拿人的问题讲，我们过去长期全盘否定人性论和人道主义，只强调阶级斗争为纲和无产阶级专政，忽视社会主义民主，到"文化大革命"发生了悲剧。但怎样回答这个问题，还值得好好研究。社会主义民主是怎么回事情？人的个人愿望、个人价值、个人特性和社会是什么关系？和集体是什么关系？再如"异化"问题，现在有些同志把正确的权威、正确的领导、正确的集体、组织……都叫做是"异化"，说一切都只能是为个人幸福、个人理想、个人愿望，这恐怕是从一个片面转到另一个片面。所以如何把我们的社会矛盾，把我们这几个时期的历史，更深刻全面地反映出来，并给予正确的回答，确实存在一个怎么写的问题。现在创作中出现了一些缺点和问题，第一，不要过分地责备这些同志，他为什么这么写是事出有因；第二，不能满足这个，因为有些东西还没有经过真正的彻底消化。我觉得现在表现那几个时期的东西，有些写得比较简单、片面，其中有些同志并不很熟悉那个时期的生活和斗争。"四人帮"时写和"走资派"斗争，根本是捏造的，现在有些同志写官僚主义、写领导干部也有些简单化，甚至漫画化。不要说共产党犯错误，就是坏人是怎么变坏的，也还有个过程，不是那么简单的。

有的同志问到：对待少数民族文学能否和汉族文学"一刀切"？不久前，《民族文学》编辑部开编委会时，我说了几点意见，也讲到各兄弟民族之间各方面的条件是不一样的，有一致的东西，也有各自的特点，不要"一刀切"。那次有位同志打了一

文艺为人民服务，为社会主义服务 /

个比方，说汉族文学已从西苑大旅社走到了北京站，而兄弟民族文学最多才走到钓鱼台，现在是否一声号令下来大家都要从一个地方重新出发呢？他具体指的是兄弟民族当中也有许多"伤痕"，现在也还需要写。我认为这不是和汉族地区是否"一刀切"的问题。"伤痕"都是可以写的，问题是现在写的水平要更高一些，要求作者有消化能力，要给人们鼓舞，不是单纯揭露。

有的同志反映，有人认为写阴暗面就是宣扬民族分裂。这样说当然不对。如果有分寸掌握不好之处，可以总结经验，加以改正，不能因此就说不应该写。问题在于要写得准确，要写出前途来，要写出和阴暗面作斗争的积极力量来。比方说，汉族同志在少数民族地区犯了错误，甚至有的人的性质变了，成了"四人帮"的人了，你把他处理成反面人物，不能因为他是汉族就说这样表现就是搞民族分裂，不是的，这是正确和错误、光明和黑暗的"分裂"，这种"分裂"是需要写的，同志们不要有什么顾虑。当然，黑暗的、错误的东西不仅汉族有，兄弟民族也有，都是一分为二的。

少数民族文艺工作要有自己的特点，要很好发展。去年开了个会，办了个全国性的民族文学刊物，各民族地区对这方面的工作也都有加强，成绩是很大的。中央领导同志指出，我们的文艺工作，还是应该坚持社会主义的内容、民族的形式。我们不拒绝接受外国的东西，但要有我们自己的民族特点。其中特别强调民族特点不仅仅是汉民族的特点，各兄弟民族都要保持和发扬他们各自的特点。同时指出在兄弟民族地区工作的汉族同志，常常或多或少地忽视保持和发扬兄弟民族文艺的特点，应该引起注意。

《李季文集》序①

　　李季同志离开我们已经一年多了。现在，经过他的战友、爱人李小为同志以及出版社同志的努力，这部收集了他近四十年中主要诗歌作品和其他形式作品的《李季文集》出版了。

　　在编辑和出版这部文集过程中，亲人和战友的心情是难以平静的。它的每一个篇目，随时都在掀起着激荡的心潮。它的每一页手稿，都难免被泪水打湿。

　　当然，这部文集的出版，不是只为了寄托周围战友的哀思，也不是只为了给少数亲人以慰藉。它是为了更多的不相识的战友和同志，为了千百万个"王贵""李香香""杨高""老祁"以及他们新一代的战友而出版的。它不是某些狭小的个人感情的杯匙之水，只是为了供极少数人品啜。它是革命战士心中的洪流，是涌向人民心中的海洋的。

　　打开这部书，呈现在我们眼前的，是用文句和诗行印在漫长征途上的闪光的足迹。它清晰地画出了一个质朴的农民的儿子，怎样成长为优秀的革命诗人和战士的前进道路。它是时代的记录，是岁月的航标。它使我们重温革命战争时期和社会主义创业时期的战斗历程，使我们的心合着诗句的节拍重又感到历史脉搏

---

① 原载《人民日报》1981年10月14日。

的跳动。从三边的风沙到昆仑山的冰雪，从陕北高原的红缨枪到柴达木盆地的钻井架……它唤起我们多少战斗的回忆！它的浓郁的泥土和石油的芳香，它的动人的牧歌和战歌的旋律……使我们怎能不一次次心驰神往！

这部文集在确切地告诉我们：尽管不是所有的作品都达到同样成熟的水平，有的主要作品也还难免存在某些不足之处，而重要地在于，它的作者确确实实是诗歌新园地上的一位开拓者。他的经久传诵的杰出的长篇叙事诗《王贵与李香香》，标志着我国新诗发展史上一个重要的新阶段。这就是《在延安文艺座谈会上的讲话》发表后，在毛泽东思想指引下，我国整个革命文艺发展的这个新阶段，其中诗歌方面的主要代表者就是李季。全国解放以后，他陆续写出的《生活之歌》《报信姑娘》《菊花石》《杨高传》《向昆仑》等等长篇叙事诗、大量抒情诗以及其他形式的许多作品，充分说明了他是自1942年到他去世前，在这近四十年中的各个历史时期都做出了贡献的。他始终走在同时代诗人队伍的前列中。他在"五四"以后我国新诗发展中应占有的重要历史地位，是毋庸置疑的。

然而，这部文集的出版，却不单是为了回顾历史。这既不是只为满足亲人和战友对往事的追怀，更不是让今天的读者只听到历史的回声。不，这部书决不是只属于过去。更重要的是，它还属于现在和将来。对于向四化进军的亿万新长征战士来说，它仍然是照亮人心的灯火，是催人奋进的号角。对于社会主义新时期的新诗发展本身来说，尽管必须要有新的创造和突破而决不应拘泥于前人，但李季的生活和创作经验中那些具有根本意义的东西，仍然能给予现在和将来的作者们以重要启示，甚至使我们比过去更觉可贵地受到教益：

诗人和诗，要同人民结合，同时代结合。这是一个具有根本意义的道路问题。李季，正是始终不渝地坚持走这条道路的。这是一切属于人民和社会主义队列的诗人们都应当走的唯一正确的道路，也是真正宽广的道路。

是诗人，同时也是战士。这就是意味着，要为人民的利益和愿望而斗争，为革命的和社会主义的时代而歌唱。这是衡量诗人成就大小和诗篇价值轻重的首要之点。李季战斗的一生和作品的艺术品格，都证明了这一点。不论是在革命战争年代，还是在和平建设时期；不论是在病魔威胁之下，还是遭"四人帮"迫害之时，他都是一位名副其实的革命战士和人民诗人。

要抒人民之情，叙人民之事。对于这一点，不能曲解成否定诗人的主观世界和摒弃艺术中的自我。另一方面，也不能因此把诗的本质归结为纯粹的自我表现，致使诗人脱离甚至排斥社会和人民。重要的问题在于是怎样的"我"。诗人不能指靠孤芳自赏或遗世独立而名高；相反，更不会因抒人民之情和为人民代言而减才。对于一个真正属于人民和时代的诗人来说，他是通过属于人民的这个"我"，去表现"我"所属于的人民和时代的。小我和大我，主观和客观，应当是统一的。而先决条件是诗人和时代同呼吸，和人民共命运。李季的整个创作和生活实践表明：他是我国新诗历史上一位忠实地抒人民之情、叙人民之事的诗人，同时也是保持着"我"的具有独特艺术个性的诗人。

要坚持革命现实主义的创作方法。"五四"以来新文学的历史告诉我们：现实主义固然不是也不可能是唯一的方法，但事实上它却是整个文艺创作发展的主要倾向。当然，革命浪漫主义的倾向也是重要的，这在诗歌中，特别是抒情诗中有显著的表现。但它是和革命现实主义相通的，在具体的某一诗人身上和某一作品中往往表现出二者的结合。从1942年以来的新诗发展中更可以看出：运用革命现实主义方法，以及正确地掌握革命浪漫主义方法，是可以更好地反映社会发展变革的本质真实和人民的愿望与理想，因之也更为人民所接受的方法。打开这部文集，从可以称为土地革命的历史画卷的《王贵与李香香》，到描绘社会主义创业者英雄形象、闪烁着革命浪漫主义光彩的《向昆仑》，使我们有理由说：李季，是为革命现实主义诗歌增加了重要财富的诗人。特别是他的叙事诗，是真正反映了劳动人民斗争生活和思想感情的革命现实主义的诗篇，同时也为正确地体现革命浪漫主义精神提供了例证。他的创作实践告诉我们，革命现实主义以及革命浪漫主义的坚实基础在于：深厚的人民生活的土壤，马克思主义科学世界观的阳光，还有民族、民间以及外国的优秀艺术传统的丰富养料。

永远不停步，始终在探索。李季的成就，特别是他在新诗民族化、群众化方面的成就是人们公认的。但他从来不因此而停步不前。他不仅在吸收民歌和民间说唱方面不断进行新的探索，同时也吸收和运用其他形式而赋予自己的特点。在内容上，他孜孜于他原来熟悉的革命战争年代的火热生活，而同时又毫不停顿地同他的主人公们一起前进，奔赴社会主义时代的崭新天地。在他近四十年的不断前进和不断尝试中，尽管他像一切探索者一样，并不是每一次都能达到预期的成功，但他方向明确，步伐坚定。作为一个党员诗人，他始终坚持在党所指定的岗位：走在人民中间，赶上时代步伐。粉碎"四人帮"、特别是党的三中全会以来，他精神百倍地支撑着重病之身，一面为中国作家协会的日常工作昼夜操劳，一面又勤奋地赶写新作。他用比以往任何时候都更为热烈的感情欢呼新一代作家和诗人的涌现，尽一切努力支持和扶植他们成长。就在他去世前的几天之内，他主持完成了短篇小说评奖并计议着新诗的评奖。"好呵！新战士爬上新的制高点了。"这就是他发出的赞叹之声。"咱们这些老兵决不能满足于不减当年哪！"这就是他同老战友们倾谈的经常话题。

这就是李季。这就是在我这篇短文中不能尽述的这位真正的诗人和战士。

此刻，他的"不能满足于不减当年"的话音又响在我的耳边了。在我的眼前又出现：那天当我赶到他床前已成永诀的情景，那天我的泪水打湿他去世前夕刚写的《三边在哪里》那篇遗稿的情景……我的心情怎么能够平静？我怎么能不又一次痛惜地呼出：是呵，我们失去了他。我们失去的太多了！

但是，我却分明又看见了他。当我在阅读他的这部文集，好像又听到他在呼唤的时候；当我仿佛追寻他的足迹走来，又向他面前的道路望去的时候，我要说：不，我们没有失去。我们不会让他失去。他留给我们的诗篇和开拓者的宝贵经验，是具有长久活力的。是的，这才是李季。这才是我们所熟知的作为真正的诗人和战士的李季！在今天的道路上，他仍然和我们并肩前进。在明天的征途上，我们仍然会同他相逢……

长跑诗人 ①

"少年头渐白，

犹唱满江红……"

（韩笑：《人间珍贵是老朋》）

韩笑，是长跑诗人，是诗的长跑健将。——这是人民群众对这位著名诗人的赞语，近年来已经成为口碑。

这一方面是对他作为离休的老同志焕发青春的赞语，称赞他参加那轰动体坛的花城万米长跑并日日坚持长跑锻炼的拼搏精神。但更主要的是对他作为诗人绝不让诗心和诗笔离休的赞语，称赞他从40年代到80年代，在诗的道路上长跑不懈，特别是在新时期十年中创造了堪称健将的优异成就。

我是韩笑诗歌的一名老读者，也是和他在同一条诗的跑道上曾经擦肩竟进但却搁笔多年的一名老诗友。从50年代首次读到他的诗到现在，30多年过去了。今天，在80年代最后一年的这个早春季节里，在花城出版社为他出版代表作选集之际，我有幸重读和初读了他40多年来的几近全部的旧作和新作。我的心被这位长跑者带上了他已跑过的艺术和人生的漫长道路。这是一个革命者

---

① 原载《求是》1989年第12期。

和战士的道路，一个革命的、社会主义的诗人的道路。它记录了战士兼诗人同祖国和人民齐忧乐、共枯荣的历史命运。它让我看到了在社会主义事业的艰险长途上，长跑者的坚定步伐和真正的战士风姿和情怀；看到了在历经劫波之后的新征途上，诗人的成长、壮大和成热。

少年韩笑是带着诗笔参加革命队伍的。经过解放战争到建国初期，韩笑很快地成长为令人瞩目的青年诗人。今天，重读他这一时期的作品，特别是在50年代末和60年代初曾产生广泛影响的长诗《我歌唱祖国》和写桂林山水的组诗以及其他成功作品，新生祖国的蓬勃朝气和秀丽山河的多姿多情又一次重现在眼前，这是使人不能不仍然为之动情并难免感慨系之的。

十年浩劫中，韩笑因反对江青被投入班房数载之久。虽然由于被迫搁笔而仅能暗中写下《死里逃生还要反》、《铁丝网前刺刀亮》等几篇短章，但这却是珍贵的历史纪念。它表现了一个真正的战士和诗人在严重历史关头的勇敢、坚强和忧思。正是"文革"十年中所经过的严峻考验，作为重要的因素之一，从反面为韩笑在此后思想上和创作上的飞跃作了准备。

的确如此。"文革"结束，特别是新时期开始后，韩笑很快地大步进入了他创作的新天地。他诗思如涌，激情如潮，人向老年，诗入旺季。十年来他一步不停地向自己前所未及的新高度攀登，取得的进步和成就是显著的。这不仅是表现在作品的产量上，也表现在作品的质量上。不仅表现在思想内容的拓展上，也表现在诗艺的提高上。不论是抒情诗还是叙事诗，长诗还是短诗；也不论是写政治风云，还是写人世沧桑；不论是以写人为主，还是以写事、写情为主；不论是写他人，还是写自己；也不论是写社会风貌，还是写山色水光；不论是写爱情、友情，还是写革命情、祖国情……所有这些方面都有源源不断的诗行，出现在韩笑勤奋开拓的诗笔之下。

当然不能说这些数量可观的作品都取得了同样程度的成功。不过却可以这样说：韩笑至少在长篇叙事诗、政治诗（包括政治抒情、叙事和讽刺等）、山水诗、爱情诗等几个方面都有新的拓展，取得了重要收获。其中的《松江浪》（长篇叙事诗）、《我唱白云、我唱绿树》（政治抒情兼叙事诗）、《菜市场沉思》（政治式抒情诗）、《我们这一代》（爱情诗），以及写莫愁湖、西子湖、蓬莱海市、泰山、三峡等的山水诗，不仅已被读者承认是韩笑新时期中佳作的代表，而且也不妨说实可跻身于整个诗坛的名篇之林。

对韩笑在新时期十年中的新作，作为读者，我想无须隐讳地说出我的喜悦心情和真实感受，说出我自信不是偏爱的客观估计。我想说：我被这位长跑健将引入了一个既熟悉又陌生的诗的世界。一个既可预想却又有几分惊奇、既是原有的又是簇新的诗的世界。在这里，我感受到了被正确把握的时代精神：不走老路也不走邪路的真正的社会主义时代精神。我见到了被正确认识的现实生活；既充满光明也存在黑暗的前进中的伟大中国的现实。我看见找到了恰当位置的艺术自我：主观客观统一、个体群体结合的健康的抒情主体。正是这样，这些诗篇所体现出来的强劲、开阔、健美的思想和艺术魅力，使我不能不被吸引和感动。

同样无须讳言的是，在诗学观念上，韩笑所坚持的一些根本性的东西，原是新诗历史上曾有过的，这就是被人们称作革命现实主义的诗学原则。韩笑和许多诗人一样，积极批判极左路线和教条主义思想对新诗发展的危害，纠正其对革命现实主义以及革命浪漫主义的扭曲。但在这样做的同时，也明确地认为：不能从根本上否定革命现实主义以及革命浪漫主义的诗学原则。要改变只许革命现实主义一花独放、独领风骚的不正常状况，但也不应当是由此走到取消其生存权而由另一种什么流派独踞诗坛。革命现实主义诗学体系不能僵化和固步自封，必须调整和发展，但发展又离不开对许多带根本性的正确原则的坚持。例如——

在诗歌艺术反映现实生活的方法、途径、手段和形式等等方面，理应大胆地、开放式地进行探索、突破和创新，但这样做，不应当是从根本上否定诗是现实生活的能动的、审美的反映这一原则。由于诗歌是形式感很强的艺术，注重形式美、探求"有意味的形式"是完全必要的。但不能因此抛弃思想内容而走向形式主义，不能只要形式本身的"意味"，而不要思想内容的"意义"。

革命现实主义不否认诗是一种人的心灵的特殊表现方式，因此，无限夸大世界观对创作的制约，把先进的世界观对创作的指导作用绝对化、庸俗化，这是应当纠正的。但不能因此得出诗不受任何世界观制约的结论。更不能导致抹杀这样的事实：要更正确、更深刻、更广阔地表现社会生活和人的精神世界，归根结蒂还是离不开先进世界观的指导。

一切为政治，一切从属于政治是必须反对的。但同样不能导致要所有的诗人和所有的诗歌作品都排除政治内容。对有这方面的内容的作品，不能不管它是反动的、错误的，抑或是进步的、革命的；不管其表现形态是政治概念化的，抑或是诗化的，都要一概反对，都要指斥为"非诗"。更不能由此否定诗也像其他社会主义文学品种一样，应当并且能够自觉地、能动地为人民、为社会主义服务。

题材决定论和单一化应当反对，革命现实主义诗歌的题材应当无限广阔，因而并不拒绝表现单个的"个人"，以及所谓"自身的生命状态"或"生命意识"等等，但这并非是不加分析地一概认同。如果是脱离群体、脱离社会、脱离时代地去进行所谓人的发现，如果是与社会进步和人性提高相违地去宣泄和高张所谓"自身的生命状态"或"生命意识"，则是不足取的。

只许歌颂光明、不许暴露黑暗是完全错误的，"假、大、空"必须杜绝。革命现实主义的诗人理应有忧患意识，作品应勇于并善于揭露和鞭挞黑暗。但这样做不能导致用悲观主义、虚无主义看待社会主义事业的历史和现实，不能否定在历史发展总趋势上光明是主流，不能否定以真实为依据的革命乐观主义、革命理想主义和革命英雄主义。

在表现形式和风格、技巧上，过去只注重继承我国民歌和古典诗歌传统，只注重吸取苏联和少数其他国家的革命诗歌的经验；诗体的建立和发展仅拘于民歌体、沿用五、七言为主的古典诗歌体，以及自由体的逐步趋向格律化，这些都是需要重新认识而理应予以突破的。毫无疑问，必须增强开放性、多样性和创新意识，进一步向包括西方现代派诗歌在内的一切外国诗歌吸取有益的东西。但是，这样做绝不意味着完全抹杀自身已往的成就。不能倒转过来独尊西方现代派，或把其中的某家某体奉为圭臬。不能造成这样的误解：仿佛艺术创新仅在于形式而不是首先在于内容；仿佛艺术形式只有绝对的变革性而没有相对的稳定性和继承性；仿佛形式运用的成败仅仅决定于创作者的主观意趣而与接受者的反应无关，因而也就可以置民族的、大众的审美心理于不顾。更不能由此导致从根本上否定从内容和形式的两方面要求革命现实主义诗歌理应具有的鲜明品格，这就是：革命化（在不同历史阶段有不同具体内容的革命精神）、民族化、群众化。

正是在这些重要问题上，韩笑用他的生活实践和创作实践做出了正面回答。他的作品为坚持和发展革命现实主义诗歌传统在许多方面提供了新例证和新经验。

当然，不能说韩笑现在就已经登上了如何惊人的高峰。事实上即使就他的最成功的新作来说，无论思想性还是艺术性都还存在着某些不足之处。对时代生活表现的深刻程度和感人的力量，不管是批判的力量或是正面鼓舞的力量，都还未能使人感到完全满足。不过，我却仍然要满怀信心地这样说：韩笑确实已达到了一个新的高度。这不仅是他自己的新高度，而且也是我国整个革命现实主义诗歌发展新阶段中的新高度。韩笑的实例，证明了革命现实主义诗歌的持久的、旺盛的生命力。

虽然由于种种原因，特别是由于革命现实主义在我国的历史遭遇，即从过去的被扭曲到近年来的被曲解，以至于竟被人为地冷落和贬斥，这就不能不影响到坚持革命现实主义的韩笑，使他的成就未能得到诗坛应有的评价和重视。这是令人遗憾的。不过，这毕竟不会成为反映真实面貌的历史评定。

值得注意的是人民群众的声音。众多的工人、战士、学生和干部通过各种方式表达的对韩笑诗歌的真心喜爱，是令人深思的。人民群众接受了他的诗的艺术美，珍视他的诗表达了人民的心声，跳动着时代的脉搏，震响着历史前进的步伐。因此才把他叫做"长跑诗人"或"诗的长跑健将"。又因为是"长跑"，就又既叫他"革命诗人"又叫他"改革开放的诗人"。

我绝不怀疑：人民群众的评价是更接近于真实的。

写到这里，我不禁又打开放在案头的一封封写给韩笑的热情的读者来信，翻开反复读过的韩笑的诗稿，交叉起来默读着，大声朗诵着。

我的眼前出现了诗的跑道。跑道上，韩笑在奔跑着。他的身边、身前和身后，无数同志在奔跑着。我看见了充满崎岖的这条漫长的诗的跑道，它的昨天、今天、明天。我看见了充满坎坷的社会主义祖国的历史跑道，它的昨天、今天、明天。真是百感交集，思绪万千……

我想到近来所读报上论述美国的社会主义者哈林顿"晚境孤寂"的短文，提到他写的一本自传，书名叫做《长跑运动员》。

我想到心中和眼前的许许多多的社会主义事业的"长跑运动员"，想到许许多多革命现实主义的"长跑诗人"……

在结束本文的时候，我想说：中国的社会主义的"长跑运动员"不会是也不应当是孤寂的。中国的革命现实主义的"长跑诗人"不会是、也不应当是孤寂的。

长跑健将韩笑同志，迈开大步向前，更向前吧！

学好《邓小平论文艺》^①

  《邓小平论文艺》一书的出版，是平息反革命暴乱后，我国思想文化界和出版界的一件大事，是党的十三届四中全会结束了赵紫阳及其谋士对思想文化战线的控制和干扰后的一个胜利成果。在当前形势下，我认为：做好这本书的发行工作和宣传工作，特别是组织好对这本书的学习，应当是我们思想文化战线，尤其是文艺战线的一项重要任务。

  这本书向我们提供的是，以邓小平同志为代表的中国的马克思主义者在新的历史时期，正确地坚持、运用和发展马克思主义文艺理论和毛泽东文艺思想的一个突出的范例。学好这本书，对于我们回顾和反思解放40年来，特别是近十年来文化工作走过的道路，全面地总结正面和反面，反"左"和反右的经验教训；澄清被资产阶级自由化搞乱了的思想是非、理论是非；对于我们正确地坚持、完善和有效地贯彻党和国家的文艺方针和路线，促进文艺工作的健康发展与更大繁荣，建设有中国特色的社会主义文化，有着极其重要的现实意义和深远的历史意义。

  邓小平同志根据马克思主义的基本原理和立场、观点、方法，针对中国的国情，结合新时期的新情况、新问题、新要求，

---

① 本文是作者在《邓小平论文艺》一书首发式上的讲话，原载《人民日报》1989年10月29日。

结合文化艺术战线十年来的新的实际，做出了一系列新的概括和新的论断。

邓小平同志指出："我们要继续坚持毛泽东同志提出的文艺为最广大的人民群众、首先是为工农兵服务的方向，坚持百花齐放、推陈出新、洋为中用、古为今用的方针"。围绕这个总的方向和方针，邓小平同志作出了一系列言简意赅的新论断，提出了新要求。例如：

关于"人民是文艺工作者的母亲"、"人民需要艺术，艺术更需要人民"的论断；

关于"不继续提文艺从属于政治这样的口号"，"但是，这当然不是说文艺可以脱离政治。文艺是不可能脱离政治的"的论断；

关于"虚心倾听各方面的批评，接受有益的意见，常常是艺术家不断进步、不断提高的动力"的论断；

关于"各级党委都要领导好文艺工作"、要"坚持党的领导，改善党的领导"的要求；

关于文艺工作者应当"认真严肃地考虑自己作品的社会效果，力求把最好的精神食粮贡献给人民"的要求；

关于要充分尊重艺术规律，对作家"写什么和怎样写，只能由文艺家在艺术实践中去探索和逐步求得解决。在这方面，不要横加干涉"的要求；

关于在政治思想战线和文艺战线"既要反'左'，又要反右"的要求。等等，等等。

邓小平同志对这一系列问题的论断和论述具有高度的科学性和鲜明的现实性。在新的历史条件下，旗帜鲜明地坚持和创造性地发展了马克思主义文艺理论和毛泽东文艺思想，是毛泽东文艺思想的新的组成部分。

应该特别指出的是，作为党的十一届三中全会路线的主要设计者和思想解放的主要倡导者的邓小平同志，在推动改革开放的同时，于1979年3月明确地提出了坚持四项基本原则，着重对"从右的方面来怀疑和反对四项原则的思潮"进行了批判，为确定以"一个中心、两个基本点"为主要内容的党的基本路线奠定了基础。1980年，小平同志进一步提出了要反对资产阶级自由化倾向。此后，小平同志一而再再而三地敲起警钟，尖锐地指出资产阶级自由化思潮的传播和泛滥的严重性与危害性。十年来的实践证明，这是政治思想战线的重大原则问题，是关系到国家前途和命运的问题；同时也是决定文化和文艺的性质、方向、道路和前途命运的大问题。而这个问题在任何时候都是马克思主义文艺理论和毛泽东文艺思想不能不首先重视的问题。由于党的两任总书记，特别是赵紫阳同志对邓小平同志的指示和批评反其道而行之，对资产阶级自由化采取纵容、支持的态度，丧失了许多重要的马克思主义的思想阵地和文艺阵地，让顽固地搞资产阶级自由化的政治"精英"和文化"精英"们猖獗于政坛和文坛，以致酿成了今年春夏之交的这场严重的政治动乱和反革命暴乱。

这场惊心动魄的血与火的教训告诉我们：坚持四项基本原则，反对资产阶级自由化不是与文艺无关，而是密切相关的。文艺是不能脱离政治的。文艺事业和文艺工作者的个人命运与国家的前途命运是绝对分不开的。我们国家和人民的前途命运离不开坚持四项基本原则，我们的社会主义文艺离不开马克思主义毛泽东思想的指导。为此，我们对邓小平同志总结了新时期实践经验，坚持和发展毛泽东思想的文艺论述特别珍视，充分估计到重新学习这些论述的重大意义，这是理所当然的。

江泽民同志指出："邓小平同志关于建设有中国特色社会主义的理论，是经过十年实践检验而为亿万人民所认识和接受的科学理论，是指引我们继续前进的旗帜。"小平同志对文艺的论述是他的建设有中国特色的社会主义理论的有机组成部分，是指引我们文化事业继续前进、发展有中国特色的社会主义文艺的旗帜。我们面临着渗透与反渗透、颠覆与反颠覆、和平演变与反和平演变的长期斗争，小平同志的文艺思想，就是文化战线反渗透、反颠覆、反和平演变的有力思想武器。

正因为如此，我还想说，我相信这本书的出版一定会受到文化艺术界广大同志和朋友们的欢迎，我也相信经过冷静地回顾和反思绝大多数同志会采取正确的学习态度，全面地、准确地理解它的精神实质，而不是避开真理的光芒，曲解只言片语以为个人偏见所用。

最后，让我再回到前面说过的话，我们要学好这本书，联系实际，总结经验，澄清被资产阶级自由化搞乱了的理论是非，正确地坚持、完善和有效地贯彻党和国家的文艺方针和路线，为建设有中国特色的社会主义文化迈出新的步伐。

争取民族的社会主义的歌剧艺术的新繁荣[1]

　　这次歌剧观摩演出活动，不仅有演出、有评奖，还有学术研讨活动。学术活动有两部分，一是评论演出剧目，总结创作经验；二是不限于具体剧目，座谈整个歌剧事业发展的方针和指导思想。我就后一个问题讲几点意见。

　　新歌剧是"五四"以来出现的新的艺术品种。不论"五四"以来的70年，建国以来的40年，还是十一届三中全会以来的10年，歌剧工作的成绩都是巨大的。前几年，歌剧事业受到资产阶级自由化思潮和其他错误思想的冲击，在一定范围内出现了脱离时代、脱离群众、脱离传统的倾向，但健康的、积极的剧目仍在大量涌现，歌剧创作的主流是好的。我们举行这次观摩和研讨活动，一个重要目的就是鼓劲。要充分肯定成绩和经验，看到歌剧事业的光明前景。当然，要鼓实劲，不是鼓虚劲。对成绩要充分肯定，对问题也要充分认识。实事求是地估量成绩和缺点，这样才能鼓起实劲。

　　歌剧战线当前和今后一段时间的主要目标和任务就是继续贯彻正确方针，增强自主意识，争取民族的、社会主义的歌剧艺术的新繁荣。

---

[1]　本文是作者在全国歌剧观摩演出座谈会上的讲话摘要，原载《人民日报》1990年12月6日。

　　贯彻正确方针，就是贯彻马克思主义的方针，贯彻十一届三中全会以来党中央所确定的方针，纠正对正确方针的偏离，批判资产阶级自由化的方针。没有方针，"自生自灭，生死由之"，只会贻误我们的事业。要通过贯彻执行正确的方针，去扶植歌剧事业，引导歌剧艺术走上健康发展的道路。增强自主意识，就是增强社会主义的、民族的自主性。我们的新歌剧，既有别于封建主义的艺术，也有别于资本主义的艺术。对于古代和外国的艺术作品，要学习、借鉴，但不能拿这些东西来取代我们自己的创造。对于外国古典的和当代的优秀歌剧剧目，当然需要不断地介绍，用以丰富群众的文化生活，但我们自己的社会主义的、民族的新歌剧，应在中国的歌剧舞台上占主导地位。对于革命新歌剧的优良传统，要很好地加以继承。这种继承不是墨守成规，机械地重复过去的做法，而是在新的历史条件下把过去的好传统发扬光大。新歌剧是新兴的艺术形式，向来是最勇于吸收、勇于革新的。现在，我们还要大讲改革开放。我们和搞资产阶级自由化的人的分歧不在于要不要改革开放，而在于往哪个方向改革开放。从这种意义讲，整顿也包含着改革，当前在业务整顿上要继续深化改革。我们的改革开放，是在坚持社会主义方向、坚持民族自主性的前提下的改革开放。总之，我们要"自尊、自信、自强、自主"，不能模糊了社会主义的旗帜，泯灭了民族的特色。一个11亿人口的社会主义大国，应当拿出有自己特色的歌剧艺术来。

　　增强贯彻正确方针的自觉性，就要深入认识社会主义文艺的发展规律。许多资产阶级艺术家、理论家对艺术特征、包括歌剧艺术的特征作过精心的研究，发表了有价值的见解。这些，是我们所应当汲取的。但是应当看到，只有马克思主义才从根本上对人类社会历史的发展作出了真正科学的解释。马克思和恩格斯提出了历史唯物主义的学说，揭示了物质生活和精神生活的辩证关系，也为艺术规律的研究提供了科学的理论基础。因此，我们应当在马克思主义的指导下研究艺术规律。毛泽东同志曾经说过，要研究事物的普遍规律，也要研究事物的特殊规律。文艺研究也是这样。要研究人类文艺的普遍规律，也要研究社会主义文艺的特殊规律；要研究一切艺术品种的共同规律，也要研究具体艺术品种的特殊规律。前几年，我们的主要问题是只注重研究人类文艺的普遍规律，不重视研究社会主义文艺的特殊规律，甚至把资本主义文艺的特殊规律当成人类文艺的普遍规律，甚至认为文艺就是文艺，没有什么社会主义资本主义之分。而在对待艺术类别的研究上，又往往只注重各个艺术品种的特殊性，不注重它们作为有中国特色的社会主义文艺的共同属性。因此，我们要大力加强对社会主义文艺特殊规律的研究。党的文艺方针政策，是建立在对客观规律的认识和遵循的基础之上的，是对客观规律的自觉驾驭。我们应当从运用客观规律的高度来贯彻执行党的文艺方针政策。

　　譬如"为人民服务、为社会主义服务"，这就是遵照社会主义文艺发展的特殊规律的要求所制定的文艺方针。有人说，文艺就是文艺，不要讲为什么服务。根本不为什么服务是不可能的。不论自觉还是不自觉，艺术生产总是为了满足一定的社会需要。什么都不为，艺术还有什么存在的价值呢？党的十一届三中全会以来，党中央对文艺政策作了调整，不再提文艺必须从属于政治，用"为人民服务、为社会主义服务"作为文艺工作的总口号。对文艺政策的这种调整，出现过误解以至曲解。批判"工具论"，触及过去一些简单化的理论，但文艺是否根本不能成为工具呢？艺术生产可以作为一种目的，但归根结底艺术是一种满足社会需要的手段。我们的文艺要为建设社会主义精神文明服务，为社会主义现代化建设服务。离开了这个目标，文艺就要走上邪路。我们不用"为无产阶级政治服务"作为文艺工作的总口号，但这并不意味着文艺可以脱离政治，在任何意义上都不能为政治服务。不要求一切文艺都要为政治服务，不等于取消文艺对于社会主义政治的促进作用。新歌剧有一个很好的传统，就是鲜明的时代精神和广泛的群众性，它善于反映群众所迫切关心的社会问题，包括政治问题，它曾经在群众中有很广泛很深厚的基础。这个革命传统应该发扬光大。更自觉更鲜明地为人民服务、为社会主义服务，这不是对歌剧的束缚，恰恰会给歌剧的发展开拓最广阔的天地。

再譬如说，作家艺术家自觉地解放思想，改造思想，这也是社会主义文艺发展的客观规律的一个要求。过去，我们在进行思想改造上有过种种"左"的偏颇，这当然应该纠正。但这不意味着人的思想，特别是作为人类灵魂工程师的作家艺术家的思想就不需要改造了。从科学的意义上讲，人总要在改造客观世界的过程中不断地改造自己的主观世界，否则主观就要落后于客观。改造不是对人的污辱，而是一种历史的客观需要，是一种对人的主观世界的科学检验和提高。十一届三中全会以来的思想解放，实际上也可以说就是思想改造——改造那些"左"的、僵化的东西，使人的思想符合于客观实际。一些搞资产阶级自由化的人主张用西方资产阶级思想来"新启蒙"，要对马克思主义进行"观念更新"。这种所谓"启蒙"、"更新"，不也是一种改造么！问题不在于要不要改造，而在于往哪里改造、用什么东西去改造、用什么方法去改造。邓小平同志在1978年曾经说过："在我们的社会主义社会里，人人都要改造。不仅那些基本立场没有转过来的人要改造，而且所有的人都应该学习，都应该不断改造，研究新问题，接受新事物，自觉地抵制资产阶级思想的侵袭，更好地担负起建设社会主义现代化强国的光荣而又艰巨的任务。"歌剧是一种很注重形式的艺术品种，艺术家完全应该下大气力钻研艺术技巧，创造完美的艺术形式。但我觉得，目前更值得注意的问题还是思想内容，还是艺术家们在思想上的提高和生活上的充实。不仅写剧本的同志要注意思想生活修养，作曲、表导演同样要加强这方面的修养。要站在时代的高度，正确认识和表现社会主义的新时代。这就要求艺术家们努力学习马克思主义，学习社会，和人民群众在思想感情上打成一片，抵制各种错误思潮的侵袭，积极改造和提高思想，努力加深对时代的认识。

还有，"主旋律"和多样化的结合，这大约也是一切新兴阶级文学艺术的共同特征。新兴阶级登上历史舞台的时候，总要通过文化艺术进行呐喊，表现他们的社会理想和政治理想。对于"主旋律"，不能理解得很狭窄，也不能理解得过于宽泛。什么都是主旋律，也就没有主旋律了。我的理解，主旋律是指那些表现社会主义、共产主义理想，表现社会主义时代精神，表现社会主义时期主要矛盾，塑造社会主义新人形象，能够使人振奋、促进人民团结的文艺作品。现在，仍然需要促进文艺的内容、题材、风格和形式的多样化，但更迫切的问题是要突出主旋律。在我们的文艺园地上，高质量的、思想和艺术结合得比较完美的表现主旋律的作品数量还是不够多。不但歌剧领域这样，其他文艺领域也有类似的情况。要努力改变这种状况。我们不仅对文艺的思想内容要有所倡导，对于艺术形式也要有所倡导。对形式的发展可以放得更宽一些，各种形式都可以尝试，形式上的某些探索一时难以为广大群众所接受，只要有利于丰富艺术的表现手段，都应当允许继续试验。但我们首先要提倡的，应当是那些有民族特色、为广大群众所喜闻乐见，和社会主义新内容结合得比较贴切的艺术形式。形式要有民族性，要和内容相适应，这是艺术形式发展的规律。在创作方法上，我们不作硬性规定，鼓励各种创作方法在社会主义方向下争奇斗艳的同时，我们也不讳言仍然要大力提倡革命的现实主义、革命的浪漫主义以及"两结合"的创作方法。歌剧擅长于抒情。但情和理是紧密相关的。情悖于理，就会让人感到矫情。所以抒情也有一个"两结合"的问题。我们要让革命的现实主义、革命的浪漫主义和"两结合"的创作方法重振雄风。

文艺工作的中心环节是繁荣文艺创作。我们要继续贯彻执行"一手抓整顿，一手抓繁荣"的方针，在治理整顿、深化改革的同时，千方百计地繁荣文艺创作。明年是中国共产党成立70周年，也是建国42周年。文化部要围绕这两个纪念活动，有计划地组织创作演出活动。文艺创作是否可以组织？回答应当是肯定的。创作是一种很细致、很复杂的精神创造活动，需要充分发挥创作人员的自主性和独创性。但这并不意味着可以完全放任自流。国家对于艺术生产完全可以也应当进行组织、规划。特别是像歌剧这样复杂的综合艺术，需要强有力的领导，需要各方面的良好配合和协调，才能产生高质量的作品。从中央到地方各个艺术门类都要订出创作、演出规划，确定重点项目，有效地对创作进行帮助、指导。我们要组织作家艺术家学习马克思主义、学习科学社会主义理论，组织他们较长时期地下去深入生活。把"走穴"改变成为"走学"——向社会学习、向人民学习。歌剧工作者不但要下去演出，还要到群众中去观察了解他们的生活。要继续完成思想、组织上的整顿工作，并与院团改革相结合，进行业务整顿。文艺体制改革，也要继续进行。"大锅饭"、"铁交椅"的积弊要改掉，"一切向钱看"、"完全商品化"的弊端也要改掉。总之，我们要采取种种有效的措施，为社会主义艺术生产的繁荣创造良好的条件，保障我们的歌剧创作以及其他品种的文艺创作，在今后一个时期有一个更大的繁荣。

关于建设有中国特色的
社会主义文化的几点看法①

（1991年2月）

近来，在学习社会主义基本理论的过程中，很多同志都在联系新时期我国文化工作的实际，围绕建设有中国特色的社会主义文化的有关问题进行思考和讨论。我自己也在进一步学习和探讨。本文想就关于新时期文化工作的历史回顾、关于文化工作的基本经验、关于建设有中国特色的社会主义文化的必要保证这样三个问题，谈一些不成熟的意见，目的是向大家求教，得到同志们的批评指正。

……

三、关于建设有中国特色的社会主义文化的必要保证

坚持文化的社会主义性质和民族特点，建设有中国特色的社会主义文化，这是我们文化工作的历史使命和奋斗的总目标。中华人民共和国成立以来，我们走过了四十多年光辉而曲折的道路，特别是经历了新时期十多年的发展，使我们有了正面和反

---

① 原载《求是》1991年第5、6期，《人民日报》1991年3月15日载第三部分，这里从《人民日报》亦收录第三部分。

面、纠"左"和纠右的全面经验；因此，现在我们有可能就此得出比较深入的认识。关于这个问题，毛泽东、邓小平等老一代无产阶级革命家，江泽民等中央领导同志提出过许多重要意见。归纳起来，我以为以下几点是十分重要的。

（一）坚持马列主义、毛泽东思想对文化工作的指导。

这是我国革命文化的历史和现实反复证明了的必要的保证。它不仅是由我国的革命性质和社会主义制度的性质所决定的，也是社会主义文化事业自身发展的内在要求。这里我想着重讲一下马克思主义文艺思想、毛泽东文艺思想的指导。

马克思主义文艺思想是遵循马克思主义基本原理认识和揭示文艺规律的产物。它运用辩证唯物主义和历史唯物主义的世界观、历史观、美学观，从文艺与生活、文艺与人民、文艺与时代、文艺与革命、世界观与创作、内容与形式、继承与创新、民族文化与外来文化等诸多关系来广泛考察文艺现象，是唯一最严整、最全面、最深刻地从根本上揭示文艺发展规律的文艺学说。它牢牢扎根于文艺实践，从文艺的历史和现实的实践经验中进行理论概括和创造并指导文艺实践。它明确提出，进步文艺是要服务于社会的进步和变革的，无产阶级文艺要服务于无产阶级革命和社会主义、共产主义事业，服务于最广大的人民群众。它不是中止对文艺现象的认识，而是不断从实践中吸取新的营养，不断在实践的基础上通过审视、分析、鉴别来吸取人类文艺创造中一切有价值的东西。毛泽东文艺思想是继列宁之后在中国条件下对马克思主义文艺思想的新发展。《在延安文艺座谈会上的讲话》是一篇重要的马克思主义文艺理论经典文献。它第一次明确提出并系统论证了社会生活是文艺的唯一源泉，文艺要为最广大的人民大众服务，文艺工作者要和人民群众结合，提出了深入生活的创作道路，并在文艺与时代、世界观与创作、普及与提高、继承借鉴与创造、歌颂与暴露等许多方面发展了马克思主义文艺思想。建国后，毛泽东同志又提出了"百花齐放，百家争鸣""古为今用，洋为中用"的理论和方针，使毛泽东文艺思想更加系统。《邓小平论文艺》则是毛泽东思想在新时期的继承发展，特别是其中关于人民是文艺工作者的母亲、文艺不从属于政治但也不能脱离政治、精神生产要以社会效益为最高标准、思想文化战线要坚持反对两种错误倾向等科学论断，都为毛泽东文艺思想增添了新的内容和新的生命力。也正因如此，毛泽东文艺思想、《邓小平论文艺》对我国新时期文化艺术工作尤其有着直接的指导作用。

马克思主义文艺思想首先是从根本上揭示了人类文艺发展的共同规律，这主要就是马克思主义文艺思想中的两个基本理论：一个是反映论，即文艺是社会生活在作家头脑中的能动的审美的反映。这是辩证唯物主义在文艺问题上的直接体现。一个是意识形态论，即文艺是一种特殊的意识形态（尽管在文艺现象中也有某些东西没有明显的意识形态性和阶级性，但文艺的主体部分是有社会的乃至阶级的倾向性的）。这是历史唯物主义在文艺问题上的直接体现。这两个基本理论从根本上揭示了文艺的根源和本质，其指导作用是不可取代的。我们当然要纠正对这两个基本理论的简单化理解，但决不能接受资产阶级自由化思潮的影响而否定这两个基本理论本身。比如，如果从整体上把马克思主义文艺理论"主体化"，把它改造为个人主观意欲决定一切的文艺理论体系，那么，文艺要反映社会生活的本质、要正确表现时代、要重视认识教育功能、作家要深入生活、要在认识客观世界的同时改造主观世界，都将统统无从谈起。如果把"非意识形态化"作为马克思主义文艺思想的基本内容，从根本上否定文艺是意识形态，那么文艺要服务于社会进步和变革、要为先进阶级和人民群众所利用、要帮助人民推动历史前进、作家的社会责任感、社会主义文艺与资本主义文艺的根本区别，也就会都被看作是"文艺自身"之外的东西而受到排斥。要坚持马克思主义文艺思想的指导，就必须坚持它的这两个基本理论。

马克思主义文艺思想在从根本上揭示了人类文艺发展的共同规律的同时，还发现了作为社会主义意识形态的一部分、作为社会主义精神文明建设的一部分、作为社会主义国家人民群众精神文化生活的重要组成部分的社会主义文艺发展的特殊规律，作出了许多科学论述。概括经典作家有关的科学论述，社会主义文艺发展的特殊规律是否主要的就是：一、为工人阶级和广大人民服务，为社会主义服务的指向性同广阔的艺术民主、创作自由的辩证统一；二、无产阶级世界观、社会主义意识形态内容的主导性同艺术方法、形式和审美创造的多成分、多层次性的辩证统一；三、社会领导力量（党和政府）对文化艺术工作的宏观指导的自觉性同艺术发展的内在要求、文化艺术生活的自愿性、广泛性的辩证统一。关于这种特殊规律的科学论断也属于马克思主义文艺思想的基本理论的范畴，同样是我们必须坚持的。

正因为马克思主义文艺思想有着这样的指导作用，所以它是党和国家制定一整套文艺方针政策的理论基础。对马克思主义文艺思想的正确态度，首先是要坚持，不坚持就谈不上发展；同时也要发展，不发展就不能更好地坚持。历史经验告诉我们，必须坚决有效地反对资产阶级自由化思潮对马克思主义文艺思想的歪曲、攻击和否定，特别是借"发展"之名行否定之实的行径。同时，也必须防止只讲坚持不讲发展，重犯教条主义的错误。发展马克思主义文艺思想也有个坚持正确方向的问题：一是要坚持马克思主义的基本原理，坚持马克思主义文艺思想的基本理论；二是要从中国的实际（包括文艺工作实际和现代化建设、改革开放的整个实践）出发去发展，去开拓新领域，作出新论断。只要方向明确了，不论在人类文化艺术的共同规律方面，还是在不同时代、不同阶级、不同民族、不同艺术门类和不同艺术方法的特殊规律方面，都可以而且应当进行新的探讨。特别是对有中国特色的社会主义文艺的特殊规律，更应当在总结实践经验的基础上，大力进行坚持并发展马克思主义文艺理论的创造性研究工作。在一些具体问题上，诸如文艺的各种功能的相互关系，作家主观世界包括潜意识的复杂结构和能动作用，文艺创作和欣赏的心理过程，艺术形式的相对独立性和发展趋势，文艺的民族性以及借鉴外国文艺的问题，建立社会主义文化管理学问题，以及文艺学和文艺美学各种研究方法的探讨等等许多方面，都可以而且应当作出新的开拓和理论概括；对马克思主义文艺思想的几个基本理论，也可以从不同角度进行新的探索，增加新的内容。正确方向下的发展取得的新成果越多，就越是能更好地发挥马克思主义文艺思想的指导作用。

（二）加强和改善党对文化工作的领导。

社会主义文化艺术事业作为整个社会主义事业的组成部分，必须坚持党的领导。这不是什么"从外面强加"的，而是社会主义文化事业自身的又一个重要规定性。党的领导只能加强与改善，不能削弱和取消，任何否定或削弱党的领导的言论和做法都是不利于社会主义文化事业的。历史经验告诉我们，资产阶级自由化思潮在否定马克思主义文艺思想指导的同时，必定是否定党对文化艺术事业的领导的。这是两种文化方向相对立的必然表现，我们必须毫不动摇地反对资产阶级自由化在这个问题上的任何谬论，坚持和加强党对文化艺术的领导并同时不断努力改善这种领导。

党对文化艺术事业的领导首先是方针政策和决策的领导。所以，加强和改善党对文化工作的领导，首先是要实现决策（制定文化方针政策和对其他重大问题作出决定）的科学化和民主化。每项政策，都应当在马列主义、毛泽东思想指引下，深入调查研究、倾听广大人民的呼声并经过科学论证的基础上，严格按照民主集中制的程序作出。要防止个人说了算，也要防止只听少数人的一面之词就轻率作出决定。与此相联系，集体的决策一经作出，就必须从各个方面维护它的权威性，用严格的组织纪律保证它的贯彻落实。这里，党的各级领导者特别是负责宣传文化工作的领导者的态度和作用是至关重要的。担任各级宣传文化部门领导职务的同志，应当有高度的党性，有坚定的党性立场，忠于党的路线和理想，并具有分辨大是大非的能力。在执行党的决策上，在大是大非面前，各级领导干部必须旗帜鲜明，坚持原则，严格按党的组织纪律办事，不能阳奉阴违，在实际行动中另搞一套，也不能骑墙，看风转舵。只有保证党的正确决策的贯彻落实，才能从文化事业发展的全局上避免大的失误和挫折。

与此同时，文化战线党的领导干部要不断改进领导作风，发扬民主，联系群众，包括团结文化战线的爱国民主人士一道工作，并努力熟悉、掌握业务工作的规律，从而保证党的方针和决策能得到更好的贯彻落实。

要理顺党、政府主管部门和群众文化团体的关系，党的领导不能包揽政府文化部门和群众文化团体的业务工作，按照党的方针集中力量搞好政治方向的领导和必要的组织领导。党委、政府部门对作家、艺术家在写作过程中写什么和怎么写不要横加干预，但这不能解释为对作品产生何种社会效果也一概不管。对集中体现时代要求的作品要大力加以提倡和扶持，对暴露出错误倾向的代表性作品要旗帜鲜明、有理有据地提出批评，在有益作品的范围内实行突出主旋律、发展多样化的方针，这也是实行政治方向领导的重要环节。不该管的事一件都不要管，该管的事每一件都要管好，从而真正加强和改善党的领导。为了搞好政治方向的领导，文化部门的党组织要积极引导、组织文化艺术工作者深入学习马克思主义理论，学习社会主义基本理论和中央关于建设有中国特色的社会主义的文献，帮助他们提高坚持正确的政治方向的自觉性。

加强和改善党对文化事业的领导的另一个重要方面，就是要坚持对文化系统的党员进行党性教育，发挥党员文化艺术工作者的先锋模范作用。党员文化艺术工作者首先是党员，然后才是作家、艺术家、理论家和文化管理专家。党内不能有特殊党员。每个党员文化艺术工作者都必须严格执行党的路线、方针和政策，服从党的决定，遵守党的纪律，并用实际行动带动广大文化艺术工作者积极贯彻党的方针和决策。从事文艺创作和理论研究，这是党员、作家、艺术家、理论家从事工作的主要内容和主要途径。作为彻底革命的无产阶级的先锋队的党性要求与社会主义文化艺术发展的客观规律的要求应当是完全一致的。因此，每个真正的党员、作家、艺术家、理论家在文艺创作和理论研究中应当而且可以把党性要求与艺术个性的发挥结合起来，用既具有坚实的党性内容又具有鲜明的艺术个性、理论个性的作品和文章体现党的要求和理想，感染、教育读者、观众和听众，并在文化艺术发展中起到应有的导向作用。

（三）确立文化事业的正确方向，坚持文化为人民服务、为社会主义服务。

社会主义文化事业是人民群众的事业，它的质的规定性决定了它的内容和方向必然而且应当是为人民服务、为社会主义服务的。坚持"二为"方针，这同样不是什么从"外面"强加的要求，而是社会主义文化事业自身发展的内在要求，是我国文化工作的生命线。

文化工作作为人的有目的的活动，当然是为人服务的；文化作为意识形态、作为上层建筑，当然也是要为一定的经济基础、为一定形态的社会服务的。那种所谓"文艺就是文艺，它根本不为什么服务"的说法，实际上是一种欺人之谈。文化不为什么服务实际上是不可能的，区别只在于为什么人服务，为什么样的社会服务，以及是自觉地或是不自觉地从事这种服务。社会主义文化工作作为社会主义文化工作者的有目的的活动，社会主义文化作为社会主义的意识形态、上层建筑，当然要自觉地为广大人民服务，为社会主义的经济基础、为整个社会主义社会服务。不这样，我们的文化事业就不成其为社会主义的文化事业，就要丧失它作为社会主义意识形态、上层建筑组成部分的根本性质。

社会常识告诉我们：任何一种社会性的事业总是要在为社会服务、满足社会需要的过程中实现自身的发展的。从这种意义上讲，服务不仅仅是一种限制，服务本身同时也是使文化得到发展的一个必要条件。服务有着不同的性质和方式，有为落后或反动对象的服务，有为先进对象的服务，有机械的服务，有按照艺术和文化的规律服务。为落后或反动的对象服务、机械地去服务给文化发展带来的主要是消极的限制和束缚，而为先进的对象服务、按照艺术和文化的规律去服务则是对文化发展的有力推动。为人民服务、为社会主义服务固然是对我国文化事业发展方向和外延的一种限定，但它同时又是对文化工作的巨大推动和激励，因为作为历史创造者的人民群众的需要和热爱，作为代表人类历史发展方向的社会主义时代的需要和呼唤，不但为文化发展提供无比广阔的天地，而且是最能开发文化工作者的创造潜能，最有力地推动文化工作者开拓前进的。

为人民服务和为社会主义服务这二者之间密切关联。由于社会主义事业是人民群众的事业，而现阶段我国人民的根本利益和要求也就是要建设有中国特色的社会主义，所以，文化工作为人民服务和为社会主义服务在本质上是相通的、统一的。但两者的含义也有所不同：前者着重强调的是文化工作和人民群众的血肉联系，它从为什么人服务的角度指明了我国文化工作的方向；后者着重强调的则是文化工作与人民群众血肉联系的时代内容，它从文化工作与经济基础乃至整个社会制度的关系上划清了我国文化事业与资本主义国家文化事业的根本界限。把为人民服务和为社会主义服务连在一起，才为我国文化事业指明了既完整又具有鲜明时代特点的正确方向。也正因如此，确立这个方向对社会主义文化事业发展是具有总揽全局的意义的。只有坚持这一方向，才能从总体上保证我国文化事业的健康发展。

坚持"二为"方向包含着多方面的要求，其中最重要的是以下两个方面：其一，我们的文艺创作和各种文化活动必须时时刻刻、全心全意地把广大人民群众作为服务对象，努力做到为广大群众所喜闻乐见，从而能真正满足人民群众的精神文化需求，为他们所利用。与此同时，还必须在各种文化创造活动中体现人民群众作为历史创造者的应有地位。因此，应当在搞好专业文化的同时积极发展群众性文化活动，使社会主义时代的广大人民群众真正成为包括文化欣赏和文化创造在内的整个文化活动的主人。其二，在服务的内容上，文艺创作和各种文化活动必须表现人民群众的愿望和他们所从事的社会主义事业的历史要求。其中包括直接地表现我国社会主义的时代生活和时代精神。此外，各种文艺创作和各种文化活动的其他方面的内容也都应当是有助于人们提高精神境界，坚定社会主义的信念，帮助人民群众更加精神振奋地投入社会主义的改革和现代化建设，推动社会主义实践的前进。

历史已经反复证明，文化艺术为什么人的问题，即归根结蒂为什么阶级、为哪种社会理想和社会制度服务的问题，从过去到现在一直都是一个根本的问题、原则的问题。在今天来说，它是文化领域中资产阶级自由化和四项基本原则对立的一个核心问题。我们必须辨明资产阶级自由化思潮对"二为"方向的歪曲、攻击和否定，必须在防止机械地服务和为错误路线服务的同时坚持正确的服务。不仅在人民的含义上，也在社会主义的含义上；不仅在服务对象上，也在服务内容上，完整地坚持"二为"方向。

（四）实行文化领域中的社会主义民主，坚持"百花齐放，百家争鸣"的方针。

社会主义文化事业作为人民群众的事业，在其发展中必须实行广泛的社会主义民主。由文化艺术的客观规律和我国社会主义文化事业的这种根本性质所决定，"百花齐放，百家争鸣"也必然应当是我国文化工作的一项基本方针。在文艺创作上，不仅要有不同形式、风格、流派、创作方法的百花齐放，而且要鼓励不同题材和主题的自由选择和竞赛。在理论讨论中，在坚持四项基本原则、遵守宪法和法律的前提下，要保证各种不同观点都有发表和参加争鸣的自由。不能把一般艺术观念问题、学术观点问题说成是政治问题，也不能把一般的政治思想认识问题上纲为政治立场和政治行动问题。文化工作的机制应当是越来越能调动更多的人的社会主义积极性，文化工作的路子要越走越宽。

民主都是具体的、相对的。社会主义民主的实质是要保证人民群众当家做主的权利，在文化工作中就是要保证广大文化工作者沿着"二为"方向积极创造的自由，保证广大人民群众对文化工作有充分的发言权和参与权。鼓吹不要"二为"方向和四个坚持的"绝对自由"实际上是少数人践踏人民群众意志的自由，是资产阶级一家的自由，我们当然要坚决反对。用公开发表作品、文章和讲话去影响别人、干预生活，是文艺家的重要行为方式。因此，在公开发表的作品和讲话中煽动反对四项基本原则，鼓吹走资本主义道路，乃至煽动颠覆党和政府的领导，那就不再是一般的文艺问题和思想认识问题，而是违反宪法的政治行为。制止极少数顽固坚持资产阶级自由化立场的人的为所欲为的自由，正是为了保证我国文化事业按大多数人的自由意志在"二为"的广阔道路上向前推进。

为了发扬社会主义民主，不但党和政府部门要实行决策民主化，而且一切群众文化团体都要在坚持"二为"方向的前提下实行真正的民主管理和民主监督，真正办成能代表全体成员意志的群众团体，防止被少数人把持，变成他们谋私利、搞行业不正之风，甚至搞资产阶级自由化的工具。为此，我们一方面要接受文化工作受"左"的影响时期，特别是"文化大革命"时期的教训，决不能再重复背离"双百"方针以至搞文化专制主义的错误；另一方面，我们也必须接受新时期以来资产阶级自由化泛滥的教训，决不能再让一些人把"双百"方针歪曲成自由化的方针，变成资产阶级自由化势力一家独鸣，以至为他们搞动乱服务的方针，而应当按其本来的性质，使"双百"方针真正成为实行文化领域中的社会主义民主、从又一个重要方面保证社会主义文化艺术繁荣发展的马克思主义和毛泽东思想的正确方针。

（五）继承革命文化优良传统，坚持文化工作中的社会主义改革。

社会主义文化是人类的文化合乎规律的发展，但它又有着不同于以往其他文化的新质。社会主义文化的出现本身就是人类文化发展史上一次划时代的变革。然而，社会主义文化的变革也不是一劳永逸的。从我国社会主义文化建设来说，一方面它要随着改革开放和现代化建设实践的前进而不断开辟新领域、进行新探索，另一方面社会主义文化根本性质的确立并不能取代社会主义文化自身在内容和形式上的不断充实和更新。必须随着时代的发展而不断地变革和创新，社会主义文化艺术才能永远保持其旺盛的生命力。

半个多世纪以来，我们党所领导的革命文化，包括社会主义文化，不仅创造了具有真正价值的优秀文化成果，同时也在它的发展进程中本来就有着勇于变革的优良传统。现在，在批判资产阶级自由化思潮对革命文化的否定而科学地肯定革命文化重要意义的同时，我们必须强调全面地理解和继承革命文化的优良传统，其中包括发扬它的勇于变革、不断创新的精神，结合今天的实际，积极推进文化领域里的改革。继承和发扬优良传统，是文化建设的一个必要条件。与此相辅相成，改革又必然是文化发展的一条必由之路。新时期十多年来，我们在文化工作的改革问题上的主要经验是：在强调进行改革的同时，必须重视改革的方向和性质。在肯定改革的成功经验的同时，必须总结在资产阶级自由化思潮影响下的不成功的教训，特别是少数资产阶级自由化代表人物借"改革"之名行"改道"之实，把社会主义文化阵地变成资产阶级文化阵地的教训。我们的改革，必须坚持以马克思主义为指导，以建设有中国特色的社会主义文化为目的，沿着社会主义方向去进行改革。

文化领域的改革既要求我们积极推动文艺创作的内容和形式的变革，探索理论研究的观念和方法的变革，同时还要积极进行文化体制的改革。我国原有的文化体制对社会主义文化艺术事业的发展起过重要的历史作用，但也有着平均主义、吃"大锅饭"、职责不清、机制不灵、效率不高等明显弊端，已越来越不适应新形势的要求。与此同时，相当一段时间以来，这种弊端又为资产阶级自由化思潮的侵蚀和封建思想残余的恢复打开了方便之门。因此，文化工作的整顿和改革是应当结合起来进行的。在整顿文化工作的同时，必须改革文化体制。作为社会主义文化体制的自我完善，体制改革要按照有利于加强和改善党对文化艺术事业的领导、有利于调动广大文化艺术工作者的社会主义的积极性、有利于更好地发挥文化艺术工作在社会主义精神文明建设中的作用的原则，按照精神生产要把社会效益作为最高标准同时又把两个效益结合起来的方针，实行经营管理目标的全面责任制，并把是否有利于"出书、出人、走正路"作为衡量改革成败的唯一标准，从而为文化事业的健康发展提供强大的推动力。

（六）弘扬民族文化的优秀传统，推动文化开放和中外文化交流。

文化的发展不能割断历史，社会主义文化的发展也不例外。而且，社会主义文化要真正为广大群众所喜闻乐见，从思想内容到艺术形式强化与人民群众的血肉联系，就必须具有鲜明的民族特色，因而尤其需要弘扬民族文化的优秀传统。弘扬民族文化的优秀传统，其中特别是"五四"以来我国革命文化的传统，更是建设有中国特色的社会主义新文化的一个必不可少的重要条件。那些搞资产阶级自由化的"精英"们全盘否定我国民族文化传统和革命文化传统，其最终目的也是要反对我们建设有中国特色的社会主义文化，从文化上为走资本主义道路制造舆论。面对着资产阶级自由化所造成的严重思想混乱和许多青少年对民族文化的无知，我们现在更需要大力弘扬民族文化的优秀传统。

我国是一个统一的多民族的国家，中华民族的文化是由汉族文化和众多的少数民族文化共同构成的，各民族文化的发展都对中华民族文化传统的形成和发展作出了自己的贡献。因此，弘扬民族文化的优秀传统，不仅要重视和弘扬汉族文化的优秀传统，而且要对全国各民族文化的优秀传统同样都加以重视和弘扬。同时应当看到，在中华民族的古代文化中也和在世界其他民族的古代文化中一样，有劳动者的文化也有剥削者的文化，在剥削者的文化中，有剥削阶级上升时期的文化也有它没落时期的文化，总的说来是有精华也有糟粕。所以，弘扬民族古代文化的优秀传统应当是一个选择、消化和扬弃的过程，要贯彻"古为今用""推陈出新"的方针，取其精华而弃其糟粕。进而言之，文化传统包括革命文化传统毕竟只是流而不是源，继承不能代替创造。建设有民族特色的社会主义新文化的源泉是今天全国各族人民建设有中国特色的社会主义的新的生活实践，发展民族新文化的根本途径是从新的生活出发去进行新的创造。而且，也必须立足于今天的社会主义实践，才能给弘扬民族文化的优秀传统确立正确的标准，从而更好地按照革命化、民族化、群众化的要求去发展社会主义的民族新文化。

强调弘扬民族文化决不是要闭关自守。文化上的对外开放和交流同样是社会主义文化艺术事业迅速发展必不可少的重要条件。我国社会主义文化可以而且需要从最广阔的范围内吸取营养来发展自己。我国文化上的开放和借鉴，不仅要面向社会主义国家，而且要面向资本主义国家；不仅包括资本主义上升时期的文化，而且包括资本主义的现代文化；不仅有文化知识和艺术形式、技巧的借鉴，而且包括思想内容的借鉴。一切人类创造的积极文化成果和精神财富，我们都要积极地去了解、借鉴和吸收。但这种开放和借鉴必须以我为主，决不能对外国文化良莠不分地兼收并蓄、盲目模仿，尤其不能照搬西方资本主义文化的思想体系。"全盘西化"即资本主义化，是资产阶级自由化在文化领域的表现，其结果只能把我国文化变成西方资本主义文化的附庸。我们反对"全盘西化"，正是为了更好地实行文化上的对外开放。只有贯彻"洋为中用"的方针，运用马克思主义观点去进行分析和鉴别，并从我国社会主义文化发展的实际需要出发去把外国文化中有价值的东西加以选择、消化和改造，才能真正达到加速发展我国社会主义文化的目的。

开放和交流都是双向的。在更好地借鉴、吸收外国文化的同时，要加速我国文化走向世界的步伐，通过文化交流为当代人类文明的发展作出更大的贡献。在这方面，同样要坚持社会主义的原则，坚持独立自主的方针，不能为了"走向世界"就曲意迎合西方某些人的偏见，不能为了获得某个国际奖项而跟在别人后边亦步亦趋。我们要在扩大对外开放和交流的同时，增强我们搞中国民族的、社会主义新文化的自觉意识，用中华民族的优秀文化，特别是有中国特色的社会主义文化去为世界文化的发展增添新的光彩。

（七）建设一支宏大的又红又专的文化工作队伍。

社会主义文化事业的建立和发展，不仅需要有自觉的思想指导，而且需要有自觉的组织力量。必须大力加强文化队伍的建设，组织起一支宏大的又红又专的文化工作队伍，才能从组织上保证我国社会主义文化事业的不断发展繁荣。

社会主义文化事业的工作队伍是由专业文化工作队伍和业余文化工作队伍两个密切联系的部分组成的。专业文化工作队伍是文化工作的骨干力量，更多地担负着提高的任务，它的地位和作用是至关重要的。业余文化工作队伍所承担的主要是普及的任务，但它同样是十分重要的，而且有着自己的优势。因为业余文化工作者大多是改革和建设的现实生活的直接参加者和创造者，和现实生活、人民群众有着天然的血肉联系，有着直接来自生活和群众的创造力，所以他们不但在满足人民群众的精神文化生活需要方面有着特殊的地位和作用，而且又是优秀专业文化工作者的后备军。任何轻视业余文化队伍建设的想法和做法都是错误的。我们必须采取专业与业余并重的方针，在积极加强专业文化队伍建设的同时大力扶持、不断壮大业余文化队伍，使两支队伍密切配合，共同为社会主义文化事业的发展提供强大的组织保证。

不管专业文化工作者，还是业余文化工作者，作为灵魂工程师、社会主义精神文明的建设者，不仅应当具有越来越高的文化修养，而且应当具有正确的世界观和社会主义的使命感，简言之，应当是又红又专的人。江泽民同志在去年纪念"五四"的讲话中说得好，"在马列主义、毛泽东思想指导下，与实践相结合，与工农相结合。当代知识分子要履行自己的历史职责，就必须沿着这条道路继续前进。"每个真正的社会主义的作家、艺术家、理论家都应当自觉地在马克思主义指导下面向现实，以国家和民族的利益为重，努力表现社会主义的时代精神，积极为培养"四有"新人贡献力量，以实际行动去履行自己的神圣使命。对马克思主义毫无兴趣、只醉心于赶时髦的人，是经不起风浪的。个人至上主义者，以"玩文学"自居的人，更不配享有社会主义文化艺术工作者的光荣称号。

这里，有必要谈一谈思想改造的问题。在这个问题上，过去确实发生过"左"的错误，伤害过一些文化工作者的积极性。但纠正"左"的错误不应当把思想改造本身也加以否定。科学意义上的思想改造，指的是人们在改造客观世界的同时要改造自己的主观世界，使主观符合于客观。客观世界在不断发生变化，人们的思想要跟上客观事物的发展，就要不断地进行改造，任何人都不能例外。不仅尚未树立正确世界观的人需要努力改造，而且已基本树立正确世界观的人也要继续改造，研究新问题，适应新情况。前几年里，一些在新时期开始曾坚持正确方向并取得显著成绩的文化工作者由于在思想上骄傲自满、放松学习，结果在错误思潮涌来时迷失了方向，创作上、理论上也出现了滑坡，有些人甚至卷入了1989年的政治动乱，这再次证明了没有思想改造是不行的。新的考验正在前面，结合新形势下的新特点抓好改造主观世界的工作，对文化队伍的建设来说是至关重要的。

（八）充实、完善实现文化工作总方向和基本方针的一系列具体的方针政策。

为了保证马克思主义对文化工作的指导，保证党和国家对文化事业的领导，不仅要有正确的文化工作的总方向和基本方针，而且要有实现这个总方向和基本方针的一系列具体的方针政策，并使之在实践中不断地得到充实和完善。

毛泽东同志说得好：文艺和整个文化工作的基本问题，一个是"为什么人"的问题，一个是"如何为"的问题。作为总方向和基本方针，"二为"和"双百"所指明的是为什么人的问题和如何为的基本途径，它们是我国社会主义文化事业的根本特征和客观规律的要求在方针政策上的集中体现。与此同时，为了具体坚持"二为"方向和贯彻"双百"方针，具体地解决"如何为"的问题，党和国家还重申并提出了一系列具体的方针政策，比如"古为今用，洋为中用"的方针，推陈出新的方针，表现社会主义时代、与人民群众相结合的方针，普及与提高相结合、专业与业余并重的方针，突出主旋律、发展多样化的方针，提倡革命化、民族化、群众化的方针，要求文艺作品内容和形式统一、思想性和艺术性并重的方针，精神生产要把社会效益作为最高标准并把社会效益和经济效益结合起来的方针，积极、稳妥地进行文艺体制改革的方针，还有一些文化经济政策，等等。这一系列具体的方针政策也是根据社会主义文化事业的本质特征和发展规律的要求制定的，也是社会主义文化自觉性的体现，是从文化工作的各个侧面、各个环节去实现总方向和基本方针的要求的，是"二为"和"双百"的辩证关系的具体化。换言之，总方向、基本方针和这一系列具体的方针政策是一个有机联系的整体，必须完整地加以把握和贯彻。大量事实特别是前几年文化领域发生严重混乱的事实证明，如果只提总方向和基本方针，不提或不重视贯彻一系列具体方针，那么，总方向和基本方针就会停留于一般号召，甚至变成任人解释的东西。比如，如果不贯彻突出主旋律、发展多样化的具体方针，"二为"和"双百"在具体文艺创作规划中的要求就很难落到实处。只有在强调总方向和基本方针的同时，采取切实有力的措施认真贯彻一系列具体的方针政策，才能从各个方面保证按照社会主义文化事业发展规律的要求推动文化工作前进。

正如社会主义文化事业的实践本身是在不断地发展和完善一样，在"二为"方向和"双百"方针的指引下，我们的一系列具体的文化方针政策也是不断充实、完善的。今后，伴随着整个文化事业的新发展，伴随着对社会主义文化事业发展的客观规律认识的深入，具体的文化方针政策还可以而且应当进一步发展和完善。因此，我们要努力从掌握社会主义文化事业发展的客观规律的高度来提高贯彻执行一系列具体方针政策的自觉性和坚定性，和背离、反对、歪曲这些方针政策的行为作斗争；同时又要从本部门、本地区的实际情况出发，在实际工作中创造性地去贯彻执行这些方针政策，并用自己的创造性的工作成果为进一步充实、完善一整套具体的文化方针政策作出努力。

这里，谈谈对完善文化经济政策的看法。伴随着商品经济的发展和文化体制改革的进行，文化经济政策的配套已越来越成为全面贯彻党和国家的文化方针、保证文化体制改革顺利进行的一个迫切课题。在现阶段，我国文化艺术产品的绝大多数都要以商品形式进入流通领域，即用商品交换的形式提供给它的服务对象。从这种范围和意义上来说，文化艺术产品的确有着商品性的一面。但是，精神生产毕竟不同于物质生产，社会主义精神生产不同于资本主义精神生产，我国社会主义文化艺术具有很强的意识形态性。因此，文化经济政策的制定和配套，既要有利于打破"大锅饭"，密切文化艺术生产和文化艺术消费的关系，用消费来促进生产，提高文化艺术生产的效率，又要防止把精神产品完全商品化，用经济杠杆扶植我们提倡的东西，强化主旋律，限制庸俗的东西，禁止反动、淫秽的东西，用经济政策的倾斜保证"二为"方向的实现。还要在经费和税收方面对文化艺术部门实行优惠政策，为文化艺术发展创造较好的经济环境。我认为，要真正做到这一点，不仅需要中央有关部门下决心，而且需要文化战线全体同志的共同努力。特别是各级文化管理部门的同志，要为文化经济政策的配套和完善积极地进行探索，创造实践经验。

最后，我还想这样说：本世纪的最后十年是实现我国社会主义现代化建设战略目标的关键十年，也应当是我国社会主义文化艺术事业大踏步前进的十年。我相信，文化战线的同志们一定能在以江泽民同志为核心的党中央领导下更加紧密地团结起来，高举爱国主义和社会主义的旗帜，为建设有中国特色的社会主义文化和建设高度的社会主义精神文明，为实现我国文化艺术事业空前的繁荣发展，团结奋进，继往开来，用卓有成效的工作去不断赢得新的胜利！

加强文化政策和法制建设①

（1991年7月21日）

　　全国文化法制会议今天在青岛开幕了。大家聚集一堂，学习江泽民同志在庆祝中国共产党成立七十周年大会上的重要讲话，以这篇重要的马克思主义文献为指导，联系文化工作的实际，交流文化政策研究与文化法制工作的经验，讨论今后一个时期文化工作的规划和措施。我相信这次会议的召开，必能贯彻江泽民同志讲话的精神，把文化政策研究和文化法制工作向前推进一步。

　　江泽民同志在"七一"讲话中，十分强调文化工作，把建设有中国特色社会主义的文化作为整个建设有中国特色社会主义的三大组成部分之一。明确提出了建设有中国特色的社会主义的文化，这对文化工作来说是至关重要的。它指明了我们文化工作的民族特点和阶级性质即社会主义性质，这是新时期文化建设的根本问题。我们要建设的是社会主义文化，而不是别的什么文化，例如封建文化和资本主义文化。尽管我们要吸取人类文化的一切优秀成果，其中也包括吸取资本主义文化和封建文化中的优秀成分，但我们强调并努力体现整个文化的鲜明的社会主义性质是不能动摇的。江泽民同志的讲话给了我们有力的理论武器，使我们

---

① 本文是作者在全国文化法制工作会议上的讲话。

261

能够进一步廓清、识别前些年一度盛行的文艺"非意识形态化"和"文化趋同"论造成的混乱，明确认识我们文化工作所有部分都是为着建设有中国特色的社会主义文化这个总目标。这也是我们的文化法制工作和政策研究工作的根本目的和唯一正确的方向。

江泽民同志在讲话中，强调了加强人民民主专政的重要性，指出这是"因为国内阶级斗争还将在一定范围内长期存在，国际上还存在妄图颠覆我国社会主义的敌对势力"，指出我们党面临着执政的考验，改革开放和发展商品经济的考验，特别是面临着反和平演变的考验。因此，我国建设有中国特色的社会主义不是在温室里进行的，不是在风平浪静中前进的，建设有中国特色社会主义的文化尤其如此。包括文化在内的意识形态领域是和平演变与反和平演变斗争的重要领域，文化渗透是和平演变的主要手段。我们的文化工作者担负着构筑抵御和平演变钢铁长城的神圣职责。我们的文化法制工作和政策研究工作不能游离于、更不能脱离于这种斗争环境之外。我们的文化政策研究应该立足于这一斗争，并在充分调查论证的基础上，作出科学判断，提供对策意见。我们的文化法制工作应当一方面保障文化工作者的合法权益和社会主义的艺术民主、创作自由与批评自由，同时也必须为反对敌对势力的文化渗透、反对和平演变、反对资产阶级自由化、清除封建主义和资本主义的文化垃圾，提供法律和文化法规的保障。在保障文化工作者合法权益的同时，也必须要求文化工作者担负起对国家和社会应尽的责任和义务。

江泽民同志在讲话中还强调坚持党的领导和加强党的建设的重要性，在指出我们党的主流是好的同时，也指出党在思想、政治、组织、作风方面都存在不少亟待解决的问题，提出了加强党的建设的四个方面的要求。江泽民同志的论述完全适合文化战线。我们的文化政策研究和文化法制工作应当为坚持党对文化工作的领导，加强文化队伍的党的建设，提高共产党员的党性和素质，增强抵制各种错误思潮的能力起到应有的促进作用。共产党员应把模范地执行国家法律、文化法规与执行党的纪律的自觉性统一起来。

江泽民同志在讲话中还强调，文化工作要继续坚持"一手抓整顿、一手抓繁荣"的方针。十三届四中全会以来，在以江泽民同志为核心的党中央的领导下，文化工作贯彻执行中央"一手抓整顿、一手抓繁荣"的方针，两个方面都取得了显著成绩。但同时也要看到，这两个方面的任务都还远远没有完成。我们的文化政策研究工作和文化法制工作，要进一步深入研究新形势下的新情况和新问题，提供决策和建议，支持正确的舆论导向，进一步澄清混乱思想和模糊认识，巩固繁荣创作和各项整顿、改革的成果，进一步把整顿和改革深入下去，争取文艺创作和文化事业的更大繁荣与发展，在这些方面都应该起到推动和保障作用。

江泽民同志的讲话内容非常丰富，许多都是与我们的文化工作包括文化法制工作有密切关系的，需要我们认真地、反复地学习。

下面我就文化政策研究与文化法制工作谈几点意见：

一、进一步提高对文化政策研究与文化法制工作重要性的认识

政策研究与法制工作是实现党和政府对文化事业的领导的不

可缺少的重要环节。加强政研与法制工作，是文化行政部门实现职能转变的客观要求。职能转变是文化体制改革的一项重要内容。我国原有的文化管理体制对社会主义文化事业的发展起过重要的历史作用，但随着改革的不断深入，已显得不能适应新的形势，并暴露出种种问题。比较突出的是权力过分集中、职责不清、机制不灵、效率不高，往往容易陷在繁琐的日常事务中难以自拔，而无暇考虑文化事业的发展战略、方针和政策。这种情况目前还没有得到根本的改变。因此，强调实现职能转变，有着很强的现实针对性。所谓职能转变，就是由微观管理为主转变为宏观管理为主；由直接管理为主转变为间接管理为主，即由直接管人、管财、管物转变为对整个文化事业实施指导、协调、控制和监督。这就要求我们要把主要精力从组织各种具体的活动转移到研究、制定文化发展战略、规划、方针、政策上来，转移到文化立法、执法和执法监督工作上来。这里需要加以说明的是，有些工作看起来是具体工作，譬如抓创作，要一个作品一个作品地抓。这在我们的工作中是属于全局性的问题。中宣部、文化部、广播电影电视部联合发了有关繁荣创作的文件，各省、区、市都取得了很大的成绩。组织创作，不能一概地把它理解为琐碎的事情。因为没有文艺创作也就没有文艺运动，没有文化产品也就没有我们整个的文化工作，这项工作不能把它与一般的具体活动混同起来。政策与法律法规是执行宏观、间接管理必要的和主要的调控手段，因此，必须有一支专门的队伍从事政策研究与法规建设工作，否则职能转变就会变成一句空话。这就从客观上把政策研究与法制工作提到了一个前所未有的重要地位。

加强政研与法制工作是健全领导决策机制、实现决策科学化、民主化的重要环节。李鹏总理在七届人大四次会议上的报告中强调，各级政府要重视和支持决策的研究和咨询工作，进一步促进决策的民主化和科学化。我们文化战线上的各级领导部门和领导同志，在制定文化方针政策，以及对一些重大问题作出决策的时候，也必须充分发扬民主，广泛听取意见，严格按照科学的方法和程序办事，防止主观主义、经验主义和官僚主义，切实做到决策的科学化和民主化，以保证社会主义的文化事业顺利发展。

实现决策的科学化、民主化，必须重视和支持政研和法制工作，依靠他们提供理论支持和事实依据，使他们真正起到参谋和助手作用。在有计划的商品经济条件下，社会的经济、政治、文化生活日益丰富，知识和信息大量增加，各种情况错综复杂，任何领导人单凭个人的智慧都难以掌握如此丰富的知识和信息，了解如此复杂的千变万化的情况。因此，我们要集中一批力量从事政策研究和法制工作，借助他们的知识、经验与智慧，来弥补领导者个人才智与精力的不足，使决策合乎实际、行之有效，尽量避免和减少大的失误。由此可见，抓好政研与法制工作，是实现决策科学化、民主化的一个重要环节。

加强文化法制工作，是文化部门依法行政、依法治文的需要。依法行政就是把政府工作纳入法制的轨道，这是社会主义民主与法制建设的内在要求。对文化部门来说，就是要依照国家的法律法规管理文化事业，规范社会文化活动，做到"依法治文""依法管文"。我们过去习惯于用行政命令的手段对文化事业实施管理，工作中难以完全避免主观性、盲目性、随意性。在社会主义法制不断健全的条件下，没有相应的法规依据，单凭主观意志，仅靠行政命令办事，不仅不能适应新形势下的工作要求，而且搞不好还会被推上法庭的被告席。行政诉讼就是以政府行政部门作为被告的诉讼。因此，我们必须加强法制观念，重视法制工作，逐步建立和完善文化立法，健全文化执法和监督制度。多年来在我们的工作中经过实践检验行之有效的政策，要以法律法规的形式保持下来、巩固下来。与此相对应，我们工作中存在的主观性、盲目性和随意性则必须在依法行政、依法治文的过程中得到克服和改进。

总而言之，加强文化政研与法制工作是在改革开放的条件下发展文化事业的必然要求。文化政策和法制建设的状况如何，在很大程度上取决于政研与法制工作开展得如何。文化事业的长期稳定发展，直接依赖于正确的政策和有力的法律保障。我们必须从这样的战略高度看待政策研究和法制工作。

二、进一步加强文化政策研究与文化法制机构和队伍的建设

加强文化政研与法制工作，必须建立和健全文化政研和法制工作机构，充实政研和法制工作队伍，这是做好政研与法制工作的前提条件。各地文化部门目前编制紧、人员少、困难很多。我们的初步意见是，请各省、区、市厅（局）的领导同志全盘考虑努力克服困难，积极创造条件，力求做到组织落实、人员落实。

文化部在定机构、定职能、定编制时，成立了政策法规司，

并明确政策法规司的工作职能是：组织研究文化事业发展战略；研究推进文化体制改革；指导、组织开展文化工作理论研究和文化政策研究；指导文化立法工作，拟定并组织实施文化立法规划；提供有关咨询和信息。为适应《行政诉讼法》实施的需要，经过部党委和部务会讨论，还决定成立文化部行政复议委员会，负责领导行政复议与应诉工作。复议委员会的办公室设在政策法规司，具体承办行政复议与应诉工作的日常事务。这些，可供各地参考。

据我们了解，目前已有十九个省、自治区、直辖市和计划单列市的文化厅（局）在编制紧张的情况下，克服困难，成立了政策研究机构或法制工作机构。希望还没有设立相应机构的文化厅（局）也能创造条件，尽快把机构设立起来，为政策研究与法制工作的开展提供必要的组织保证。

政策研究与法制工作机构是领导的参谋和助手，从事的是科学性、理论性和专业性很强的工作，需要一支具备较好的政治素质、较高的理想修养、富于求实精神、熟练掌握业务知识的工作队伍。我们要吸收和培养一批优秀的有真才实学的人才，特别要配备一些熟悉法律的人才，从事文化政策研究和文化法制工作。并通过他们广泛联系社会上更多的人才，集中各方面的力量和智慧，使政研和法制工作起到智囊团的作用。当前，要特别重视人才培训工作，通过各种途径和办法为政研和法制工作人员提供学习和提高的机会。

这里有必要强调一下政研与法制工作队伍自身的思想建设。政研与法制工作是直接为领导决策服务的，与文化事业的发展有直接关系，具有很强的政策性。因此，从事这项工作的同志不仅要精通业务，尤其要加强马克思主义理论学习，不断提高思想水平和政策水平。要认真学习、掌握和运用马克思列宁主义、毛泽东思想的立场、观点和方法，坚持党性原则，牢牢把握文化政策研究和法制工作的社会主义方向，自觉抵制资产阶级自由化和各种错误思潮，始终与党中央保持一致。要秉公办事，不谋私利；要实事求是，不唯命是从。发表言论、撰写文章、制定法规，都不是替个人立言、立法，而是为党和政府、为社会主义的文化事业立言、立法，每一位从事政研和法制工作的同志都必须认识到这一点。

三、认真抓好文化政策研究与文化法制工作的几个环节

文化工作千头万绪，文化现象千变万化，政研与法制工作从何入手呢？是不是应当抓好这样几个环节。

第一，深入实际进行调查研究。这是实事求是，从实际出发的思想路线对政研与法制工作的要求。不论是制定一项政策，还是制定一项法规，事先都要深入调查，周密论证。搞政策研究和法制工作不同于文艺创作，不能靠自己丰富的想象，要深入生活、深入群众，了解社会文化生活的实际，了解人民群众的需要，这是制定正确的政策，进行正确的决策所不可缺少的客观基础。

第二，加强政研与法制理论建设，将政研与法制工作置于深厚的理论基础之上。江泽民同志最近在《加强党的理论建设》一文中就十分强调理论建设的重要性。他说："无论是自然科学的

发展，还是社会科学的发展，一旦形成新的理论，就会直接和间接地对实践产生巨大的作用。"政研与法制工作必须有理论的指导和支持，否则，就不能正确地把握实际情况，就会在错综复杂的形势面前迷失方向，难以明辨是非。我们有过不少这方面的教训。譬如，前一个时期文化市场出现混乱现象，除了其他原因之外，我们对文化产品的商品属性没有从理论上正确认识，导致把艺术生产完全商品化的主张和做法盛行，即是一个深层的原因。

加强理论建设，首先要学习和掌握马克思主义的文艺观。马克思主义文艺思想中有两个基本原理：一个是反映论，即文艺是社会生活在作家头脑中能动的审美的反映；一个是意识形态论，即文艺是一种特殊的意识形态，有其社会的乃至阶级的倾向性。这两个基本理论从根本上揭示了文艺的根源和性质，是我们认识和分析纷繁复杂的文艺现象的思想武器，是制定文艺方针政策的理论基础，我们要认真加以领会和掌握、坚持和发展。其次，要切实把握有中国特色的社会主义文化的基本特征和基本要求，这就是江泽民同志在庆祝建党七十周年大会上的讲话中所讲到的："有中国特色的社会主义文化，必须以马克思列宁主义、毛泽东思想为指导，不能搞指导思想的多元化；必须坚持为人民服务、为社会主义服务的方向和'百花齐放，百家争鸣'的方针，繁荣和发展社会主义文化，不允许毒害人民、污染社会和反社会主义的东西泛滥；必须继承发扬民族优秀传统文化而又充分体现社会主义时代精神，立足本国而又充分吸收世界文化的优秀成果，不允许搞民族虚无主义和全盘西化。"这是我们文化工作者，尤其是从事文化政研和法制工作的同志在工作中所应遵循的理论依据和行动准则。再次，还要搞好文化建设理论的研究与构建，如文化管理学、文化经济学、群众文化学、图书馆学，以及文化法制建设理论等等。要在马克思主义基本理论指导下，对这些具体的文化理论学说进行探索，用以指导我们的政策研究和法制工作以及其他文化工作。

第三，领导带头，制订计划，加强计划性和针对性。政研与法制工作要制定规划，有领导、有计划、有步骤地进行。要善于抓住主要矛盾，抓住带有全局性的问题。确定调查研究的项目不要求全，也不要太琐细，要求精求深，以一当十，以一当百。

领导要带头搞好调查研究工作。有些地方如北京、上海、福建、陕西等地已经这么做了，并形成了制度。这些好的做法、好的经验，应该加以推广。

第四，充分发挥现有政研与法制工作队伍的作用。文化政研与法制工作虽然起步较晚，但由于各地同志们的不懈努力，已形成了一支初具规模的队伍。文化部门的领导同志要重视、爱护、用好这支队伍，充分发挥他们的作用。

要为政研与法制工作提供必要的物质条件。政策研究与法制建设是一项基本建设，文化部门的领导同志要舍得在这上面花点钱。组织一项大的活动，动辄花费几十万，而政研与法制工作所需的只是资料费、调研费和一定的培训费。只要我们的领导同志真正认识到政研与法制工作的价值和重要性，就会在财力、物力上给予支持和关心。

要建立起文化政策调查研究的网络，互通信息，互相支持，在一些重要问题上搞联合攻关。我曾对政策法规司的同志说过，搞调查研究不能光靠你们一家，要把各个司局的研究室，省、区、市文化厅（局）的研究室发动起来、组织起来、协调起来，推动调查研究工作的深入开展。

要让政研工作保持相对的独立性。不应把政研和法制工作机构等同于领导的秘书班子，要让他们超脱一些，从宏观上思考、研究一些全局性的问题。领导者对研究人员的研究成果要尊重，要让他们充分发表意见。对他们经过调查研究所得出的结论、意见和建议，可以不同意，甚至可以否定，但不能强迫他们改变自己的观点，以迎合领导者个人的意见。高明的领导者可以从不同的意见中，甚至可以从错误的意见中汲取灵感，得到启发，作出正确的决策。

要建立法规执行情况的监督检查制度，切实加强文化法律法规执行情况的监督检查工作，对在立法、执法工作中做出优异成绩的集体和个人予以奖励。文化部拟在1992年召开一次专门的表彰大会，表彰和奖励一批近年来在文化法制建设方面做出突出贡献的先进集体和先进个人。

现在，我们已经进入二十世纪的最后十年，我国的文化事业将伴随着政治经济的发展进入一个新的发展阶段。在这方兴未艾的伟大建设事业中，必然有许多理论问题、政策问题、法律问题需要我们去研究，必然有许多新的未知领域需要我们去探索和开拓。让我们大家携起手来，为把我国的文化政策研究和法制工作提高到一个新的水平，为推动我国社会主义文化事业的繁荣发展，为建设光辉灿烂的有中国特色的社会主义文化而努力奋斗！

促进社会主义文艺的更大繁荣①

党的十三届四中全会以来，文艺界在以江泽民同志为核心的党中央的正确领导下，认真贯彻党中央和国务院"一手抓整顿，一手抓繁荣"的方针，使得整个文艺形势发生了可喜的变化；特别是在1990年初中宣部、文化部联合召开的"全国文化情况交流座谈会"和"全国话剧、戏曲创作座谈会"以后，各地艺术表演团体积极组织力量，狠抓创作，涌现出了一大批思想性、艺术性较强，深受广大观众喜爱的优秀剧目，尤其是在去年的亚运会艺术节、纪念徽班进京200周年、全国歌剧观摩演出、第二届中国戏剧节、第八届全国戏曲现代戏观摩演出等重大活动中，广大艺术工作者更是发挥出了极大的创作热情，一大批优秀的艺术作品和艺术人才脱颖而出，全国的文艺舞台呈现出了新的繁荣景象。

在这种形势下，为了奖掖优秀剧目和优秀人才，继续保持和发展良好的创作势头，今年初，文化部决定设立"文华奖"。设立这样一个政府在舞台艺术领域的综合性奖励，目的是要在总结以往经验教训的基础上，进一步贯彻党和国家的方针政策，促进文艺的进一步繁荣。

---

① 本文是作者在文化部第一届新剧目文华奖颁奖大会上的讲话，原载《人民日报》1991年10月10日。

具体地说，首先是要正确引导文艺创作的方向。文艺评奖是正确体现党在新时期的各项方针政策和所提倡的文艺创作导向的重要手段，是繁荣具有中国特色社会主义文艺和引导、提高人们高尚的欣赏情趣的重要措施。前些年因受资产阶级自由化的影响，一些粗劣的、庸俗的，思想上乃至政治上有害的东西污染文艺舞台。我们的评奖就是要纠正这种错误的创作方向，让广大艺术工作者真正认识并且做到：我们的文艺是为人民服务、为社会主义服务的；鼓励文艺工作者创作出更多更好的为广大人民群众喜闻乐见的具有社会主义思想内容和民族艺术特色的优秀作品。

二是要鼓励艺术单位和艺术工作者创作演出新剧目。文华奖的评选以剧目为中心，讲求一台戏的整体艺术效果，要求剧目创作的各个艺术环节的高水平和整体合作的综合性能力。相当一段时间以来，我们有些艺术表演院团忽视了新剧目的创作和演出，忽视了"三并举"的方针，出现了"老戏老演，老演老戏"，剧目越演越少，逐渐脱离群众的现象；与此同时，艺术人才的培养也受到了不利的影响。文华奖的评选就是为了促进新剧目的进一步发展和提高，鼓励艺术人才的不断涌现。

三是要提高文艺评奖的水平和质量。一个时期以来，在某些艺术门类中，评奖有过多、过滥的现象。文化部也一直没有建立一个有效的艺术创作奖励机制。在各界的强烈呼吁和要求下，今年文化部决定设立的这项文华奖，就是要在舞台艺术创作和演出方面建立这种奖励机制。由艺术管理干部和文艺界知名学者、专家组成的评奖委员会的任务，就是要树立社会主义文艺的评奖标准，按照思想性和艺术性结合、内容和形式统一的要求，进行全国性、权威性的评奖，努力提高这项评奖工作的水平和质量。

这次评选出来的90年度的优秀新剧目，集中反映了近年来广大艺术工作者坚持文艺为人民服务、为社会主义服务的使命感和责任感，反映了艺术家们在创作和演出上取得的可喜成就，同时通过第一届文华奖的评选，我们也应该看到我们的不足，看到我们离时代的要求和人民群众日益增长的精神文化需求还有一定的距离。各地应该进一步学习马列主义、毛泽东思想，学习江泽民同志《在庆祝中国共产党成立七十周年大会上的讲话》和在鲁迅诞生110周年纪念大会的讲话，坚持文艺为人民服务、为社会主义服务的方向，坚持"百花齐放、百家争鸣"、"古为今用、洋为中用"、"推陈出新"的文艺方针，切实贯彻中宣部、文化部、广播电影电视部《关于当前繁荣文艺创作的意见》这一文件的要求，促进剧目质量和艺术人才素养的不断提高，进一步加强艺术表演团体的队伍建设，争取社会主义文艺事业的更大繁荣。

我们相信，在以江泽民同志为核心的党中央领导下，我们广大的文艺工作者一定能更加振奋精神，团结奋斗，一定能做到和时代同步，与人民同心，一定能创作出更多更好的无愧于我们伟大的民族，无愧于我们伟大的人民，无愧于伟大的社会主义事业的文艺作品。

中华文化的瑰宝　诗歌史上的丰碑[1]

　　毛泽东是伟大的无产阶级革命家，也是举世公认的伟大诗人。他的诗词，是从中国革命的曲折而豪迈的历史进程中升华、结晶出来的诗的瑰宝，具有宏大的历史气魄和鲜明的时代色彩；同时，又记录、反映了中国革命各个历史阶段和一系列重大历史事件，具有丰富的历史内涵和深邃的革命情怀。毛泽东诗词以其前无古人的崇高优美的革命情操，遒劲伟美的创造力量，超迈奇美的艺术想象，高华精美的韵调辞采，形成了中国悠久的诗史上风格绝殊的新形态的诗美。这种瑰奇的诗美熔铸了毛泽东的思想和实践，人格和个性，在漫长的岁月里，可以毫不夸张地说，几乎是风靡了整个革命的诗坛，吸引并熏陶了几代中国人，而且传唱到了国外。不管是华发银鬓的前辈，还是风华正茂的青年，不管是常沾翰墨的作家诗人，还是偶涉诗坛的业余爱好者，在各自的精神生活、文化生活和感情历程中，都会珍藏着一份接触、吟诵、学习毛泽东诗词的美好而亲切的回忆。对于我们来说，毛泽东诗词是托举我们精神的鲲鹏；是指引我们跨越革命征途的旌旗；是激励我们壮志的鸣镝；是磨砺我们情操的砥石；同时它也

---

①　本文是作者在中国毛泽东诗词研究会成立大会暨毛泽东诗词研讨会上的讲话，略有删节，原载《人民日报》1994年12月29日。

是弥漫了家国爱、故旧情、赤子心的化雨润物的春风。毛泽东诗词不仅和我们的革命历史，和我们的伟大时代血肉相连，而且和我们每一个有幸参与、亲历了中国革命和建设的历程的当代中国人的心灵世界息息相通。它以强大的艺术力量，深广持久地在我们每一个人心里唤起了中华儿女的民族自豪感，唤起了富有民族气派、民族风格的诗情和美感。它以光复旧物、开辟新宇的磅礴气势，潜移默化的感染力量，对华夏文化优良传统的继承和发扬，对当代中国人民的心理素质的培育和提高，产生了不可估量的影响。

正是基于对毛泽东诗词的热爱和崇仰，才使我们把学习、研究、传播毛泽东诗词视为自己光荣的使命。毛泽东诗词研究，从广义上看，是整个毛泽东研究的一个重要的、有特殊意义的部分，是中国革命史研究和中华人民共和国国史研究的重要内容之一；从较狭的意义上看，它又是整个社会主义文学研究的一个不可或缺的、有特殊光彩的部分，是当代美学、当代诗学研究的重要内容之一。毛泽东诗词的研究和传播，在过去已经对我国社会主义文学的发展进程，对培育一代社会主义新人，产生了深刻的影响；在现在和今后，这种影响将日益扩大和加深。我相信，进一步开展对毛泽东诗词的学习、研究和传播，对于推进为人民服务、为社会主义服务的革命文艺的发展和繁荣，对于在诗坛乃至文坛高扬正气，高扬社会主义、爱国主义、集体主义的主旋律，对于富有中国作风、中国气派而又不失现代敏感的健康的审美风尚的形成和播扬，都会有重大的现实意义。随着时间的推移，毛泽东诗词研究作为社会主义的人文科学研究和马克思主义文艺学、诗学研究的一个重要的分支学科的意义，将会日益显示出来。

毛泽东诗词研究，在历史上曾几次形成热潮，在国内外都产生了一批具有较高学术水平的研究成果。应该说，这项事业已经有了一个很好的基础。党的十一届三中全会以来，我们的社会主义现代化的建设事业，在邓小平建设有中国特色社会主义理论的指引下，进入了一个崭新的历史时期。我们党和人民，恢复了毛泽东所一贯倡导的实事求是的思想路线，对中国怎样建设社会主义进行了新的探索，确立了以经济建设为中心，以改革开放和坚持四项基本原则为两个基本点的党的基本路线，使社会主义事业取得了举世瞩目的新的历史性的进展。在这个伟大的历史进程中，党和人民对毛泽东晚年的错误作了实事求是的科学分析，对毛泽东和毛泽东思想的历史地位作了科学的论定，这一切，为我们在新的历史条件下学习、研究、传播毛泽东诗词，提供了思想指南。对毛泽东诗词的研究和评价，也必须坚持实事求是的思想路线，执行"百花齐放、百家争鸣"的方针，实行学术民主与学术自由。我们既要从无产阶级革命和共产主义宇宙观的角度，科学地评价毛泽东诗词在中国革命历史上的价值，在社会主义文学中的地位，认真总结它们所体现的创作价值和艺术规律；同时，我们也要从中华诗词的继承发展和文艺科学的角度，具体地阐明毛泽东诗词的艺术价值，作出深入的艺术分析。在这两个方面有大小各个研究课题，包括史实考订和诗句诠释，以及尚待开拓的新课题（例如学习毛泽东诗词对于新诗健康发展的意义，等等），都需要我们进一步深入地、系统地、更富创造性和科学精神地开展研究工作，充分发挥个人和集体的智慧，通过相同和不同见解的相互探讨，正确、不正确或不完全正确意见的彼此争鸣，才能进一步取得新的更大的研究成果。

我相信，我们只要坚持以马列主义、毛泽东思想和邓小平建设有中国特色社会主义理论为指导，保持与日新月异的现实生活的密切联系，发扬实事求是、严谨细致的科学学风，群策群力，不断开拓研究视野，就一定能把毛泽东诗词的研究工作提高到一个新的水平，为推动具有中国特色的社会主义文学艺术事业的发展与繁荣，提高整个中华民族的文化素质，建设社会主义的物质文明与精神文明作出积极的贡献。

走社会主义民族新歌剧的道路[①]

——《西洋著名歌剧剧作选》序

（1995 年 5 月 23 日）

　　由丁毅同志选编并翻译的《西洋著名歌剧剧作选》即将出版。我怀着喜悦的心情，在读完这部译书的手稿之后写出以下几点感想，以表祝贺之忱，并向专家和读者求教。

　　我认为：这是我国歌剧艺术进一步解决借鉴外国经验问题的一项重要举措，是可以纪录于我国音乐出版史上的一桩要事。

　　这是一位在歌剧界坚持马克思主义文艺观的老艺术家，为促进我国民族歌剧的健康发展而提供的论证自己观点的重要论据。

　　此外，我还必须说，这是一位革命老战士与凶疾作斗争的生死关口所表现的坚强意志和乐观精神的一份实词，是透过手稿奏响的一曲革命人生的战歌。

　　我不是音乐家，不是西洋歌剧发展史和传播史的研究家。仅就我略有所知的我国情况而言，丁毅同志编译的这本《西洋著名歌剧剧作选》，不论是数量规模或质量水平，都不能不说是前所未有的。从"五四"至今的七十多年中，我国舞台上固然断续演出过一定数量的西洋歌剧，出版物中和音乐学校课堂上也曾介绍

[①]　原载《文艺理论与批评》1995 年第 5 期。

过某些西洋歌剧的剧情和乐曲，但却从未像这本书这样，编选了如此多部有代表性的剧目，译出了如此完整的文学剧本。

作为一个不懂外语的人，我不可能把这部中译本以及其他语种的译本与原文对照直接作出评价，不过据我的了解，丁毅同志是选取多种英译本择善而译，并将文中重要词意和原文辞典作了核对，其中有些是经外文翻译专家校阅予以首肯的。因而有理由认为，它会是基本忠实于原作的信译，就中译文自身的质量来说，它是我这样一个读者和观众曾经见过的中译西洋歌剧剧本中最感满意的，当然，它并非完美无瑕，却难能可贵。它文笔畅达、优美、富于表现力。特别就构成西洋大歌剧剧本主要成分的唱词来说，译文尤其如此。它不仅保持了原文和英译本所具有的文学性，而且有某些部分有所增强。它既饶有诗意，又符合剧中人不同性格和不同剧情的歌唱和表演的要求。它既是音乐的诗，戏剧的诗；又是诗的音乐，诗的戏剧。它为我们提供的不仅是一出出可供选择的好的中文演出台本，而且也是一篇篇可供阅读的文学佳作。

当然，编译出版这样一部书，其重要作用还在于对专业和业余的歌剧工作者扩展艺术视野、丰富艺术修养有所裨益。不论是剧作者，还是对曲作者、导演、指挥、演员、乐队和舞美工作人员以及歌剧理论家都会是如此。虽然它没有，也不可能收进西洋歌剧的所有代表作，但丛书中已有的这十二部作品及其介绍文字中，就可以使我们直接了解到最具代表性的一大批西洋歌剧的剧本全貌，从而也就可以使我们对西洋歌剧的某些艺术特征和艺术规律获得进一步的全面了解。

如据我的浅见，我以为至少在内容与形式、定型和突破、国际性和民族性等问题上对我们有重要启发。

西洋歌剧这一艺术品种，无疑是世界各国各种艺术中形式感最强的品种之一。因此，熟悉和掌握它的艺术形式是至为重要的。但这决不等于说思想内容无关紧要。像所有民族的艺术一样，西洋歌剧中真正成功的作品，也是内容与形式相统一的。二者统一的程度如何和作品成功的程度如何是成正比的。

在西洋歌剧的形式诸要素中，音乐无疑（特别是歌唱）是首要的。但这决不等于说其他要素，特别是戏剧和文学的要素无足轻重。使音乐能够表现出有视觉活动形象的具体内容，恰恰要通过或结合戏剧、文学（有时兼含舞蹈）才有可能。因此，要求在重视音乐要素的同时也重视戏剧文学的要素，这在实际上也就意味着要求在重视形式的同时重视内容。形式与内容的结合和统一，在很大程度上体现为音乐性与戏剧性的结合和统一。西洋歌剧中许多成功或比较成功的作品，情况大体如此。

由于形式要素的综合性和主导性，使西洋歌剧具有突出的形式感。形式感越强，对内容的反作用就越大。这种反作用，既有消极的、限制性的一面，也有积极的、优越性的一面。一般说来，它不善于，也不宜于用过于纷繁的事件和情节，过于众多的人物和过于复杂的人物关系，过于琐碎的生活细节和过于接近自然形态的语言，来表现人物性格、剧情发展和主题思想；而善于和宜于用更为集中、突出和简约的人物、事件、情节和细节，用主要是感情抒发的方式和诗化的语言来表现同样内容。因此，说到形式的反作用，决不意味着可以削弱内容，而是依照形式特点扬长避短以更好地表现内容。成功的西洋歌剧也像其他所有成功的艺术一样，形式起反作用是不能脱离形式决定于内容这一前提的。因此，适应不同内容的要求，它有着大歌剧、正歌剧、轻歌剧、喜歌剧、抒情歌剧等各种不同样式，而决非是单一化的。有着合唱、齐唱和各种声部的独唱、重唱，以及宣叙调、咏叹调等多种声乐形式，有着序曲、幕间曲和管弦乐段等各种器乐形式，也有着和音乐形式结合的各种戏剧手段。所有这些都是为内容服务，因而是决定于内容的。

唯其如此，西洋歌剧中真正有艺术价值、艺术生命力强的传世之作，都是形式美和内容美二者结合，以内容美为基础的。在思想内容方面，它固然没有做到，也不应要求它做到像许多文学巨著或莎士比亚、歌德、席勒、莫里哀、哥尔多尼等的话剧或诗剧那样，表现了那样广阔的社会生活，塑造了那样多的典型人物，展示了那样丰富的思想内涵。但它也决非仅仅提供了一批优美动听的歌曲和乐曲，或者某些有一定戏剧性的故事情节（往往是爱情故事）；而是通过歌剧的特殊手段，表现了相当大范围的历史生活，反映了有一定深度的社会矛盾冲突，塑造了一批歌剧中的典型人物形象，通过正义与邪恶的各种斗争，抒发了真善美的情愫，体现出具体历史条件下具有进步意义的民主主义和人道主义思想。因而真正成功之作决不是形式大于内容正如也决不是形式不称于内容一样，是不可把这些成功之作和那种形式繁重而内容单薄、空虚或荒谬的形式主义之作同等看待的。

也像所有艺术的发展过程一样，西洋歌剧是从不成熟走向成熟的。成熟的标志除内容美和形式美达到高度统一外，还在于高度艺术技巧的掌握和独立风格的形成。其形式自身则形成规律化、系统化和趋向定型化。西洋歌剧从16世纪产生于意大利开始，到19世纪中期和末期达到高峰，其过程大致如此，这种定型化对艺术的进一步发展，即在新作品中表现新的生活内容，满足新时代观众审美需要求来说无疑会逐渐成为束缚，因而必须突破和革新才能继续发展。西洋歌剧的正面经验表明，它首先是在内容上不断有新的发展和突破，例如从神话传说、一般爱情题材扩展到表现基层人民的真实生活，以及直接间接反映资产阶级革命要求和革命者的形象。在形式上的突破，例如适应剧情发展在结构和场次安排上的灵活性，使用道白的灵活性，以及音乐上的"宣叙——咏叹调"（普契尼等）、"分节歌"（韦伯）、"主导动机"（瓦格纳）等等艺术手法的创新。

特别是由于扩展题材内容的要求，19世纪末期以后在美国兴起的音乐剧，融歌剧和话剧（兼有舞蹈）为一体，把欧洲作曲家V.赫伯特等带来的一种"小歌剧"作为它发展的基础之一，开拓了歌剧发展的新领域，以致使人们对"歌剧"一词有理由作广义的理解，并以此作为艺术创新的必然性和发展途径多样性的重要例证之一。

西洋歌剧是有一定国际性的艺术现象，它从产生到成熟再到突破的整个发展过程，都有相当大范围的不同国家的不同艺术家和艺术团体参加。因此，他们所创造的艺术作品和艺术经验中，彼此间既有很大的共同处或相近处，同时又有不可忽视的不同处或特异处。在思想内容的表现方法上，既有基本相同的广义的现实主义（罗西尼、莫扎特、威尔第、比才等），又有与此不同的浪漫主义（瓦格纳、韦伯等）和介乎现实主义与自然主义之间的"真实主义"（普契尼等）。在形式、技巧和风格上，既有许多具体的彼此相同的一致性，又有彼此不同的多样性。这其中，特别值得注意的是民族性。在我国歌剧界，往往有人把西洋歌剧看做来源自意大利的同一模式，同一风格的艺术，而不注意除意大利外，西欧各国歌剧中彼此不同的民族特点，特别是另外还有俄国（格林卡、柴可夫斯基等）、捷克（德沃夏克、斯美唐纳等）以及欧洲其他各国的风格各异的民族歌剧，也应当纳入我们的视野。这样可以使我们有充分根据认为，包括艺术家个人风格在内的民族风格的确立，是包括西洋歌剧在内的所有正常艺术成熟的重要标志之一。而异族同腔、千人一面、你抄我袭，只能是艺术幼稚或衰落的表现。"越是民族的，越是世界的"，只要是指合格的艺术品而言，这句话的正确性就是无可怀疑的。

根据以上几点浅见，回顾"五四"以来我国新文化发展的历史，使我们可以看到：随着大量吸收欧美近、现代文化的总趋势，引进西洋歌剧，包括观赏演出和学习其经验用以创造我国自己的新歌剧，就成了历史的必然。半个多世纪以来，我国艺术家对西洋歌剧从不知、少知到多知，经历了一个从初步采用其形式来表现我国新的生活内容，到全面借鉴、继承和创造，因而是全面探索中国民族新歌剧发展道路的实践过程。这一过程表明，我国这一新的艺术品种已经形成并正在走向成熟。

自黎锦晖的《麻雀与小孩》、《小小画家》以来，新歌剧发展的各个阶段都产生过重要的创作成果。随着时间的行进，在不同世界观、艺术观，特别是形式观的多样化发展中，出现了以无产阶级世界观和艺术观为指导的革命新歌剧。从聂耳的《扬子江暴风雨》开始，特别是毛泽东《在延安文艺座谈会上的讲话》发表后，这种革命的新歌剧发展到今天，作为中国民族的、社会主义的新歌剧，已成为我国整个歌剧艺术发展的主流。它在发展中首先要解决的问题，和整个革命文艺一样，概无例外的是"为什么人"这个根本问题，即：艺术家的艺术创造要与社会责任相连，自觉地为人民的利益及其改造社会的历史使命服务。在"如何为"的问题上同样要解决的则是：学习和掌握马克思主义的世界观和文艺观；熟悉社会生活，特别是人民群众的劳动和斗争生活；在思想感情上和人民群众打成一片；在作品中力求更多地直接反映人民群众的生活和斗争、思想和感情，表现以人民群众为历史主角的新的时代精神和时代风貌。与此同时，还要熟悉并尊重民族的、群众的审美经验和时代的需要，以便能为广大人民群众所喜闻乐见。

就新歌剧自身的艺术特点来说，它要表现新内容必须创造新形式，这一工作是艰巨的却又是无可回避的。它不可能凭空创造，因而必须借助于外国经验和本民族传统，却又不能完全沿用或整个移植于创作。这样在实践中解决形式和内容的关系，借鉴、继承与创造的关系这两个直接关联的问题，就成为革命新歌剧解决"为什么人"和"如何为"的共同性问题中具有特殊意义的重要问题。

在这方面的历史经验已有许多同志做了探讨。现仅就个人管见，约略试提几点：

一、正是由于解决歌剧形式问题的特殊性和艰巨性，必须十分重视对形式和技巧的学习、追求和掌握，因而任何轻视艺术形式和技巧的看法和做法都是不足取的。但是重视形式，主要目的是为表现内容，不是为形式而形式。联系前述西洋歌剧在这个问题上给人们的启示，我国新歌剧的艺术价值和艺术生命力，更是首先取决于内容，同时取决于形式和内容的统一。如果只重形式而轻内容，徒有华丽、庞大的形式，内容却单薄、空虚，或是概念化、平庸化，这就难免走向形式主义，因而同样是不足取的。

二、由于艺术形式具有相对的历史稳定性和各民族艺术形式之间的相通性，我国新歌剧要继承民族戏曲——中国式的古典歌剧传统，并借鉴包括西洋歌剧在内的所有外国歌剧的经验，这就不仅是完全可能的，而且是绝对必要的。因此，对中外歌剧遗产任何一面采取虚无主义态度，不论是对民族戏曲还是对西洋歌剧盲目地轻视和排斥，都是不恰当的。而另一方面，由于艺术形式，特别是内容在不同民族和不同时代又有鲜明的差异性，因此，我国新歌剧对中外歌剧遗产任何一面的学习都不应取教条主义态度。不论是借鉴或是继承，都不能代替创造。前述西洋歌剧在定型和突破问题上给人们的启示，恰恰也说明了这一点。因此，不论是拘于"洋教条"还是拘于"土教条"，同样都是不恰当的。

三、就各个民族间的差异性来说，我国新歌剧应当是中华民族的新歌剧。在它的发展过程中，强调民族性和强调开放性并不矛盾，因之继承民族传统和借鉴外国经验同样重要。但二者相比不能不看到，在开放性、多样性发展中的主流和主要目标，应是建立自己的民族歌剧。无论在内容上或是形式和风格上都应保持自己的特点，不能因借鉴外国经验而取代对民族优秀传统的继承，不能拿外国歌剧的某种模式来整个取代民族歌剧的主体。前述西洋歌剧在国际性和民族性方面的发展状况也说明了这一点。在这个问题上，过去有过的拘于"土教条"的偏失固然应引以为训，而拘于"洋教条"的偏失，从过去到现在则更应引起注意。

四、就各个时代间的差异性来说，我国新歌剧应当是社会主义的新歌剧。在它的发展过程中，强调主导性和强调丰富性是一致的，因之提倡主旋律和发展多样化同样重要。不仅在形式风格上，也在思想内容上都要百花齐放、多姿多彩。但是，不能因此就不要求表现社会主义思想内容的主旋律以及与之相适应的社会主义艺术的审美特征，不能由此而放弃使主旋律在整个新歌剧艺术中居主导地位的努力。新时期前存在的狭隘化、单一化的现象不应重复，而近年出现的否定社会主义主旋律，以至要对整个社会主义文化进行"消解"的噪声可能会对歌剧界产生某些干扰，则更应引起警觉。

以上，就是由《西洋著名歌剧剧作选》这部书即将出版引发的我的一些感想。就是若干年来我与这部书的编译者丁毅同志就歌剧的话题多次交谈过、这次又因这部书的启示进一步交谈的几点浅见。

从延安秧歌运动中我与丁毅同志初识之时起，到现在已过去半个世纪之久了。这中间我已多年不再从事歌剧创作工作，丁毅同志却一直寸步不离地在这条战线工作至今。他在剧本创作、剧团领导工作、歌剧界的理论活动和社会活动等多方面都做出了众口称道的贡献。作为一名革命老战士和革命艺术家，作为解放区成长起来的一位富有西洋音乐修养的歌剧剧本作家，他始终不改"搞歌剧是为搞革命"、"歌剧理想离不开革命理想"的初衷，始终坚持在马克思主义文艺观和毛泽东文艺思想指引下，走中国社会主义的民族新歌剧正确发展的道路，他一直热情地肯定新歌剧以往取得的每一个成就和改革开放以来每一步新的进展。与此同时，他又清醒地看到前进过程中出现的这样或那样的偏失，并为有效地纠正偏颇、端正新歌剧的航向而尽自己的一切努力。

拳拳之心，殷殷之情；生命不息，战斗不止。正是这样，早已年过古稀并久被疾病折磨的丁毅同志，在离休后竟一刻不停地立即挑起自己交给自己的艰巨任务：为歌剧事业新的需要而编选西洋歌剧，为翻译西洋歌剧而自学英文。在自知已身患癌症、死神已发出挑战之后，在病床之上和病痛之中，在和死神激烈搏斗的同时，他竟奇迹般地最后完成了译好本书的任务，并且令人惊异地同时又完成了取材同名小说的大型五幕歌剧剧本——《青春之歌》。

壮哉，"青春之歌"！坚强战士的革命人生的战歌和凯歌！——这就是我在本文开头和结尾情不自禁发出的心声。这就是我从这部书正文中读不到却必须向读者补充介绍的内容。

在这篇似乎已不像序文的序文中，如果我在前面写了一些不需多说或说得不妥的话，因而要请读者原谅、请专家指教，请丁毅同志斧正；那么，文末的这些话却是我自信当说无误，因而不能不说的。

也许这样说更加不像序文了？那么，就让我学着合乎序文的作法的最后结尾这样写吧："是为序"。

执著的马克思主义文艺理论家[①]

——怀念程代熙同志

一

程代熙同志是我国著名的马克思主义文艺理论家、翻译家、编辑家。从 1947 年发表第一篇译作开始，在文坛耕耘了五十多年。代熙学贯中西、博古通今，在学术上很有造诣。尤其难能可贵的是，他一直坚持马克思主义的世界观、文艺观。在国际共产主义运动蓬勃发展的时候，他是马克思主义文艺思想的热忱宣传者；在国际共产主义运动处于低潮的时候，他是马克思主义文艺思想的坚定捍卫者。最近，正当十卷《程代熙文集》出版的时候，他却被癌症夺去了生命。熟悉他的朋友都沉浸在悲痛之中。我和他相识二十多年，深感他是一位值得铭记、值得学习的好同志。

1927 年，代熙出生在重庆近郊的一个小村落。由于家境贫寒，只上到初中就辍学了。未成年的代熙一边在一家公司当雇员，一边刻苦自学古文、英语。1947 年，他开始在《新民晚报》发表译作，介绍外国进步作品。新中国的成立，使代熙振奋不已。他参加土改工作队，后来党派他到人民大学进修。1956 年，

---

① 原载《人民日报》1999 年 8 月 7 日。

他被安排到人民文学出版社任编辑，专门从事马克思主义文艺理论文献的编纂工作，并撰写、翻译了一批文艺理论著作。从此，他和马克思主义文艺理论结下了不解之缘。粉碎"四人帮"之后，代熙积极参加文艺战线的拨乱反正，发表了多篇很有分量的文章。1986年，为贯彻党的全国代表会议精神，他和陈涌等同志一起创办《文艺理论与批评》。这家刊物高举马克思主义的思想旗帜，坚持党的基本路线，在剖析国内外文艺思潮、评介现当代文艺创作上做了大量工作，引起国内外的广泛注意。代熙一生写作、翻译、编辑三者并重，在诸多领域都取得出色的成绩。

二

代熙的贡献，首先体现在对马克思主义文艺理论文献的编纂工作上。马克思主义经典作家很关心文艺问题，但他们只在少数场合专门谈论文艺问题，大量有关文艺问题的论述，散见于浩如烟海的著作之中。建国初期，马恩全集和列宁全集都没有出齐，已经出版的几卷译文也不够完善。前苏联出版的马列经典作家论文艺的专集，都还没有翻译过来。正是在这种情况下，代熙受命编辑《马克思主义文艺理论丛书》，担任这套丛书的责任编辑。这是一项默默无闻的艰苦而繁重的工作，对读者却十分有意义。可以说，它是新中国文艺建设的一项基本工程。代熙和编委会的同志们一起拟定选题，组织人力进行编选和翻译工作，并和译者一起反复推敲译文。四卷本的《马克思恩格斯论艺术》、两卷本的《列宁论艺术》、一卷本的《斯大林论文学与艺术》，以及《鲁迅论文学》、《瞿秋白论文学》、《拉法格论文学》等，都是倾注了他的心血，经他之手送到工厂发排的。代熙曾经回忆他和著名翻译家曹葆华的合作："我两个商量好，他精心地翻译，我帮他逐字逐句地细心核对，不放过一个疑点。他要求我不仅用铅笔画出需要进一步斟酌的辞句，还要求我尽量提出具体的修改意见，然后由他定夺。有时为了解决一个疑点，我们之间往往要反复许多遍。"由此可以看出工作的艰辛。代熙不但在编纂马列文论上耗费了大量心血，在介绍西方美学、文艺学文献方面也做了大量工作。八十年代，他和陆梅林等同志一起主编《外国文艺理论研究资料丛书》，已出版的《异化问题》、《文艺学方法论问题》、《马克思〈手稿〉中美学思想讨论集》等，是当时介绍这些热点问题最完备的资料，在学术界产生了重大影响。

作为翻译家，代熙的译作广为学人所称道。粉碎"四人帮"之后，他写的第一篇文章题为《关于"拿来主义"——学习鲁迅介绍外国文学的经验》。可以说，他一生都在实践毛主席的"洋为中用"和鲁迅的"拿来主义"。他的翻译既讲忠实也讲文采。早年的代熙翻译了不少外国文学作品，后来他把目光集中到文论上来。他熟悉英语、俄语，自学过德语。他翻译的《阿·托尔斯泰论文学》、《普列汉诺夫美学论文选》、《歌德的格言和感想》等，都以译文的准确、流畅、传神，受到读者的广泛欢迎。

代熙最引人注目的成果，自然是他的理论、评论著作。他生前出版了《艺术家的眼睛》、《马克思主义与美学中的现实主义》《海棠集》、《理论风云》等四本论集，还主编了《新时期文艺新潮评析》一书。他的学术视野十分广阔，对美学问题、文艺学问题、中外文艺思潮问题都作出过深入的研究。他对马克思主义美学原理的概括、对现实主义基本特征的归纳，曾被人多次引用。尤其难能可贵的是，自八十年代以来，他一直跟踪考察新时期的文艺思潮，用马克思主义的观点，针对文艺实践中提出的新问题，撰写了一系列很有分量的文章。由他主编的《新时期文艺新潮评析》一书，从一个重要的侧面切入新时期文艺论争的热点，通过细致深入的梳理和剖析，澄清了一系列重要问题。著名文艺理论家陈涌说："这本书对新时期以来搅动中国整个文学艺术界的风起云涌的'新潮'文艺作出了一个比较完全的描述和比较系统的初步总结。"我以为这个评价是很公允的。

三

代熙一生的学术活动，贯串着科学性和革命性的统一。他研究问题，总是从掌握实际材料入手，在这方面舍得下大功夫、苦功夫、笨功夫，有时简直是"上穷碧落下黄泉"。他从来不满足于第二手、第三手材料，总要千方百计地找到第一手材料，然后才肯提笔撰文。他重视翻译，和这一点也有密切关系，总想直接接触外国的东西，以免上"二道贩子"的当。他评论文艺思潮，总要先弄清各种观点、各种概念的来龙去脉：怎么产生的、怎么演变的、发生过什么重大争议，然后把它放在特定的历史条件下进行评析。所以，读他的文章，人们往往觉得很扎实、信息量大。即便不完全同意他的结论，也能从中得到启迪。现在，有些论者不大愿意在掌握资料上做艰苦扎实的工作，以为写作也像做生意那样，可以"一本万利"，甚至可以"空手套白狼"；以为一旦抓住了某一时髦观点，就能无往而不胜，可以任意构筑理论新体系。人们对理论研究中的浮躁之风深感忧虑。代熙的实事求是学风，对我们是很有参照意义的。

代熙重视资料，又从来不以"掉书袋"为能事。他不赞成为学术而学术。他研究理论有一个明确的目的：服务于文艺实践，服务于社会主义事业的大局。从青年时代开始，他就认真学习马克思主义。一旦把它作为自己的理想和行动指南，就没有发生过动摇。不论社会上发生了什么动荡，他一直矢志不渝地坚持马克思主义的世界观和文艺观。"文化大革命"中，代熙受到残酷打击。粉碎"四人帮"后，代熙用他深厚的马列文论功底，投入到揭批"四人帮"的洪流中去，揭露他们的极左面目和对马克思主义的歪曲。后来，出现了从右的方面怀疑和否定马克思主义的思潮。正如邓小平同志指出的："中国在粉碎'四人帮'以后出现一种思潮，叫资产阶级自由化，崇拜西方资本主义国家的'民主'、'自由'，否定社会主义。"代熙在继续清理"左"的流毒的同时，着力同那种否定马克思主义世界观、文艺观，否定革命文艺传统的倾向进行了坚决的斗争。为此，他赢得了敬佩，也受到了责难。一些人表示"惋惜"：一个学力深厚的学者，不去关门著书立说，不去研究一些"纯学术"问题，居然倾力在与政治关系密切的问题上做文章，这不是吃力不讨好吗？我觉得，在原则问题上态度鲜明，不明哲保身，把科学性和革命性结合起来，融学者和战士于一身，这正是代熙的突出优点。随着岁月的推移，人们将会越来越感到这一点的难能可贵。

二十一年前，邓小平同志在党的十一届三中全会上提出"解放思想，开动脑筋，实事求是，团结一致向前看"。对于马克思主义文艺理论家来讲，坚持实事求是，就要敢于从实际出发，打破旧框框，根据实践的新发展，在理论上进行创新开拓。同样，也要敢于从实际出发，坚持那些已经被实践证明是正确的东西，哪怕它一时遭到围攻、咒骂，哪怕一时还有许多人不承认它。前者需要勇气，后者也需要勇气。只有两者兼备，才是真正清醒的马克思主义者。在社会主义遇到巨大挫折、国际共产主义运动处于低潮的时候，否定马克思主义、否定社会主义的潮流排山倒海般涌来。否定革命文艺传统，否定毛泽东文艺思想，在一些人中间成为一种时髦。什么"告别革命"，什么"消解主流意识形态"，种种呼声甚嚣尘上。在这种时候，坚持马克思主义的正确原则，难道不需要勇气吗？代熙正是一位两方面勇气兼备的好同志。不随波逐流，不随风摆动，认准了一个目标，就坚定不移地走下去。他入党很晚，但他具有一个真正的共产党员所应有的坚强党性。1997年，代熙得知自己身患绝症，在病榻上写了入党申请书，坚决要求加入中国共产党。他写道："虽然国际共产主义运动目前正处在低潮时期，世界上那些视社会主义制度为洪水猛兽的资本主义大国及其他的一些敌对的政治势力，还会在我们国家前进的道路上设置种种障碍，制造种种困难，散布'告别革命'、共产主义已经彻底'失败'的种种谰言，但我深信中国共产党——这个久经历史考验的中国无产阶级的战斗组织，一定能够领导亿万中国人民从胜利走向另一个胜利。正是基于这样的认识和信心，我向组织呈上我的入党申请书。"这是他的肺腑之言，也是他的人生誓言。正是崇高的共产主义信念，鼓舞着他为社会主义文艺事业奋斗了一生。

代熙走了。我相信，会有更多坚持社会主义旗帜的学者继之而起。

答《诗刊》阎延文问①

（2001年3月29日）

鲜红生命写在鲜红旗帜的皱褶里

阎延文（以下称"阎"）：作为跋涉诗坛六十年的老诗人，您的诗歌激情似火，始终如一。是什么力量产生了这种现象呢？你能就这个问题谈谈吗？

贺敬之（以下称"贺"）：我1937年经历了抗战烽火，从山东老家历尽危难到四川求学。那时是"国破山河在"，被压迫的青年只有一条路：到延安，找八路军抗日。我和四个同学在1940年春天徒步行走，历时四十天，几经生死磨砺，冲破重重关卡到达西安。在西安七贤庄八路军办事处，我终于找到了激情向往的革命军队，感到了被解救的欢乐和幸福。记得当时的第一顿饭就是大馒头、土豆烩菜。整整四十天，我都没吃过饱饭了，当然高兴。但十六岁的我却不敢吃，悄悄碰了一下同伴，说："我们已经没钱了。"八路军办事处的同志听了立刻笑起来："小鬼，放心吃吧。这里不要钱。"我们四个人当时都会心地笑了。这就是我们的革命军队，这就是我们的党。延安鲁艺的难忘岁月，解放战

---

① 原载《诗刊》2001年第6期。

争的胜利高歌，建国后的社会主义新天地，拨乱反正改革开放的今天……这一切，是历史的真实，也是我生命的旅程。历历往事汇成的不仅是对革命的景仰，而且是有血有肉的亲情。我愿意披肝沥胆，用生命的每一个强音歌唱革命的胜利，歌唱党和新生祖国的前进步伐。

阎：您在一篇文章中曾提到席勒的诗歌，认为他的作品凝聚着德意志民族所蕴藏的革命力量，说他高举着"时代精神的旗帜"，捣毁了"精神的巴士底狱"，体现了火焰般的激情和光明的理想。我以为，这种评价也正适用于您自己的诗歌作品。您认为，自己在创作中最值得汲取的经验是什么？怎样才能"高扬时代精神的旗帜"，凝聚一个民族的激情和理想？

贺：这个问题是范围辽阔的理论命题，我只想谈谈个人的见解。我觉得，自己每写一首诗都是灵魂的重新冶炼，情感的高度释放。对于和民族历史同步的诗人来说，昂扬的政治激情不是天外来客，而是民族精神和人民革命的土壤所赐予的。我们"鲜红的生命"，是"写在鲜红旗帜的皱褶里"的。它不属于我们自己，而是属于我们的民族，我们的革命，我们的历史。作为诗人，不是我们自己有多么了不起，而是我们用语言用声音多少写出了一个民族的振兴，多少从某一方面写出了世界革命的历史进程。同时，真正的诗不是升官发财的工具，往往倒是所谓"诗穷而后工"。在从事诗歌创作的几十年，表面看，我没有经历大的灾难，像艾青那样的流放，以及"胡风集团"成员的被逮捕。但是极左思潮和资产阶级自由化思潮造成的精神磨难却是难以计数的。也许很多年轻人不知道，我是因与胡风的关系受批判背着处分写出

《放声歌唱》的。这对像我这样的人来说，并没有什么奇怪，无论革命道路的崎岖或者个人的任何委屈，都要求自己决不失掉对革命的信心和热情。我的感觉是，能够打垮诗人的只有自己，不能遏制的是他为人民歌唱的热诚。

阎：您是新中国革命现实主义和革命浪漫主义诗歌的杰出代表，也是开一代诗风的革命诗人，您能谈谈对政治抒情诗的看法吗？

贺：我认为，政治抒情诗实际是中国传统诗歌精华的延续。从我所读到的古今中外成功的政治抒情诗来说，它们都是具有吞吐大荒的胸怀，忘怀得失，超然于世的气度，真力弥满的精神境界，与天地同体、与万物同游的至大境界。劲健豪放，锐气逼人，明快苍劲；有进取之意，存忧患之情。这样的作品，怎能没有艺术生命力呢？我国的优秀的政治抒情诗不是"瞒和骗"，而是"真与诚"。有人说建国前期也像后来"文革"时"四人帮"那一套一样，都是奉命写作，这是不符合事实的。那是一个大解放、大翻身的时代，是中华民族激情迸发、水晶般透明、烈火般火热的时代。大多数人都感到由衷的幸福欢乐，放声歌唱共产党，歌唱社会主义。这是没有半点虚假的人民情感。

有人把歌颂党、祖国、人民和革命事业的政治抒情诗说成是"歌德派"，让我们忏悔。我要说：我们不忏悔，谁忏悔了人民也不会答应。文艺就是要真实。我们就是人民海洋中的一滴水，活着并且和他们一起流血流泪。记得创作《白毛女》时，写到杨白劳被逼喝卤水自杀一段，我哭得不能抑止，这样的受苦者就在我们身边，就是我们自己啊。而写到"太阳底下把身翻"一节时，我自己也经历着灵魂的大欢畅。《白毛女》在1945年党的七大演出时，我正好在舞台上负责拉幕布。我亲眼看到毛主席在看到救喜儿出山洞时流泪了。许多身经百战的将军和广大观众一起流泪了。这样的情景和以后革命进程的每一次胜利都反复地使我坚信，做这样的"歌德派"没有什么不好。写与人民一致的欢乐之情决不是"粉饰太平"或"强颜欢笑"。这是几千年的大欢乐大解放，怎么不能欢乐呢？贝多芬和席勒不是也合作过《欢乐颂》吗？岳飞也要用幻想构筑胜利的欢乐，杜甫也要"漫卷诗书喜欲狂"。不应由此怀疑诗歌的历史真实性和对党对革命情感的真诚性。

再者，还有人说那时的诗歌完全是政治的附庸，失掉了独立的自我。其实，在共产主义运动开始之前很久，拿破仑早就说过：人的命运就是政治。我们的人民革命改变了个人的命运，也改变了社会的总体面貌，这样的政治能回避吗？今天的社会主义事业，难道不该用诗歌用艺术来表现吗？我国从写出第一部伟大的长篇政治抒情诗《离骚》的屈原起，历代的大诗人，以及外国历代的大诗人，哪一个是与政治完全无关，哪一个是没有在某些作品中直接或间接地表现了某种政治内容，哪一个又是因此而丧失了"独立的自我"呢？这是文学史的常识。问题只在于，是诗性的表现还是相反，所表现的是进步的或革命的政治内容还是相反。我一向认为，"十七年"（"文革"十年不论）中的诗歌创作在艺术与政治的关系上确有反面教训应当吸取，这主要是两个方面：一个是某些作品机械地配合政治而对艺术性和思想性追求不够；另一个是某些作品中的政治内容出现偏颇或失误。这两个方面在我的某些作品中都有过表现，我曾多次通过文字和口头作过反思。不过，就"十七年"的整个诗坛状况来说，我不能同意现在有的人对包括政治抒情诗在内的全部诗歌作品，从政治上、思想上，到艺术上、形式上做出的总体性的否定。他们举出的重要理由之一是说这些诗都是在体现"以阶级斗争为纲"，这种指责是站不住脚的。三大改造之后，阶级斗争不再是社会的主要矛盾，但阶级矛盾和阶级斗争并没有熄灭，还将长期存在。而在这之前，则长期是中国历史的主要矛盾。这是无可否认的历史真实。抹杀历史的真实性，也就同时失掉了诗歌的真诚性。

再一个指责就是所谓"诗人失落了自我和独立精神"，因而导致了作品的公式化。对这种笼统的说法我也难于苟同。回想"十七年"中文艺界和诗歌界多次提出反对公式化、概念化，虽然不能说成效很大（原因是多方面的，其中有初学写作者大量模仿之作的因素），但决不能说那个时期的所有作家和诗人及其所有作品统统是"千人一面"。试问：你说赵树理和柳青的风格完全一致吗？孙犁和梁斌完全一致吗？李季和郭小川、闻捷和阮章竞……是完全一致吗？我们从这些作家和诗人的作品中不仅可以看到他们互不相同的艺术个性，同时也看到了他们思想情愫中的各自的自我。当然，他们在政治方向上是有一致的，这就是为人民、为社会主义。而这一点，是不应被看作和个体自我及其独立精神相对立的东西。大我与小我的统一，独立与"群立"的统一，恰恰是社会主义作家和诗人应当追求的。如果论者提倡的是要追求唯一的小我，特别是要独立于人民和社会主义之外的某种"精神"，那就确实只能说"不"了。说到这里，我想起在延安时，周扬同志曾向我和别的同志谈过，说毛主席曾对他说：我们共产党人是赞同和支持个性解放的，只是要区别是建设性的个性还是破坏性的个性，区别的依据就是看与全中国人民和全人类共同解放的关系如何。

我心灵的门窗向四方洞开

阎：有人说，您在爱情方面比陆游、普希金和莱蒙托夫都幸运得多？

贺：和这样一些大诗人的名字连在一起谈我个人，不论什么话题都是使我惶然的。我只能说，我这个小诗人在爱情上确是比较幸运的。1954年，中国作协动员作家为孩子们写东西。我开了一晚上夜车，一直到北斗西斜，也没有写出几行。柯岩一觉醒来，发现我还在苦吟，就问："你怎么了？写什么东西这么难？"我说给孩子们写点东西。她说："这有什么难的？你去睡，我来写。"等我醒来，发现她一连写了好几首，而且写得真是好！正如有的同志所说，那是一个奇妙的黎明，从此，柯岩作为儿童诗人的成就逐渐粲然于诗坛。我个人认为，她的儿童诗不仅比我写得好，而且在中国诗坛上也是独特而有魅力的。她是用儿童的语言表现出对我们的祖国、我们的党、我们的生活的爱。

阎：的确，今天的很多成年人，都是在《小弟与小猫》《小迷糊阿姨》的心灵浇灌下成长的。而《周总理，你在哪里？》几乎是一个时代的标志。这种诗神与生活的同步，究竟对您的创作产生了哪些影响？

贺：柯岩是个透明的人，创作风格丰富多彩，才情横溢。和她相比，我的情感波澜往往是沉埋在内心的，冷静许多，创作时的思索过程也比较多。我的不少作品，曾受过她的启发，有的甚至是在她的直接鼓励下发表的。记得我的《西去列车的窗口》，写成后首先寄给了柯岩，请她交给小川看。郭小川看了后，认为不是很好，同时我刚发表了《雷锋之歌》，再发这样的长诗，未必取得很好的效果。但柯岩非常喜欢这首诗，坚持寄给了《人民日报》。事实证明柯岩是对的，这首诗发表后产生了很好的效应，成为《雷锋之歌》后我献给诗坛和青年的又一份诗歌答卷。更明显的事例是创作《雷锋之歌》。1962年雷锋的事迹出来后，是柯岩首先响应号召，作为第一批文艺工作者深入到抚顺，在连队中得到第一手资料，看到雷锋的全部日记和笔记。回来后，她向我激动地大谈这位闻所未闻的人物，两个人激动得像孩子一样又哭又说。当时我母亲还在，奇怪地问：你们这是怎么了？柯岩当时就建议我写一首长诗。我感觉难度很大，觉得要写就要写出新意，不知自己有没有把握。柯岩却爽快地说："你这个人要有信心嘛！我看你肯定能够写好，你就写吧。"我写出几段给她朗诵时，她兴奋地表示：这太好了。比我那几首都好，而且不是好一点半点。就这样，就这样写下去！

可以说，柯岩是我诗歌的第一个读者，也是我创作灵感的砥砺者。在几十年风风雨雨、荣辱变幻中始终如一，她的品格、才情和率真明朗的心灵，都是我生活创作的幸运。

阎：您的许多诗句如同纪念碑上闪光的文字，雕刻在中国新诗的历史上。您能谈谈这些诗句生成的原因，回忆一下其中最难忘的记忆吗?

贺:我不敢说自己创造了什么警句,而只是作为一个诗人把情感和生活的真实情态记录在诗中。例如60年代的《雷锋之歌》,是我在灵魂的巨大冲击后写成的。整个过程漫长而艰辛,但又充满豪情,一种雄浑深沉的意绪总是伴随着我。长诗的前半部分发表后,王震同志要求我和柯岩、小川一起,动员上海青年支边去新疆生产建设兵团。因此,在完成《雷锋之歌》最后几章时,我们夫妻和郭小川都在上海。当我向王震同志读到"快摆开/你们新的雁阵啊,/把这大写的/'人'字——/写向那/万里长空"时,坐在沙发上倾听的王震同志激动得离开座位,高兴地叫出:"好!好!"以后证明,王震将军的文学欣赏眼力是精到的。不少人喜欢并传抄这些句子,也有人在诗歌中再次运用。我在《雷锋之歌》中剖析的主体不是简单的人,而是力求精辟地表达我所理解和我所感受的时代足音和人民心声,力求尽可能地体现出应有的广度与深度、厚度与力度。当然我说的是"力求表达",而实际上由于能力所限,是远远没有做到的。

革命诗歌将永远书写在中国的大地上

阎:在"五四"以来的中国新诗里程中,革命诗歌或者称政治抒情诗是一个蔚为大观的景观,也给现代人留下了很多思考的话题。您能谈谈对此的看法吗?

贺:我认为,革命诗歌的成就和经验是我们中国新诗的独特财富,是不能也不会消失的。社会主义文艺的确有自己的规律,有自己坚实的政治基础、哲学基础。文艺创作必须遵循客观规律。从我们这代人的经历来说，革命文学就是生活实践本身，是我们生命的一部分。"五四"新文学开创的诗歌传统，到了民族危亡的抗日时代，焕发出强烈的光彩。在民族面临生死存亡的时候，她需要什么样的诗歌，她需要自己的儿女用什么声音歌唱呐喊，这是不需证明的。这一代革命诗人的外宇宙和内宇宙是统一的，革命就是要改变不合理的社会，使得中华民族获得新生。历史教育我们，只有共产主义思想引导我们这些人逐步把理想变为现实，引导我们跟随革命大军打走日本鬼子，推倒三座大山和走向社会主义。鲁迅、郭沫若、臧克家、艾青……这些诗歌就是能打动我们的美文，因为它们是生活本身。回首往事，我觉得不需要证明自己为什么和怎样走上革命诗歌的道路，因为在中国，我们别无选择。任何有血性、有激情的人，都会永远记住民族曾经经历的那段岁月，诗歌如果回避这段革命的历史，将是最不真实的。

其实，无论是诗歌的作者还是读者，都离不开我们所生活的世界。有些人鼓吹"为下世纪写"或"只为少数人写"，他们自己尽可以那样去做、去说，我不反对，但也不很崇拜。我只是觉得这未必会是广大诗作者的福音，看来也不大会得到读者大众的认可。诗歌不应"告别"过去和现在的人民群众，正如不应"告别革命"——过去的革命斗争历史和今天仍应发扬的革命精神一样。革命不仅决定了我们国家民族的命运，也和我们每个人息息相关。我喜爱革命诗歌的动因就因为我们走进了革命，在革命中受到教育。革命是我们历史中最壮丽的事业，是我们生命中最美的东西，也是我们和我们的后代最值得珍视的精神宝藏。在这种情况下，让我们告别革命，躲避崇高，无论从思想情感还是生活本身的真诚性上，都是不能认同的。

中国诗歌发展史中最有价值的作品和最值得肯定的大作家、大诗人，都是和社会的发展、人民的命运呼吸相通，血脉与共。只有这样历史才会承认他们的价值。记得别林斯基曾说过："没有一个诗人能够由于自身和依赖自身而伟大"。"诗人比任何人都应该是他自己时代的儿子"。革命在中国成为事实，取得胜利，出现了前所未有的人民的欢腾与解放，这难道不值得歌唱吗？当然，革命进程的曲折反复也是历史发展的必然。鲁迅就曾说过：革命不是戴着白手套。

毛泽东同志的《在延安文艺座谈会上的讲话》对我影响很大，教导我们如何认识革命，用马克思主义世界观改造自己。我为什么喜欢民歌，书写童养媳和农民的苦难？因为这是真实的生活，就是我们身边的苦难。那是非常自然的。我们的诗歌也表现自我，但革命队伍中不是张扬而是克服个体与集体的对立，不去发掘和同情所谓"失落"的"自我"。只有与大我在一起，自我才能迸发出耀眼的光彩。我们的队伍中有多少工农出身的战士，在革命的里程中成长为英雄人物。我认为，这才是个人主体性的充分发挥。对于我们每个走过这段历史的诗人来说，这场革命不是外在的，我们不是革命的客人。我们那一代作家就是和人民群众在一起，一起流汗流泪以致流血。撤退时一起难过，进攻时一起冲锋，我们没有淹没自我、失落自我的悲哀。思想感情是完全一样的。我这个人并不保守，但让我忘记人民群众，抛弃革命传统，赞同"告别革命"，突出这样的"前卫"，我是办不到的，我相信中国广大的革命文艺工作者也都是办不到的。革命不是乌托邦应该让后来人知道，中国是这样走过来的，世界是这样在改变面貌的。从戊戌变法到旧民主主义革命，没有共产党，中国始终找不到出路。历史没有给我们其他选择，只有革命，只有搞社会主义，才有了今天。这就是我们民族的历史。真诚的诗歌难道能无视这段历史，把革命送进博物馆吗？当然革命诗歌理论要发展，要面对新情况、解决新的文艺命题，但革命没有错，革命诗歌也不该被告别、被否定。

用诗歌回答今日的世界

阎：您对中国新诗的代表诗人有什么看法？

贺：我认为，决不能否定中国新诗的成就，不能否定我们辉煌的历史。现在有些人否定郭沫若的诗歌，我认为这样做不公平。郭老的《女神》开一代诗风，影响了中国几代诗人。他是真正的浪漫主义诗人，绝对堪称大师。我们现在的诗歌传统，就是从郭沫若、艾青、臧克家、田间等老一代诗人那里走过来的，不少人都直接或间接受过他们的影响。不能说一个人完全没有弱点，但否定郭沫若的人品和政治信仰，否定他的诗歌成就，是不符合事实的。我们的诗歌主流精神决不应是"我不相信"，而应是对人民、对社会主义"我坚信不移"。至于现代诗人，戴望舒的现代诗我就能接受，他的《雨巷》写得多么美啊，那种中国古典的情绪，那样的清愁哀怨之美，与今天的所谓现代派诗人是不可同日而语的。更不用说他在民族危亡的时刻在狱中写下的《我用残损的手掌》了。那是一个大写的诗人。朦胧诗人中，舒婷的一些作品我也很喜欢，比如《祖国啊，我亲爱的祖国》《致橡树》等。这说明，诗歌美是共通的。我们不能欣赏的，是那些不健康不优美的东西。现在有相当一批诗人仍在坚持现实主义和浪漫主义相结合的革命诗歌传统，我以前提到过的河南的王怀让，河北的浪波、刘章，山东的桑恒昌、纪宇，上海的桂兴华，山西的董耀章，辽宁的刘文玉、易仁寰以及近几年又读到的许多诗人的作品都是有力的例证。我认为，创作方法和艺术风格是一定要求多样化的，但同时也不怀疑，坚持并发展革命现实主义、革命浪漫主义和革命现实主义与革命浪漫主义相结合的创作方法和诗歌精神仍将是大有作为的。

阎：您被称为中国的马雅科夫斯基，是楼梯式诗歌在中国最杰出的创造者。那么，外国诗歌作品对您的创作究竟有哪些影响，您喜爱其中的哪几位？

贺：我不敢当，这个比方对郭小川同志是更合适的。我的情况是：我从求学时就开始接触外国诗人的作品。去西安八路军办事处的路上，我看到《文学月报》，第一次读到马雅科夫斯基的作品。记得那是他的长诗《好》，当时我就从心里喜欢仰慕。40年代我的一首诗中曾有这样的句子："我走下台阶/就仿佛读过马雅科夫斯基的诗章"。延安窑洞里，我们的办学环境虽然很简陋，但知识氛围却非常浓厚。鲁艺图书馆里的书很多，现代派诗歌也有不少。歌德、普希金、惠特曼的诗歌更是课堂教材，像惠特曼的《草叶集》，那时就有很精彩的翻译和评讲。

阎：您为什么一开始没有使用楼梯式诗歌形式，而在建国后才大量创作这种作品呢？

贺：这要归功于毛主席《在延安文艺座谈会上的讲话》。它使我自觉地走和人民大众结合的道路，真诚地喜欢上了民歌，写了很多信天游体的作品。但刚开始时，我还不大喜欢古典诗词。那时鲁艺有中国文学课，由齐燕铭同志主讲，总觉得古典意绪与当时火热的斗争氛围有距离。记得日本投降后我得到胜利的消息，心头猛然涌起杜甫的诗句："剑外忽传收蓟北，初闻涕泪满衣裳。却看妻子愁何在？漫卷诗书喜欲狂……"当时真是那样的心情。从此，我又开始喜爱中国古典诗歌。

阎：您认为中国新诗在古典诗词、民歌传统和外国诗歌精华这三座高峰中，应该如何确立自己的位置？

贺：我们中国的诗歌要有中国自己的特点，追求民族语言、民族风格和民族的审美趣味。社会主义诗歌天然要求争取更多的受众，她在本质上是属于人民的。我个人的体会是，雅俗共赏实际上是最难的，是极高的艺术境界，不能认为大众看得懂的作品就是粗糙的。单纯复制民族传统的东西不行，但忘记或背弃民族传统更不行。现在有些诗人热衷于改变诗歌的民族传统，追求内容的晦涩、怪诞和语言的陌生化，结果把作品搞得支离破碎，丧失了美的诗歌精神。更有极端的例子是诗歌不能押韵，不能有标点符号，仿佛一押韵、一有标点就不是现代诗了。这是极为偏执的看法。其实，这些同志既然反对公式化、概念化，那么，写诗一律不许押韵、不能有标点，和只能写脱离社会和人民的所谓生命意识和性意识一样是不是也应视为公式化、概念化的一种表现呢？

阎：在六十多年的诗歌生涯中，您最喜爱的诗人有哪些？

贺：我这个人爱好广泛，说到喜欢的诗人，也不止一位。中国古典诗人中，李白、杜甫就不用说了。我们山东老乡辛弃疾的诗词我喜欢得不得了。毛主席曾讲：宋诗味同嚼蜡，这是他作为诗人的感觉。我个人倒觉得，宋诗的评价不应该太低。宋代的诗词有相当价值，尤其是强烈的家国情感和民族忧患意识，以及词中自由的民歌风范，是我们永久的诗歌财富。

中国新诗人中，我最早喜欢的是田间。到延安的路上，我兜里只有一本书，就是田间的诗集《曾在大风沙里奔走的岗位们》。那是一本三十二开的诗集，但因为诗句都比较短，我就把下半部空白页裁掉，装在口袋中，时时咏读。鲁藜的《延河散歌》也是那时我非常喜欢的作品。后来，艾青、臧克家、何其芳、卞之琳、公木都是我最喜爱的诗人。新中国诗人的作品，我几乎都细读过，郭小川、李季、阮章竞、闻捷不用说，还有绿原、徐迟、徐放、公刘、李冰、李瑛、雁翼、严阵、塞风、辛笛、晏明、吕剑、野曼、杨山、孙静轩、韩笑、纪鹏、梁上泉、张永枚、周良沛、陆棨等许多优秀诗人的作品都曾给过我感动和启发。至于外国诗人，除了已经提到的普希金、马雅科夫斯基、惠特曼以外，还有海涅、莱蒙托夫、涅克拉索夫和伊萨科夫斯基、特瓦尔托夫斯基等。我对拜伦的诗歌不如对雪莱的更喜欢，《西风颂》是多么深刻的好诗啊。聂鲁达的诗歌是后来接触到的，但读后就爱不释手。

阎：您最满意的自己的作品是哪些？

贺：没有。我能说的只是，我的诗歌、戏剧和其他作品，都是历史和生活的缩影。写《白毛女》以前，我在《乡村的夜》诗集中，就写了一个为给妻子治病而卖掉儿子的农民，那就是杨白劳的前身，也是我身边生活的真实典型。这种感情和创作的融合是一以贯之的。我的体会是，写诗歌，就要进入生活，不做生活和历史的客人。我愤恨剥削压迫和丑恶黑暗，同时欢呼光明和胜利，努力讴歌我们的新生活和人民的英雄人物。对此我从不自我否定。现在，我对生活中涌现的英雄和新的事物仍有激情，但我不敢轻易下笔。如何更动情、更深刻地写出这些人物矗立在中国的大地上，站立在辽阔的地球上的姿态，我感到很不容易。面对孔繁森、面对抗洪英雄，我一次次想拿起笔，揭示我们的新时代，写出我们新的雷锋。由于身体原因，也由于不愿重复自己，我迟迟没有动笔，也许在体力允许的情况下，我会重新拿起笔来。

阎：我相信许多读者都在期待着《雷锋之歌》这样的作品。有人说，您与诗人郭小川是社会主义诗歌的双璧，你能谈谈这方面的难忘记忆吗？

贺：我的诗友中最难忘的就是郭小川。在延安时我就听说过他，但真正相识并成为诗友是在1956年。此后，我们创作交往很多。他是冲动热情、富于灵感的诗人，天真得近乎透明，才情更是汪洋恣肆。他经常兴奋地向我讲述他的诗歌构想，我也往往表示肯定或提出自己的意见。我的习惯是不想成熟不谈，但写成的初稿也往往给他先读。楼梯式诗体实际是小川先运用的。我虽然在延安时就喜欢马雅科夫斯基，但后来长期采用民歌的创作形式。1956年小川在作品中率先运用了楼梯式，我受到他的启发，开始正式使用楼梯式创作，《放声歌唱》就是这样的诗歌。记得我们三人——我、柯岩和小川一起去新疆，他写了《雪满天山路》、我写了《西去列车的窗口》。我们一起去探望被错划成右派流放新疆的艾青，往事历历如在眼前。福建海防前线我们也是一起去的，他的《厦门英姿》我由衷地欣赏。后来他又独自去了东北林区，《林区三唱》我特别喜欢。他曾受到不公正对待的长诗《一个和八个》，也是先向我谈到了创作构思。我支持他写，但提醒他要注意分寸，一定要处理妥当；《望星空》发表前我没看过，发表后读了也不觉得如何打动我，但在这首诗受批评时我还是为他鸣不平。小川的情绪性格与我不一样，他有寂寞抑郁的一面，比如他的《山中》就体现了这种倾向，而我较少有这种情绪。尽管如此，我们的革命信仰是完全一致的，我们互相激励互相启发，一起探索革命诗歌走向民族化的道路。他在几乎每一次创作中都有新的探索，《青纱帐——甘蔗林》和《甘蔗林——青纱帐》，真是写绝了！现在有些人抓住一些片面的东西对小川所作的重新评价，有许多是我不敢苟同的。首先，他是优秀的共产党员，是杰出的革命诗人，这是不应被模糊或歪曲的。

需要一部中国文艺社团史 ①

姜志洁同志花了多年功夫写了这部纪实文集《文苑往事录》（中国戏剧出版社出版）。作者通过回忆他的亲身经历和所见所闻，记叙了文艺界的某些人和某些事，我们从中可以看出党在不同历史时期的文艺路线、方针、政策在贯彻、执行过程中的一些侧面。在文艺界历经沧桑，健在的有关过来人越来越少且许多往事多已被人们淡忘的情况下，作者把他的某些经历记录下来，这无疑是提供了一些颇有参考价值的文艺史料。我认为是很有意义的。

无产阶级文艺历史悠久。我国的新文艺从"五四"时期的"文学革命"到大革命时期的"革命文学"，是一个飞跃。我们党领导的革命文艺运动，从左翼文艺运动算起，已经走过了七十多年的战斗历程。新中国成立以后，在党中央和毛泽东同志领导下，新中国的社会主义文艺也已有半个世纪的光荣历史。革命文艺作为革命事业的一个重要的、不可或缺的组成部分，长期以来，无论在革命战争年代或和平建设时期，它都发挥着无法替代的特殊作用，对革命和建设作出了卓越的贡献。毛泽东同志在二十世纪四十年代初抗日战争时期发表的《在延安文艺座谈会上的讲话》，是无产阶级文艺运动具有划时代意义的纲领性文献，

---

① 原载《人民日报》2002年5月18日。

在毛泽东光辉文艺思想指引下，新中国的文艺事业有了长足的发展，取得了辉煌的成绩。但是，我们党成为执政党以后，如何正确地领导文艺事业，包括新的文艺体制如何建立和完善，使其符合社会主义文艺发展的客观规律，以便广泛团结广大文艺工作者并充分发挥他们的积极性和创造性，其中通过文艺社团的组织形式运用社会方式进行工作是一个重要方面，这是我们党面临的新课题。1979年10月，邓小平同志代表中共中央和国务院在中国文学艺术工作者第四次代表大会上的《祝词》，创造性地继承和发展了毛泽东文艺思想，是新时期无产阶级文艺运动具有指导意义的纲领性文献。邓小平同志在总结新中国成立三十年来我国社会主义文艺运动经验教训的基础上，指出了改革开放新时期文艺运动发展的新方向，开辟了我国社会主义文艺的新时代。在党和政府的领导及广大文艺工作者的努力下，改革开放二十年来我国文艺出作品、出人才，呈现出一派繁荣景象，全国性、地方性和各类别的文艺社团的工作有了很大发展，取得了显著成绩。但是，文艺毕竟是社会生活在文艺家头脑中的反映，它不可能不受到各种社会思潮的冲击和影响，因而在二十年的文艺领域里也不是，同时也不可能是风平浪静的，在这里既有正面的经验值得推广，也有严重的反面教训尚待认真地总结。基于此，我一直怀有这样一种期望，即希望文艺界有关方面，依靠群众，调动文艺战线的一切积极因素，组织力量，以党中央有关文艺工作的一系列指示和《关于建国以来党的若干历史问题的决议》精神为准绳，认真总结新中国成立半个世纪以来我党领导文艺团体的正反两方面的经验教训，编写出一部新的新中国文艺社团史，在新旧世纪交替之际，对文艺社团工作的发展起到承前启后、继往开来的作用。

为了使这部文艺史观点正确，内容全面、丰富，材料典型、生动，有赖于文艺界的新老同志，一齐动手，从不同侧面、不同角度提供生动事例。也正是从这一点出发，我以为这个集子的编写与出版是十分适时和有益的。愿它能起到抛砖引玉的作用。

一部有魅力的传记文学

——《我和艾青的故事》漫谈①

　　高瑛写的传记《我和艾青的故事》，吸引住我的原因首先因为传主是艾青。少年时我就读艾青的诗，可以说我是在艾青的诗的影响下长大的。我们之间有半个多世纪的交情，我对艾青一直满怀着崇敬、爱戴的感情。这部传记写得质朴、坦诚、亲切、感人，高瑛的文字语言充满了诗意，很有魅力，使这部关于艾青与高瑛的回忆，成为一部很好的纪实散文，具有一定的美学价值。

　　艾青作为近现代杰出的大诗人，是郭沫若开始的新诗界的代表。研究他的创作及人生，对今天的文学、诗歌界弘扬"五四"以来的诗歌精神，有着重要的价值。《我和艾青的故事》细腻地叙述了1957年后直到艾青去世这段时间内，所经历的灾难和我们了解不深的诗人重要的生活、工作、创作经历与往事。从这部传记中，我们可以看到诗人艾青的精神风貌；看到他坚韧不拔，对祖国和革命满怀坚定的信心，对人民满怀真挚的情感。传记中所描写的不管是艾青与文艺界、基层劳动人民的交往，还是艾青与高瑛间的夫妻关系，都充满了革命情、同志爱，因而对加深对艾青的理解，对我们进一步学习、研究艾青，发扬他的诗歌精神，

---

① 原载《人民日报》2003年4月1日。

有着重要的史料价值。这部传记也因此有了重要的意义。

　　书中所描写的艾青与王震同志的交往，让我感到特别亲切，也很受感动。这让我想起了一件事。1963年，郭小川、柯岩和我受王震的邀请去新疆深入生活。王震曾经特地关照我们：替我慰问艾青同志。我们见到艾青时很高兴。那次也是我们第一次认识高瑛。她在那么困难的境地中，还紧紧跟随着艾青，让我们很敬佩；而艾青在生活艰苦、身背政治重负的情形下，还保持着开阔的心胸和幽默的情怀，则给我们很深的感慨。还有一件往事，也让我对艾青有更多的敬佩。1980年我在中宣部工作时，王震曾让我帮他邀请艾青、丁玲、周扬、我及柯岩四对夫妇一起吃饭。因为丁玲等人所受的磨难与周扬有很大的关系，王震希望由自己出面，通过这次宴请消除彼此之间的隔膜团结到一起。遗憾的是周扬最后没有到场。当时大家都不知道该说些什么，而艾青在那种情形下却表现得很大度，他幽默地让王震再准备下一回的宴请。他的态度确实就像书中经常说的那样：俱往矣。《我和艾青的故事》中所描写出的艾青和王震的关系，是文学著作中很有价值的文坛佳话。无产阶级政党与人民作家应该建立什么样的关系？王震与艾青的关系值得参考。王震总是一往情深，克服一切困难保护人民的作家。不管社会给艾青什么样的评价与对待，在王震的心目中，艾青一直是位大作家、人民的大作家。此部传记所表述出的王震与艾青的关系，代表了无产阶级政党的一种传统。高瑛同志描写出了这样一种传统、这样一种典型，我要向作者表示敬意。

悼念臧克家同志[①]

臧克家同志逝世了。这位毕生为祖国歌唱和战斗、同人民休戚与共已近百年的大诗人，这位令我深感钦佩的诗坛前辈和师长，在与病魔的顽强搏斗中走完了他的人生征程。

从旧中国到新中国，在他走过的漫长道路上，他的闪光的诗篇和前进的足迹，给一代代的众多读者和追随者留下了难忘的记忆。在我初学写作之时，他的《烙印》是最早深印在我脑海中的诗的人生箴言。作为一名贫苦农民儿子的我，他的《老马》使我看到了父兄的身影，看到了中国农民和整个民族负重前行的形象，听到了诗人召唤明天的声音。与此同时，他的《自己的写照》使我领悟到个人和祖国命运相连，诗人所以为自己写照的根本意义在于通过自己而为人民、为时代写照。

正是这样，在抗日烽火燃遍、西北红星照耀的岁月里，臧克家和艾青、田间、何其芳等前辈成为我最喜爱的诗人。他们每人的一篇篇诗作和各自的战斗行踪，深深地吸引着我走向诗歌，激励我跟上人民的队列和时代的步伐。不论我当时是否见到过他们本人，或者人间是否知道有我这样一名少年读者和初学者，我都时时感到他们就在我眼前，他们的声音就是对我而发，就是在呼唤我前进。

---

① 本文写于2004年2月5日，原载《人民日报》2004年2月11日。

　　我第一次见到克家同志是1938年，当时我十四岁。日本侵略者的铁蹄已经踏进我中原大地。在鄂西北均县小城的一所从山东流亡出来的战时中学的操场上，在成百上千同学的包围中，作为战地文化服务团长的三十三岁的臧克家，站在临时垒起的土台上向同学们作抗日救亡的演讲。由于我闻讯稍迟，不能拥到人群前列，只能远远望着他激情飞扬的面部轮廓和连续挥动的手臂。听到的只能是被掌声淹没的不易辨清的结尾的话音。但就是这样，已经使我热血沸腾。特别令我激动的是，紧接着就看到操场边墙上贴出的一张大幅壁报，通栏是用毛笔抄写的作者署名为"臧克家"的一首诗，是写给我们这些同学的。我们争抢着高声朗诵："在异乡里／喜听熟悉的乡音，／在救亡歌声中／我遇到你们这群青年人／……"（此诗未见收入正式文集。不同的回忆文章中所引文字略有不同。）

　　很快，整个诗篇随臧克家的名字传遍县城，掀起了我们这些操着熟悉乡音的青年人和少年人心中的阵阵波涛……

　　现在，时光已过去了整整六十五年。新中国建立前夕在北京，我和克家同志彼此正式相识时谈及此事，距今也已半个多世纪。年龄比克家同志小近二十岁的我，现在也已快成八十老翁。但这段难忘的记忆在我心中永远鲜活。在往后多年的接触中，每每都同当时一样再现在眼前。他在那张壁报上写下的关于"青年人"和"乡音"的诗句永远在启发我深思，鞭策我奋进。虽然对于今年的我来说，"青年人"这个词语的含义只能是：和臧克家同志的成就和贡献相比，我至今仍然是一名幼稚浅薄的"青年人"，我为此深感惭愧。但是，作为克家同志的同乡并至今仍乡音不改的我，却因此感到自信和自豪。因为，这个"乡"不是指共同的山东籍贯，而是信念和理想之"乡"。这个"乡音"不是山东方言或他的诸城土音，而是走在同一道路上的两辈人之间相呼相应的心中之音。

几个月前，我和柯岩在为《臧克家全集》出版致编委会的一封信中写道："臧克家同志是享誉国内外的诗歌艺术大师，是'五四'以来以鲁迅为旗手的新文化战线上战绩卓著而又战斗持久的杰出战士。他的作品是中华民族和中国人民受难、觉醒、斗争与前进的诗史和火炬。他是继郭沫若之后，我国新诗民族化、现代化和群众化的光辉传统的重要代表者之一，是当今诗歌界仍然健在的不可替代的良师。""作为臧克家同志的后辈，我们从来把他的诗歌精神和诗歌艺术作为自己珍贵的教科书，和其他前辈诗人的许多经典作品一起，不论过去、现在和将来都是我们倾心学习的范本。"

这些话，就是我们今天的心中之音。像过去一样，今后也仍会是"乡音不改"。虽然，令我们痛惜的是，臧克家同志现在已不是"健在"的了。但在这里，我仍然要毫无改动地引用"健在"这两个字。此刻送别臧克家同志的人流中，我默念着在几辈中国人中久为传诵的他的名句："有的人活着/他已经死了/有的人死了/他还活着……"这是克家同志五十余年前为纪念鲁迅而写的。而今天，我毫不迟疑地这样认为，"他还活着"，也应当读作克家同志本人留下又一次"自己的写照"，读作是新诗前辈的群体写照。是的，他还活着，他们还活着。他们不仅属于昨天，也属于今天和明天。

关于诗歌创作的随感①

一、时代·人民心声

我觉得诗歌首先应该是时代的声音、人民的声音，当然也是作者自己的心声；但作者的心声要和时代的声音、人民的声音融汇在一起，作者的脉搏要和时代的脉搏合拍，离开了时代和人民的声音，光唱你内心那点心声，你的歌就不可能得到广大的知音和人民的共鸣，而成为孤芳自赏的东西。这些虽然都是老话，但我想这是真理。过去我和有的同志谈到诗歌创作，我讲过五个字：真、深、新、亲、心。"真"就是真实，虚假的不行；"深"就是要深刻，文字可以浅显，但内容要深刻；"新"就是要新鲜，艺术贵在创造，不能总是老一套；"亲"就是要亲切，具体讲就是民族化、群众化，让群众喜闻乐见；"心"就是要抒心中之情，发内心之声。在这里，我觉得"心"字是最重要的，你的作品要发自你自己的内心深处，人民的声音通过你的心声迸发出来，这样才能感动听众，在他们心中引起共鸣。

---

① 原载《人民日报》2005 年 4 月 28 日。

二、"五四"新文学开创的诗歌传统

革命诗歌的成就和经验是我们中国新诗的独特财富，是不能也不会消失的。社会主义文艺的确有自己的规律，有自己坚实的政治基础、哲学基础。文艺创作必须遵循客观规律。从我们这代人的经历来说，革命文学就是生活实践本身，是我们生命的一部分。"五四"新文学开创的诗歌传统，到了民族危亡的抗日时代，焕发出强烈的光彩。在民族面临生死存亡的时候，她需要什么样的诗歌，她需要自己的儿女用什么声音歌唱呐喊，是不需要证明的。这一代革命诗人的外宇宙和内宇宙是统一的，革命就是要改变不合理的社会，使得中华民族获得新生。历史教育我们，只有共产主义思想引导我们这些人逐步把理想变为现实，引导我们跟随革命大军打走日本鬼子，推倒"三座大山"，走向社会主义。鲁迅、郭沫若、臧克家、艾青……这些诗歌就是能打动我们的美文，因为它们是生活本身。回首往事，我觉得不需要证明自己为什么和怎样走上革命诗歌的道路，因为在中国，我们别无选择。任何有血性有激情的人，都会永远记住民族曾经经历的那段岁月，诗歌如果回避这段革命的历史，将是最不真实的。

中国诗歌发展历史中最有价值的作品和最值得肯定的大作家、大诗人，都是和社会的发展、人民的命运呼吸相通，血脉与共。只有这样历史才会承认他们的价值。记得别林斯基曾说过："没有一个诗人能够由于自身和依赖自身而伟大。""诗人比任何人都应该是他自己时代的儿子"。

三、关于"中国诗歌的出路"

中国诗歌的出路,一在走正道,二在深扎根,诗歌应当从诗人小天地,飞入人民的大海洋。就诗歌战线的实际情况来说,我以为一方面应当形成并逐步强化正确导向,于多样化发展中着力支持那些"走正道"、扎根"人民大海洋"的诗人、诗作和诗论;另一方面,又应帮助和促进"走正道"者能阔步健行,在既要坚持又要发展的原则上,进一步提高理论水平和创作质量。

有人爱说诗是"个体灵魂的自由翱翔"之类。我以为,诗当然是个人精神世界的一种艺术表现,但决不是与社会生活和社会群体完全绝缘的。作为社会主义诗歌,它必须是或者说它的主导方面应当是人民心声和时代精神的表现,应当是"小我"与"大我"的有机结合。像各项社会主义事业一样,包括诗歌在内的整个文艺工作,本质上也应当是人民的事业。因此,它也应当像其他事业一样,要符合人民的意愿和要求,在接受人民支持的同时理应接受人民的评定和监督。特别是在涉及根本利益和文艺与群众关系这样的方向、原则问题上,应当走群众路线,听取广大人民群众的呼声。

四、"大我"与"小我"

要抒人民之情,叙人民之事。对于这一点,不能曲解成否定诗人的主观世界和摒弃艺术中的自我。另一方面,也不能因此把诗的本质归结为纯粹的自我表现,致使诗人脱离甚至排斥社会和人民。重要的问题在于是怎样的"我"。诗人不能只靠孤芳自赏或遗世独立而名高，相反更不会因抒人民之情和为人民代言而减才。对于一个真正属于人民和时代的诗人来说，他是通过属于人民的这个"我"，去表现"我"所属于的人民和时代的。小我和大我，主观和客观，应当是统一的。而先决条件是诗人和时代同呼吸，和人民共命运。

五、关于革命现实主义

革命现实主义诗学体系不能僵化和故步自封，必须调整和发展，但发展又离不开对许多带根本性的正确原则的坚持。例如——

在诗歌艺术反映现实生活的方法、途径、手段和形式等等方面，理应大胆地、开放式地进行探索、突破和创新，但这样做，不应当是从根本上否定诗是现实生活的能动的、审美的反映这一原则。由于诗歌是形式感很强的艺术，注重形式美、探求"有意味的形式"是完全必要的。但不能因此抛弃思想内容而走向形式主义，不能只要形式本身的"意味"，而不要思想内容的"意义"。

革命现实主义不否认诗是一种人的心灵的特殊表现方式，因此，无限夸大世界观对创作的制约，把先进的世界观对创作的指导作用绝对化、庸俗化，这是应当纠正的。但不能因此得出诗不受任何世界观制约的结论，更不能导致抹杀这样的事实：要更正确、更深刻、更广阔地表现社会生活和人的精神世界，归根结蒂还是离不开先进世界观的指导。

只许歌颂光明、不许暴露黑暗是完全错误的，"假、大、空"

必须杜绝。革命现实主义的诗人理应有忧患意识，作品应勇于并善于揭露和鞭挞黑暗。但这样做不能导致用悲观主义、虚无主义看待社会主义事业的历史和现实，不能否定在历史发展总趋势上光明是主流，不能否定以真实为依据的革命乐观主义、革命理想主义和革命英雄主义。

六、为新诗史增写新的篇章

以王怀让同志为例，他用不断创新和提高而又能被广大人民群众喜闻乐见的诗歌艺术，有力地表现了我国社会主义新时期的时代精神和人民心声。他不仅形真情挚地塑造出改革开放和生产建设中人民群众和基层干部一系列感人的形象，更以如椽大笔抒发了为民族的辉煌和奋进而骄傲的中国人崇高的爱国情怀，描绘了对任何强敌和邪恶势力都决不低头更不会下跪的中国人的英雄姿态，传达了劳动群众发出的"中国，是咱的！"这样气壮山河的世纪强音。

这样的形象和声音绝不是"假、大、空"，而是生活的本质真实。这样的诗绝不是"非诗"，而是真诗和好诗，是符合诗歌本义及其发展规律的人民的诗、社会主义的诗。正是这样的诗，对振奋民族精神、鼓舞人民前进，出色地起到了并将继续起到艺术本职应起的作用。正因为如此，它们的作者王怀让理所当然地受到了不仅家乡人民，更有省外和海外广大读者和听众的热烈欢迎。正是这样的王怀让，以他整个的生活实践和创作实践表明：在改革开放的复杂环境下，他坚定又清醒地同相识或不相识的同道者一起，为坚持和发展社会主义诗学原则，取得了可喜的新成果，提供了可贵的经验。正是他们，在新时期的诗歌百花园中绽放了为时代最需、为人民首选的艺术鲜花，从而为社会主义诗歌发展史增写了新的一章。

七、艺术的"阵地"

在创作思想上，一方面要克服公式化、概念化，要提高艺术性，路子要宽，"左"的框框要继续突破；另一方面也的确要对不健康的、落后的思想情趣加以引导和匡正，这里面包括少数观众、作者和演唱者在内，但核心是领导的问题。现在不少同志对文艺不大讲"阵地"这个词了，其实"阵地"还是要讲的，你不讲它也存在，对于少数人的低级欣赏趣味和腐朽的思想感情，你用什么东西来代替，把他们引导到什么地方去，这的确是争夺思想文化阵地的问题。不久前，广大群众包括青年群众在内，对电视上的某些歌舞节目进行批评，说明了广大群众包括青年群众都在提高，说明了绝大多数人民群众的心声是要求和社会主义时代精神合拍的东西，要求革命的、进步的、健康的内容和形式统一的美。至于歌曲演唱风格问题，流行歌曲问题，我没法发言，因为我确实不懂。但是可以谈一点，就是要承认有各种各样的欣赏口味也要承认欣赏水平有不同的程度，这是客观存在，我们不能作"一刀切"的要求。问题是要有一个起码要求，那就是要健康，不能对人们的心灵起不好的作用。在这个前提下，可以而且应该多样化。我是既赞成搞"阳春白雪"，也认为应当有"下里巴人"的，"阳春白雪"可能一时曲高和寡，喜欢"下里巴人"的人可能多一点，但两者不是互相排斥的，可以互相补充，互相促进。现在提倡娱乐性，这也应当赞成，但过分强调这个，变成主要甚至唯一的东西也不行，把娱乐性搞到庸俗趣味上去，更不可取。

百年欧阳山[①]

　　欧阳山是我一直崇敬的前辈，他的一生经历了"五四"以来中国现代文学史的全过程和当代文学史大部分过程。他终生奋斗在时代的激流中，勤奋耕耘在文学创作的第一线，写出了一系列在各个历史阶段都产生过重要影响的成功作品。早在20世纪20年代，他就参加了鲁迅为首的左翼文学运动，开始了自己的文学生涯。从40年代起，他以参加延安文艺座谈会和整风运动为转折点，完成了一个革命作家必须经历的思想上和生活实践上的重大转变和提高。他是无产阶级世界观引导下自觉地与工农兵相结合的一代作家中最突出的代表之一。正是在《在延安文艺座谈会上的讲话》之后，欧阳山创作的思想内容、感情和风格都焕然一新，发生了巨大变化。

　　1944年6月30日，延安《解放日报》上刊登了丁玲、欧阳山描写陕甘宁边区合作社工作中的模范人物的报告文学《田保霖》和《活在新社会里》，毛泽东同志看后非常高兴，连夜给两位作家写信，庆祝他们树立了新的写作作风，也就是自觉、热情描写新的人物、新的世界的写作作风。接着，欧阳山又推出了代表这种新的写作作风的长篇小说《高干大》，真实地反映客观现实生

---

① 原载《人民日报》2008年11月20日。

活，又能动地表现创作主体的审美理想，塑造了以劳动人民为主角的栩栩如生的艺术形象。作品运用了清新、生动、人民喜闻乐见的群众化语言，完全改变了作家原有的追求欧化的语言风格，从而进一步凸显了作品的人民性和民族品格。这是欧阳山在《讲话》后创作的第一座高峰。

欧阳山创作的第二座高峰，是五卷本长篇小说《三家巷》，这是一部高扬中华民族伟大精神、反映中国人民英勇斗争历程的史诗性巨著。它艺术地概括了整个中国新民主主义革命的时代，从20世纪20年代初党的诞生起，经历了北伐战争、广州起义、抗击日寇，到延安整风、土地改革、推翻三座大山建立新中国，展开了一幅打碎旧世界和创造新世界的宏伟画卷。这部作品注重吸取中国古典小说的精华，同时整合我国新文学和世界文学的艺术经验，锻造成自己新的强有力的艺术手段，鲜活而深刻地反映了社会巨变中的生活真实和历史真实，成功地塑造了形神各异的一系列典型人物和典型性格。特别是成功地重点塑造了工人阶级的典型人物周炳，这是有非凡意义的。它标志着我国社会主义文学的新进展和达到的新高度。虽然上世纪60年代曾遭到极左思潮的错误批判，但丝毫无损它的光芒。几十年风雨沧桑过后，通过历史反复检验，至今它依然受到中外读者的欢迎和称赞，依然被文艺评论界再次肯定并从新的视点上给予高度评价。

欧阳山晚年，在新时期开始后社会急剧变化的极端复杂的历史条件下，面对社会上和文艺界出现的各种各样的错误思想倾向，他表现了无产阶级作家可贵的坚定性和是非观念，从而为文学界和知识界树立了榜样。他不仅以德高望重的革命前辈及党中央顾问委员会委员的身份，对文艺界的现状和发展趋势，不断提供积极的建设性的意见，而且在丧失了大部分视力的情况下，毅然拿起杂文这个尖锐的武器，投入了思想领域第一线的斗争，写出了近120篇《广语丝》为总题的理直气壮、势如破竹、情文并茂、脍炙人口的佳作，为捍卫党的领导与中国特色的社会主义文艺方向作出了突出贡献。有人把《广语丝》称赞为欧阳山在《讲话》后创作的第三座高峰，这是很贴切的。

回顾欧阳山同志漫长的生活道路和创作道路，综观他毕生的革命劳绩和全部创作成果，使我们清晰地看到了我国革命文艺队伍中的一位始终走在前列的真正的先锋战士，看到了在我国现、当代文学史上占有重要地位的名副其实的文艺大家。像对其他真正的大家一样，我们一代代后来者不仅对他们应怀有敬慕之心，重要的是应持有研究和学习之念。其目的当然是为了后来者的前进和超越。

文艺发展的新一页

——忆第一次文代会 ①

1948年底，北平外围解放，我到石景山参加接管工作；1949年初，北平城里解放，我随部队进城。那一年我有幸成为第一次全国文代会代表，因为当时只有25岁，还很年轻，所以对会议的全貌并不很清楚。当时我还参加了中华全国第一次青年代表大会和中国青年代表团。在第一次文代会召开期间，由团中央组织的中国青年代表团到匈牙利布达佩斯参加世界青年联合会和世界青年联欢节，我是代表团团员之一，所以第一次文代会没能全部参加，但有些记忆还是非常深刻的。

在第一次文代会正式开始前，青年代表团正在做出国的准备，突然接到周扬同志的通知，要我和青年代表团里的诗人阮章竞等到北京饭店的一个小会议室去。到了后我才知道，因为要开第一次文代会了，周恩来同志准备接见几位解放区和国统区来的作家，但因为时间很短，其他几位作家我已经记不清了。周恩来同志进来以后，跟大家打过招呼，又和我讲了几句话。他说："你不是已经到青年团那边去了吗？"我说："我还在华北联大，做团的工作。"周恩来同志说："那很好啊。"我当时心里想，在

---

① 原载《人民日报（海外版）》2009年7月6日。

延安鲁艺时我虽然听周恩来同志讲过话，但他并不认识我，后来搞秧歌运动、创作了《白毛女》之后，周恩来同志可能记住了我的名字，但没料到若干年后他居然知道我到了青年团。那个时候我真正体会到他脑子里记的人真多，有超常的记忆力。7月2日，中华全国文学艺术工作者代表大会正式召开，我参加了开幕式。会议期间，我亲眼目睹毛主席到场、周恩来同志做报告、周扬同志讲话，内心非常激动。毛主席的讲话很简短，却让艺术家们，不管是国统区还是解放区来的文艺界代表，鼓掌欢呼，由衷地激动。周恩来同志的报告给我印象很深，尤其是其中有一段，他说："旧社会对于旧文艺的态度是又爱好又侮辱。他们爱好旧内容旧形式的艺术，但是他们又瞧不起旧艺人，总是侮辱他们。现在是新社会新时代了，我们应当尊重一切受群众爱好的旧艺人，尊重他们方能改造他们。"他把旧社会很多人瞧不起的艺人看作人民艺术家。在新中国，艺术家的地位得到了提升。

会上另一个让我印象深刻的是我们文艺力量的强大。我有幸聆听了郭沫若、茅盾同志的讲话。那时候在解放区的人，对郭沫若、茅盾等非常崇敬。延安整风时期，郭沫若写的《甲申三百年祭》是我们的整风文献。我们在鲁艺的时候还学习他的《女神》《凤凰涅槃》，所以我们对他很崇拜。茅盾去过延安，在鲁艺给我们讲过《中国市民文学史》的课，他的作品在延安也有很多人读过。所以郭沫若、茅盾在我们心中都有很高的位置。那个时候在作家之中，我很崇敬的还有艾青、赵树理、柳青等，在第一次文代会上我都见到了。另外，解放区许多优秀的文艺家，像鲁艺的院长周扬同志，鲁艺文学系主任何其芳同志都参加了会议。在那个时候就感觉革命文艺队伍很强大，有杰出的人才。作为他们的学生，我感到很自豪。这些革命文学前辈的功绩，一直对我们都是一种鼓舞。60年过去了，经过各种思潮的激荡再来看革命文艺的前辈们，我觉得他们并非没有局限性，但至少在我的心目中，他们的文艺成就还是不可动摇的，他们的传统应该传下去。第一次文代会的精神，对中国革命文艺、社会主义文艺的发展意义重大。经过第一次文代会，来自解放区和国统区的两支文艺大军胜利会师，大家欢欣鼓舞，我也感觉到能作为代表参加这个会很光荣。

后来各个协会分别开会讨论，我没有参加具体哪个文艺家协会的会议。但我是中华全国文学工作者协会和中华全国戏剧工作者协会的理事。后来我还在中国剧协工作了好几年。参加第一次文代会给我的印象就是翻天覆地的变化。我们推翻了三座大山，眼看着新中国就要成立，胜利在望，作为参加过革命斗争的文艺工作者，能参与这次会议，有了这样的成果，感觉很骄傲。第一次文代会也是一次会师的大会，走向新的胜利的大会，为我们的历史、文艺工作翻开了新的一页。两支文艺大军会师取得了共识，不管文艺思想有着怎样的差异，但在大的政治方向、文艺方针上取得了一致的看法。从五四以来鲁迅精神的发展到毛泽东同志在延安文艺座谈会上的讲话，大家对毛泽东文艺思想取得了共识。在此后的文艺发展中，第一次文代会的基本精神还是继承和发展下来了。60年来，党的文艺方针不管做了多少调整，但总的依据还是在这里。